Марина СЕРОВА

Киска по вызову

ЭКСМО
Москва, 2003

УДК 882
ББК 84(2Рос-Рус)6-4
С 32

Оформление художника *А. Старикова*

Серова М. С.
С 32   Киска по вызову. Охотник на знаменитостей: Повести. — М.: Изд-во Эксмо, 2003. — 384 с.

ISBN 5-699-02113-2

Давненько частный детектив Татьяна Иванова не пребывала в таком недоумении от обстоятельств дела, за которое взялась! Ну никак ей не удается определить, кто и почему покушается на жизнь ее клиента — главу фирмы, занимающейся охранными системами. А покушения-то весьма странные! Приняв на себя функции телохранителя, Татьяна спасает клиента, но пуля настигает его жену Алену. Следствие быстро заходит в тупик, ведь улик нет, мотивы не просматриваются. Очередное заказное убийство так и осталось бы нераскрытым, если бы не упрямство Татьяны...

УДК 882
ББК 84(2Рос-Рус)6-4

ISBN 5-699-02113-2   © ООО «Издательство «Эксмо», 2003

Киска
по вызову

ПОВЕСТЬ

Глава 1

Бабье лето... Никогда не любила этого названия. В самом деле звучит как-то уж очень непривлекательно, да и несовременно. А уж если задуматься о значении, символизирующем данную пору, так и вовсе неуютно становится. Словно короткие теплые осенние денечки — все, что тебе осталось хорошего в жизни. Собственно, может, еще и потому я так негативно воспринимаю это название, что подсознательно ощущаю: бабье лето — в сущности, моя пора... Действительно, положа руку на сердце, как-никак, а уже двадцать семь лет, и, по обывательским меркам, жизнь не складывается. Мужа нет, детей нет... Но что для меня, с другой стороны, взгляды какой-нибудь тети Вали из соседнего подъезда на мою жизнь? Я живу не для нее, а для себя и своей жизнью вполне довольна.

Чувствую я себя молодой, и подтверждений этому — хоть отбавляй. И друзей-подруг у меня хватает, и с работой все в порядке. Конечно, профессия частного детектива многим кажется не совсем подходящей для женщины. Но меня она вполне устраивает, особенно если приносит успех и ощутимый доход. А я на это пожаловаться не могу. Так что все у меня, Татьяны Александровны Ивановой, в полном порядке.

А в том, что бабье лето — чудесная пора, я смогла сегодня еще раз убедиться. Роскошное убранство деревьев, ясное голубое небо и теплый воздух, еще по-летнему ласковые, но уже мягкие, а не палящие лучи солнца всегда действовали на меня самым благоприятным образом. И то, что близится пора увядания, вовсе не означает, что и мне в жизни отпущено еще совсем чуть-чуть. Все зависит от того, как смотреть на вещи, как к ним относиться, как их воспринимать.

Сегодняшний сентябрьский денек вообще оказался удачным для меня. Правда, несколько напряженным — пришлось с раннего утра помотаться по городу, чтобы наконец закончить очередное расследование. И я его успешно закончила. Потом представила подробный отчет клиенту, получила причитающийся гонорар, и... Теперь могла быть совершенно свободна.

Именно это обстоятельство заставляло меня еще больше радоваться, когда я, слегка усталая, но довольная собой, в великолепном расположении духа, с ветерком катила в своей бежевой «девятке» по новому шоссе и решала, как провести такой замечательный теплый вечер. По салону разливались веселые и необременительные звуки какой-то зарубежной песенки. На душе было легко, и я подумала, что вот в такие моменты человек, наверное, и бывает по-настоящему счастлив.

Я бы и дальше продолжила философствовать сама с собой на тему счастья, но впереди замаячила бензозаправка. А я как раз вспомнила, что бензина осталось не так уж много.

Я подъехала к свободной колонке, вставила «пистолет» в горловину и стала терпеливо дожидаться, пока бак наполнится. В этот момент за моей машиной пристроилась белая «Хонда», обратив на себя внимание резким скрипом тормозов. Водитель «Хонды» явно был на взводе, и доказательством тому послужили сначала нечленораздельное ворчание, а затем тихие ругательства.

«Уж не в мой ли адрес? — подумалось мне. — Но очереди ведь нет, перед ним только я... Нельзя же, в конце концов, быть столь несдержанным».

Я вопросительно глянула на водителя «Хонды» и заметила, что нетерпеливое и даже злое выражение лица мужчины сменяется сконфуженным.

Не успев еще разозлиться на его раздраженные слова, я непроизвольно улыбнулась смущенному незнакомцу. А он, также улыбнувшись мне в ответ, произнес извинения за свое мрачное настроение и случайно вылетевшие ругательства.

— Прошу простить меня. Ужасный день... Но перестать контролировать себя — это уж слишком...

Мне стало по-человечески жаль симпатичного незнакомца. Когда у тебя все отлично, особенно тяжело наблюдать неприятности других людей. Видимо, все дело в комплексе вины, который, как ни странно, иногда вылезает на свет божий из потайных закоулков наших душ и не позволяет безмятежно наслаждаться собственным благополучием, если этого благополучия не наблюдается у окружающих. А может, и не комплекс, а естественная потребность помочь ближнему, когда у тебя самой все хорошо. Так или иначе, но невольно я прониклась сочувствием к этому абсолютно незнакомому человеку с явно грустным взглядом голубых глаз. И я произнесла свою дежурную фразу:

— Может быть, я могу вам чем-нибудь помочь?

— Навряд ли, — усмехнулся он. — Да мне, собственно, ничего и не нужно. Просто суматошный день, все навалилось разом... Ерунда, разрулится само собой.

— Ну как хотите, — пожала я плечами. — Удачи вам.

Бак моей «девятки» наполнился бензином, потенциальный конфликт с незнакомцем был улажен в зародыше, так что я с чистой совестью села в машину и начала выруливать с бензозаправки. Каково же было мое удивление, когда через пару минут я услышала, как мне сзади просигналили. Оглянувшись, я увидела все ту же «Хонду» и, естественно, ее водителя. Сейчас он улыбался.

— Вы что, решили меня преследовать? — высунувшись из окна, поинтересовалась я.

— А если так? — крикнул он.

— Тогда это напрасная затея, я великолепно умею уходить от преследования.

— А вы что, в разведшколе обучались? — продолжал улыбаться он.

— Что, не верите? — не отвечая, спросила я. — Могу доказать.

Я уже собралась было переключить скорость и нажать на газ, но мужчина меня остановил:

— Стоп-стоп, я верю! Не нужно от меня «отрываться». Я, наоборот, хотел пообщаться с вами. У вас есть свободное время? Мы могли бы провести его вместе.

Его слова заставили меня призадуматься. В самом деле, я же совсем недавно ломала голову, как провести вечер. И вот неожиданно поступило предложение. Почему, собственно, я должна отказываться? Мужчина и впрямь симпатичный, к тому же он понравился мне тем, что не стал плакаться в жилетку и рассказывать о том, как у него все плохо и никто его, бедного, не любит—не жалеет. Так что я кивнула и бросила ему:

— Догоняйте!

Я не ошиблась с выбором. Вечер был проведен вполне достойно. В завершение его Леонид — так звали моего нового знакомого — проводил меня до дома, и мы обменялись телефонами. Вот, собственно, и все. Правда, в разговоре я призналась, что работаю частным детективом. Леонид в услугах такового не нуждался, и мы, поболтав некоторое время на эту тему, оставили ее в покое.

Я довольно быстро забыла о случайном знакомом за новыми делами. Он о себе тоже не напоминал, так что это знакомство, скорее всего, просто стерлось бы из моей памяти, как десятки других, если бы не одно обстоятельство, случившееся месяца через два после нашей встречи.

* * *

Телефонный звонок прозвучал во второй половине дня, после обеда, и я услышала незнакомый голос, интересовавшийся Татьяной Ивановой.

— Простите, мне вас рекомендовал мой приятель, Леонид Косарев. Может быть, помните?

— Помню, — односложно ответила я.

— Так вот, у меня к вам дело, именно как к частному детективу, — продолжал мужчина. — Вы можете уделить мне время?

— Да, можете подъехать через час. Прежде чем сказать, возьмусь я за ваше дело или нет, мне необходимо вас выслушать. Вас как зовут?

— Святослав Игоревич Груничев.

Я продиктовала свой адрес и стала дожидаться приезда потенциального клиента. Собственно, этот час мне нужен был для того, чтобы привести себя в порядок и предстать перед Святославом Игоревичем в форме. Дело не в том, что мне хотелось произвести на него впечатление, хотя такой мотив всегда присутствует в женском подсознании. Просто я считаю, что людей, с которыми предстоят деловые отношения, следует встречать в достойном виде.

Справедливости ради отмечу, что мне не требуются большие усилия, чтобы выглядеть должным образом. Слава богу, внешностью бог не обидел, да и вести себя я умею. Но в тот день я не собиралась никуда выходить из дому: дел не было никаких, и я, проспав почти до полудня, расхаживала по квартире в свободной футболке и старых, весьма потрепанных, но очень удобных спортивных брюках. Одним словом, вид у меня был не для приема потенциального клиента.

Действительно, времени на преображение ушло немного, и, осмотрев себя в зеркале, я осталась собой довольна. Теперь на меня смотрела не беззаботная девчонка с собранными в небрежный пучок на затылке волосами, а интеллигентная молодая женщина, с умело наложенным макияжем, аккуратно уложенными волосами, облаченная в брючный костюм из мягкой ткани. Пусть домашний, но совсем не потрепанный. Кроме того, он прекрасно подчеркивал достоинства моей фигуры, а недостатки... А недостатков у нее просто нет!

До визита клиента оставалось еще добрых двадцать минут. Я решила и их потратить с пользой, моментально перестроившись после нескольких дней ничегонеделания, дабы не терять впустую ни одной минуты. Я отправилась в кухню варить кофе, попутно захватив с собой недавно приобретенный журнал, чтобы прочесть в нем одну интересную статью об известном кинорежиссере и его творческих и житейских планах. Собственно, ради этой статьи журнал и был куплен. За чашкой горячего кофе я успела прочитать статью, после чего посмотрела на часы.

Клиент прибыл ровно к назначенному времени, и я отметила его пунктуальность. Начало уже хорошее — не терплю необязательных людей. Ничего выдающегося во внешности Святослава Игоревича не было: ни отталкивающего, ни завораживающего. Довольно высок, строен, хорошо одет. Со вкусом, что, кстати, весьма важно. Держался он вежливо, но от меня не укрылось волнение, читавшееся в его глазах. Кроме того, во взгляде застыла неуверенность, даже растерянность, в общем-то, не вяжущаяся с его обликом. Пройдя по моему приглашению в комнату, визитер попросил разрешения закурить, и я не только не стала возражать, но и сама присоединилась к нему.

Несколько секунд Груничев сидел, молча стряхивая пепел, потом безо всякого предисловия бухнул:

— На меня покушаются.

Снова повисла пауза. Так как он не продолжал, я сама выступила с предложением:

— В таком случае вам, наверное, разумнее было бы нанять телохранителя.

Груничев махнул рукой:

— Нет-нет! Цель моя состоит совсем не в этом. Я не хочу постоянно ощущать себя как на пороховой бочке. Да и не верю в надежность телохранителей.

— Чего же вы хотите?

— Я хочу избавиться от этого раз и навсегда. То есть выяснить, кто желает моей смерти, и обезвредить этого человека, — категорически заявил он.

— Что значит обезвредить? Что вы собираетесь с ним сделать, когда узнаете, кто он? — поинтересовалась я.

— Не волнуйтесь, я не собираюсь его убивать, — усмехнулся Святослав Игоревич. — Чтобы его обезвредить, думаю, достаточно будет установить его личность. Если он поймет, что я разгадал и его самого, и его намерения, он перестанет на меня покушаться. В конце концов, можно будет обратиться в официальные инстанции.

— А почему бы вам сейчас к ним не обратиться? — пожала я плечами.

— Я считаю, — твердо заявил Груничев, — что

для начала будет лучше, если именно частный детектив разберется, кто стоит за покушениями. Вот что мне от вас нужно: вы проводите расследование, выясняете, кто хочет меня убить, и называете мне этого человека. Я оплачиваю ваши услуги, а затем уже... Затем, думаю, не буду вас больше беспокоить. А насчет милиции... Я туда, знаете ли, уже обращался. И ничего, по сути, не добился. Там не отнеслись всерьез к моим подозрениям.

— Но ведь, как вы говорите, было покушение? — прищурилась я.

— Да, было. Но в милиции не считают, что это покушение. Говорят, что произошла случайность, что я пошел не по той улице...

Груничев начал раздражаться. Его речь ускорилась, жестикуляция усилилась, он покраснел, и я решила оставить на потом выяснение подробностей покушения на него.

— Вам придется оплатить не только мои услуги, но и текущие расходы, — перебила его я. — Кроме того, я беру за работу двести долларов в день и не могу сейчас сказать, сколько времени мне понадобится, чтобы узнать, кто ваш враг. Заранее ставлю вас об этом в известность, чтобы потом вы были готовы к расходам.

Груничев вроде бы успокоился и, слушая меня, молча кивал. Едва я закончила, он поднял руки:

— Я все прекрасно понимаю. Не волнуйтесь, все будет оплачено.

— У вас высокий доход? — полюбопытствовала я.

— Смотря с чем и с кем сравнивать. Но заплатить за вашу работу я вполне в состоянии, — заверил он. — Конечно, это недешево, но, знаете ли, в моем положении не приходится выбирать. Жизнь все-таки дороже.

Груничев снова начал нервничать, и я опять взяла инициативу в свои руки:

— Ну что ж... Тогда расскажите мне обо всем подробно, с самого начала. С чего вы вообще взяли, что на вас покушаются? Может быть, это просто нервы, напряжение? Вы, вероятно, бизнесом занимаетесь? — сказала я.

— Да, у вас наметанный глаз, я возглавляю фирму, — кивнул Груничев. — Уверяю вас, дело вовсе не в расшатанных нервах или в переутомлении. Хотя поначалу я и сам сомневался, но потом задумался. Нет, здесь не случайность. И закрывать на происшествия глаза, ожидая, что все пройдет само собой, я не могу и не хочу.

— Расскажите же сначала, — еще раз попросила я.

Груничев вздохнул и взял еще одну сигарету.

— Началось все, можно сказать, с нелепости, просто с ерунды... — начал он. — А выглядело действительно как случайность.

Когда Святослав Игоревич рассказал о первом неприятном эпизоде, я тоже подумала, что трудно придумать большую нелепость. Когда же он поведал о втором, я стала склоняться к мысли, что все происходящее мало похоже на стечение обстоятельств.

Началось все поздним вечером две недели назад, когда он с женой возвращался домой из гостей...

* * *

Святослав уверенно вел машину, хотя довольно сильно устал за вечер. Алена тоже выглядела утомленной — она клевала носом, все время пытаясь устроить голову на плече мужа. Вечеринка была шумной и долгой, празднование юбилея друга Святослава проводилось с размахом и затянулось допоздна. Святослав с Аленой не следили за часами. Во-первых, не так уж часто им доводилось куда-нибудь выбираться — бизнес Святослава не оставлял много свободного времени. А во-вторых, им не нужно было на следующий день рано вставать: у Святослава выпал редкий выходной, а Алена, которая нигде не работала, вообще не сталкивалась с проблемой раннего подъема. В гостях оба оторвались от души и только теперь почувствовали, насколько устали. Святослав, поглядывая на жену, ощущал, что и сам хочет спать, хотя в отличие от Алены не принимал ничего спиртного.

Наконец они доехали до дома. Святослав, похлопав жену по плечу, спросил:

— Может быть, ты пойдешь домой? А я сейчас поставлю машину и догоню.

— Да ладно, я тебя подожду, — сонным голосом отозвалась Алена, потягиваясь и поеживаясь от холода.

Святослав завел машину в гараж, запер его и взял жену под руку. Они уже шли по двору к своему подъезду, как вдруг Алена остановилась и дернула мужа за руку.

— Ну что такое? — удивился он. — Что случилось?

— Смотри... — шепотом сказала жена, показывая в глубь двора.

Приглядевшись, Святослав различил группу каких-то людей, стоявших прямо на пути к подъезду.

— Ну и что? — обернулся он к Алене.

— Там машина... Трое вышли из нее, как только мы показались. Что-то мне это не нравится, Слава. Давай лучше обойдем, а? Пройдем вдоль стены дома — и сразу в подъезд, — проговорила Алена дрожащим голосом.

— Да что за ерунда! — рассердился Святослав. — Что ты выдумываешь?

— Не ерунда! Они сейчас к нам прицепятся, вот увидишь! — стояла на своем жена.

— Ну, как прицепятся, так и отцепятся! — возразил он. — Чтобы я из-за какой-то шантрапы круги делал... У меня ноги замерзли, я хочу поскорее в ванну!

— Я тоже хочу, но лучше обойти. Ну что тебе стоит? Потеряем-то всего полминуты!

— Да почему я должен их бояться? — почти вышел из себя Груничев и решительно потащил жену вперед.

В то же время компания неизвестных двинулась им навстречу. Уже можно было различить, что она состоит из парней лет двадцати. Алена сильнее вцепилась в руку мужа. Парни приближались, разговаривая между собой. И вдруг, когда до встречи с ними оставалось всего несколько метров, Алена вырвала свою руку и с криком побежала в сторону улицы. По дороге как раз проезжала машина, и Алена кинулась ей наперерез. Послышался визг тормозов. Побледневший Святослав, не успев опомниться, сделал несколько шагов в ту же сторону улицы и увидел, что жена разговаривает с водителем. Он поспешил к ней. Алена в это время торопливо объясняла водителю ситуацию. Обернувшись, она увидела мужа и облегченно вздохнула, а затем пристально всмотрелась в глубь двора.

— Смотри! — она дернула подошедшего супруга за рукав.

Компания, которой так испугалась Алена, спешно садилась в свою машину. Ни марки, ни даже цвета ее разобрать ему не удалось, показалось лишь, что она светлая.

— Ну что тут у вас случилось? — невнятно пробормотал толстяк-водитель голубой «шестерки», недовольный тем, что его путь прервали. — Кто напал, где напал?

— Да тут... — не нашелся что сказать Святослав, по-прежнему вглядываясь в глубь двора.

А машина с парнями двинулась в другой его конец и быстро скрылась из виду.

— Извините, — выступила вперед Алена. — Вы нас просто спасли, а то не знаю, чем бы все закончилось!

— Да что закончилось-то? — по-прежнему не понимал толстяк.

— Алена, пошли домой, — потянул жену за руку Святослав. Он вынул из кармана пятьдесят рублей и протянул толстяку. Тот в недоумении взял деньги, хотел было еще что-то сказать, но Груничев уже тащил Алену к подъезду.

Во дворе больше ничего подозрительного не было. Более того, из их подъезда вышел сосед с собакой на поводке. Он поздоровался с Груничевыми, посетовал на наступившее похолодание и отправился по своим делам. Святослав и Алена быстро вошли в подъезд, закрыли за собой железную дверь и вскоре уже были дома.

Отогревшись и успокоившись, Святослав прошел на кухню и включил чайник. Алена сидела за столом с чашкой кофе.

— Ну и с чего ты взяла, что они хотели к нам пристать? — спросил он у жены.

Алена пожала плечами:

— Не знаю. Может быть, я действительно преувеличила, но мне показалось, что они недружелюбно настроены.

Святослав только хмыкнул:

— И затеяла целую сцену только из-за того, что тебе что-то показалось?

— Но ведь они сразу же сели в машину и уехали,

когда я начала кричать! — настаивала Алена на своем. — Зачем им так срочно уезжать, если они не хотели ничего плохого?

— Может быть, они решили, что мы ненормальные и не захотели связываться!

— Не знаю, — вздохнула Алена. — Может, я и зря испугалась...

— По-моему, ты просто выпила лишнего, — улыбнулся муж. — Пора ложиться спать.

— Угу, — пробормотала Алена, допивая кофе и отставляя чашку.

Святослав выключил закипевший чайник, покрутился в кухне, потом махнул рукой и отправился в спальню.

На следующий день Груничевы совершенно забыли о нелепом ночном эпизоде. Но события туманного вечера спустя несколько дней заставили их вспомнить о нем и испугаться по-настоящему.

Святослав и Алена шли пешком, взявшись за руки, как совсем юная парочка. Они возвращались от матери Святослава и специально решили не брать машину, чтобы пройтись немного пешком. Погода не очень-то располагала к прогулкам — весь день шел дождь, под ногами хлюпали лужи, к тому же к вечеру поднялся ветер, а затем сгустился туман. Алена, которая сначала настаивала на прогулке, теперь торопила мужа домой, жалуясь, что у нее замерзли ноги.

— Нужно было обуться в теплые ботинки, — несколько назидательно сказал он ей. — А ты в туфельках! Конечно, ноги замерзли.

— Но я не думала, что так похолодает, — оправдывалась Алена, теснее прижимаясь к мужу. — Ой, как холодно! Идем быстрее!

Она поглубже надвинула шляпку, которую чуть было не сорвал с головы порыв ветра. Груничевы шли по неосвещенной аллее парка, вокруг было безлюдно, так как мало кому, в отличие от них, хотелось гулять в такую погоду. Если кто и присутствовал на улице, то исключительно по вынужденным обстоятельствам и очень спешил. Алена со Святославом тоже заспешили, и жена уже начала сокрушаться, что они отправились в путь пешком.

— Ты же сама не хотела брать машину, говорила, что мы мало времени проводим на свежем воздухе! — начал раздражаться Святослав. — Что теперь ныть? Нужно быстрее идти, и все!

— Славик, может быть, все-таки поймаем машину? — жалобно попросила Алена.

— Да теперь-то уж что ловить! Полтора квартала осталось до дома. Потерпи чуть-чуть, держись за меня.

И он, крепче сжав руку жены, крупными шагами двинулся по аллее в сторону их девятиэтажного дома, окутанного пеленой тумана. Быстрая ходьба, видимо, подбодрила и согрела Алену, она уже не жаловалась, а молча шла рядом с мужем. Когда дом уже как бы вынырнул из тумана и Груничевым оставалось буквально несколько метров до собственного двора, Алена вдруг притормозила, вцепившись в рукав Святослава. Он тоже различил впереди компанию молодых людей, которые будто отклеились от стены дома и двинулись им навстречу.

— Это они... — шепнула жена побледневшими губами.

— Думаешь, те самые? — недоверчиво спросил он, тоже вспомнив недавнее происшествие.

— Ну да, они. Что им от нас нужно?

— Вот сейчас я и выясню, что им нужно! — решительно проговорил Святослав и шагнул вперед. — Надоело уже!

Груничев был человеком резким и склонным принимать мгновенные импульсивные решения. Так он поступил и на сей раз. Уверенной походкой он пошел в сторону приближающихся парней. Однако выяснить, что им нужно, так и не успел. Все произошло быстро и без всяких предисловий.

Груничев оказался на земле, сваленный тяжелым ударом одного из парней. А следом посыпались удары по голове, в живот, в спину... Он услышал, как закричала Алена, которую двое парней потащили куда-то в сторону, но подняться был не в состоянии. Он не помнил, сколько длился этот кошмар, и только вдруг сквозь пелену в глазах он увидел Алену, которая выбежала на середину улицы, а затем с удивлением ощутил, что удары прекратились.

Окончательно Святослав пришел в себя в травматологическом отделении городской больницы, тогда же он увидел сидящую перед ним на постели Алену. Она успокоила его, сказав, что все уже в порядке, что ей напавшие ничего дурного не сделали, а у него сотрясение мозга. Через пару дней Святослав выписался из больницы, хотя врачи и настаивали, чтобы он провел там как минимум неделю. После безрезультатного посещения милиции он позвонил мне.

* * *

Умолкнув, Святослав перевел дух и взял из пачки сигарету. Я последовала его примеру и, прикуривая, спросила:

— И вы абсолютно уверены, что это были одни и те же люди?

— Да, — кивнул Груничев.

— И вы никогда их не видели раньше?

— Совершенно верно, — снова подтвердил он.

— И после второго нападения решили, что вас хотят убить?

— А что же они еще хотели? — занервничал Святослав. — Знаете, когда они избивали меня ногами, у меня было ощущение, что это последние минуты моей жизни. И если бы не случайность, вернее — не расторопность моей жены, так бы оно и случилось! Ведь они специально Алену оттащили, чтобы не мешала! А вы говорите...

— Это я к тому, что уж больно нестандартный способ выбран, — задумчиво произнесла я. — Зачем они приезжали в первый раз? Зачем ждали вас во второй? Ведь, простите, можно все решить за один раз. Чтобы убить вас, достаточно и одного человека. И потом вот еще что. Если вас хотели убить, то почему же вы все-таки остались живы?

— Потому что меня, можно сказать, судьба спасла! — воскликнул Груничев. — А точнее, жена. Ей каким-то чудом удалось вырваться из рук этих отморозков, и она кинулась на проезжую часть. Она вообще считает, что лучший способ спастись — выбежать на дорогу и привлечь к себе внимание. И действительно: остановилась машина, и эти выродки разбежались.

— А если бы не это обстоятельство, вы уверены, что они бы вас, грубо говоря, добили?

— Уверен! — отрезал Груничев.

— Да уж, весьма странный способ, — снова вздохнула я. — Для чего такой спектакль устраивать?

— Не знаю! Я ничего не знаю! Я вам рассказываю то, что со мной произошло, — начал заводиться Груничев. — А вы, выходит, мне не верите?

— Ну почему же? Верить-то я как раз верю, — покачала я головой. — Не уверена только, что вас хотят именно убить. Скажите, как вы сами предполагаете, эти люди могли от вас что-то требовать?

— Да что им от меня требовать? Я же говорю, что впервые их видел! — горячился Святослав. — И потом, когда от человека что-то нужно, ему ведь как-то предъявляют требования, что-то говорят, вы не находите?

— Да, вы правы. А может быть, раньше были какие-то предупреждения, а вы их проигнорировали? — продолжала я выстраивать версии.

— Нет! — буркнул Груничев. — Не было ничего. Просто два раза подряд напали. Ни с того ни с сего. И я уверен, что все это не случайно. С чего вдруг два раза привязываться к одному и тому же человеку? И они — не случайная шпана!

— Ну хорошо. А сами вы можете сказать, кто мог бы желать вам зла? Тем более смерти?

— Я уже думал над этим не раз, — махнул рукой Груничев. — Если бы знал, сам бы уже разобрался. Не знаю я, даже предположить не могу.

Мы помолчали некоторое время, потом Святослав спросил:

— Ну так что, вы согласны мне помочь? А то, может быть, мы только время зря тратим?

— Согласна, — ответила я, хотя и с не совсем легким сердцем. Не было у меня, честно говоря, полной уверенности, что опасения Груничева серьезны. Да, напали, да, попинали... Но считать ли это покушением на жизнь? И ждать ли новых нападений?

Насколько мне известно, киллеры действуют совершенно по-другому. Даже если предположить, что на Груничева напали киллеры-непрофессионалы, то все равно как-то странно и непривычно они себя вели. И как тут разбираться, пока непонятно. Вполне может оказаться, что Груничев зря потратит деньги на расследование. И что через неделю-другую я выложу ему скучный отчет о том, что расследование завершено и в ходе него установлено следующее: жизни Святослава Игоревича никто и ничто не угрожает, а все предыдущие нападения на него были случайными. Мне даже жалко стало Груничева.

«Так, стоп! — остановила я саму себя. — Если уж взялась за расследование, Татьяна Александровна, нужно вести его грамотно и по всем правилам, а не абы как, только чтобы отвязаться».

Предположим, Груничев прав и на него в самом деле покушались. В таком случае, скорее всего, существует человек, которому смерть Святослава Игоревича выгодна. Именно он нанял шпану для осуществления своих целей. Почему именно шпану? Да чтобы смерть бизнесмена, если бы его действительно убили, списали на хулиганскую выходку и не копали глубоко, когда началось бы официальное следствие. В таком случае получается, что Груничеву крупно повезло.

Я быстренько запретила себе впредь сомневаться в серьезности подозрений Святослава и перешла к обычному выяснению деталей.

— Итак, Святослав Игоревич, давайте-ка начнем с вашего ближайшего окружения, — ободряюще улыбнувшись клиенту, начала я. — С кем вы общаетесь, кроме жены?

Груничев пожал плечами и проговорил:

— Ну... как с кем... Мать у меня есть. Потом друзья еще... Леонид, например, вам известный. Еще одна пара. Как раз в гостях у них мы были, когда произошел первый случай. На работе друзей нет, но много сотрудников, с которыми я так или иначе общаюсь.

— Кстати, расскажите поподробнее о своей работе, — попросила я.

— Вы что, думаете, что нападения связаны с моим бизнесом? — тут же навострил уши Груничев.

— Давайте все-таки пока я вас буду спрашивать, — мягко, но настойчиво заметила я. — А конкретные предположения строить еще рано. Итак, чем вы все-таки занимаетесь?

Груничев вздохнул:

— У меня фирма по установлению систем безопасности. «Жучки», сигнализация, ну и все такое прочее, подробности вам вряд ли будут интересны.

— Почему же? — возразила я. — В принципе, очень даже интересно. Но... В другое время я с удовольствием поговорю с вами о системах безопасности, все-таки они имеют отношение и к моей профессии. Сейчас же меня интересует несколько другое. «Своя фирма» — это что? Вы директор, хозяин, учредитель?

— Директор. Общество акционерное, на долевых началах с двумя партнерами. Но... — Груничев раздраженно отмахнулся, — думаю, отсюда вряд ли что-то идет.

— И тем не менее... — подтолкнула я его.

— Известный вам Леонид Косарев один из моих партнеров. Есть еще Дима Горелов, мой старый приятель. Им обоим совершенно незачем меня устранять. Да еще, как вы выразились, таким странным способом.

— А что они приобретают в случае вашей смерти? — уточнила я.

— Практически ничего, — пожал плечами Груничев. — Моя доля переходит по наследству. Они ее, конечно, могут выкупить, но это не стоит того, чтобы затевать убийство. Мы давно знаем друг друга, конфликтов у нас, по сути дела, нет, а если и есть, то мелкие и незначительные. Рабочие, одним словом. Совершенно нормальные. Нет, у партнеров моих никаких мотивов нет, — подытожил Святослав рассказ и выжидательно уставился на меня.

— Хорошо, с их мотивами разберемся после. Теперь давайте поговорим о вашей жене. Простите за неприятный вопрос, но ведь она, наверное, в первую очередь что-то выигрывает от вашей смерти?

— Не хочу об этом думать, — нахмурил брови Груничев. — Ну да, выигрывает. Квартира, акции, машина... Что там еще у меня есть? Но, знаете, в таком случае все жены хотели бы смерти своих мужей, потому что каждая так или иначе что-то выигрывает!

Я не стала спорить, поскольку в чем-то Груничев был прав, и продолжила задавать свои вопросы:

— А с кем-то, помимо работы, у вас не возникало конфликтов в последнее время?

— Ну возникали, и что? — Груничев снова начал нервничать. — Например, с собственной мамой они у меня возникают постоянно!

Я уже поняла, что его легко вывести из себя. Да, конечно, человек пережил стресс, даже шок, и его можно понять. Но если он и дальше будет вести себя таким образом, то найти общий язык нам будет весьма сложно. Я предпочитаю, чтобы клиенты отвечали на мои вопросы и не задавали встречных. Ну ничего, постараемся сразу же поправить это дело, воздействуя на клиента спокойствием и выдержкой.

— А помимо мамы? — очень ровным голосом спросила я. — Вы, Святослав Игоревич, совершенно зря так воспринимаете мои вопросы. Если уж вы обратились ко мне, то должны быть к ним готовы. Если, как вы утверждаете, вас хотят убить, то, естественно, нужно определить, откуда дует ветер. Вы же меня для того и нанимали.

Груничев смутился, пробормотал какие-то извинения и задумался.

— Да нет, вроде бы ничего серьезного, — наконец ответил он. — Мелкие конфликты возникают каждый день, сами понимаете. Ну, например, с гаишниками или где-нибудь в магазине. Но ведь это же не то, не то!

— Не то, — согласилась я. — Вот я и пытаюсь нащупать «то». И, как понимаю, вы сами в полном недоумении.

— Да, это верно. В полном недоумении, — признался Груничев, вытирая лоб. — Вот уж чего никак не ожидал. Теперь вы понимаете, почему я нервничаю? Ладно бы еще, когда знаешь, чего от тебя хотят, а когда вот так... Просто не знаю, что и делать.

— Ну, во-первых, не стоит паниковать, мы ведь уже занялись выяснением. Теперь скажите мне...

Я не успела задать следующий вопрос, потому что у Груничева запищал мобильник. Извинившись, он достал его и поговорил минуты три. Потом посмотрел на меня и развел руками:

— Просят подъехать в фирму. К нам приехали бизнесмены из Самары. Стараемся налаживать новые контакты, расширяться, так сказать.

— Понятно, — кивнула я. — Только мне придется проехать с вами. Все равно мне нужно наведаться в вашу фирму, познакомиться с коллегами, а сейчас как раз подходящий случай.

— Ну, пожалуйста... Только я ведь не смогу вам уделить много времени, — несколько растерялся Груничев.

— Этого и не надо, я же не развлекаться туда еду, — успокоила я его.

Груничев пожал плечами и пошел в прихожую надевать пальто и ботинки. Я краем глаза окинула его одежду. Она была, как и водится у бизнесменов, дорогой, но в то же время достаточно стандартной. Именно так, по такой моде одевается большинство людей бизнеса. И аккуратная прическа из темных волос была из той же оперы, как говорится. Груничев, правда, не походил ни на лощеных мальчиков-менеджеров, которые предпочитали стричься так же, поскольку был просто старше, ни на представителей криминального мира, у которых короткая стрижка является опознавательным знаком, — для этого ему не хватало мощи в плечах и туповатости во взгляде.

Словом, передо мной был средний бизнесмен, совершенно обычный.

И посещение фирмы Груничева, куда я попала примерно через полчаса, оставило примерно такое же впечатление. За столом сидела совершенно обычная секретарша с длинными светлыми — но не натуральными! — волосами. За компьютерами сидели прилизанные молодые люди, которые в изобилии наполняют офисы различных фирм по всей стране. Даже знакомый мне Косарев выглядел в этой обстановке по-другому, не таким, каким показался при первой нашей встрече. Он, конечно, узнал меня и кивнул, приветливо улыбнувшись, но теперь в его улыбке сквозила официозность. Я помахала ему рукой и последовала за Груничевым.

Святослав Игоревич размашистым шагом прошел через большую комнату, где находились молодые люди и секретарша, и открыл дверь в кабинет.

Перед кабинетом на стульях сидели двое мужчин, выделявшиеся своим видом из общей обстановки.

Один из них был довольно пожилой, полный мужчина с седыми, гладко зачесанными волосами, одетый в классический костюм. Второй представлял собой еще молодого мужчину плотного телосложения, с тяжелым волевым подбородком. Первый показался мне похожим на профессора какой-нибудь солидной больницы, а второй более уместно смотрелся бы в роли телохранителя, а не делового партнера. Тем не менее именно он поднялся навстречу Груничеву и обратился к нему:

— Здравствуйте, рады видеть вас...

— Сейчас, подождите немного, я вот девушке тут объясню кое-что, и зайдете тогда, — ответил Груничев, поздоровавшись в ответ, и пригласил меня в кабинет.

После он вызвал туда же Косарева и незнакомого

мне прилизанного типа, который представился Дмитрием Гореловым.

— Это мои заместители, можете занимать дальний кабинет и располагаться там. А у меня сейчас разговор с деловыми партнерами, так что извиняюсь. Я освобожусь примерно через час.

Сдав меня таким образом своим заместителям, Груничев с деловым видом пригласил в кабинет «профессора» с «телохранителем». Мы же вместе с Косаревым и Гореловым проследовали в указанный кабинет. Я быстро объяснила, что хочу узнать у них, и они как по команде развели руками.

— Не знаем мы, сами удивляемся, — первым подал голос Косарев. — Да отморозки какие-то! Обкурились, скорее всего, потом поспорили на что-нибудь. Типа первого встречного в сером плаще отпинать.

— Оба раза? — недоверчиво посмотрела я на него.

— Ну, если они постоянно в том месте тусуются, то почему бы и нет? — попробовал логически обосновать свою версию Косарев.

— Если они тусуются там постоянно, то почему же Святослав Игоревич не видел их раньше? Да и милиция вроде бы провела проверку, показала ему всю местную шпану... Не узнал он никого!

Горелов махнул рукой:

— Это все ерунда! Я же говорил: нужно было заплатить. Быстро бы тогда всех нашли: И загремели бы те парнишки, что называется, под фанфары. — Заместитель Груничева иронично хмыкнул.

— Ну а дела фирмы как идут? — поинтересовалась я.

— Отлично идут! — заверил меня Горелов. — Сейчас люди осознали, что безопасность — дело профессионалов. А то знаете, как у нас, у русских... Все сами с усами: сами разберемся, сами узнаем, сами смастерим. Домастерился тут один Самоделкин! Чуть не взорвался на собственной «системе безопасности». Начинают люди понемногу понимать, что в таком серьезном деле никакой кустарщины быть не должно. Если какой-нибудь дядя Вася еще может починить старый телевизор или «Жигули», то установить качественную сигнализацию ему не под силу. Так что на дела мы не жалуемся.

— Ну, в общем, правильно Димка здесь все сказал, — поддержал Косарев. — То, что кто-то на нас подобным образом наехал, мы исключаем. Так никто не делает. Просто, понимаете... Святослав — он вообще-то импульсивный товарищ, мог сам на рожон полезть, а потом раздуть из мухи слона.

— Нет, подожди, Леонид, так тоже нельзя, — остановил приятеля Горелов. — Ведь его избили. И весьма серьезно, я бы сказал. Откровенно говоря, после того случая я сам потом начал всех перебирать: партнеров, клиентов, конкурентов... Подумал невольно, что и нам может грозить подобное. Мне вовсе не хочется получать на улице под дых или по почкам, чтобы потом на аптеку работать. Поэтому, конечно, нервозность присутствует. Не знаю, как у Леонида, а у меня — да. Но мы не знаем, — он развел руками, — действительно не знаем, кто это мог быть и чего они хотели.

— Если рассуждать логически, — вступил Косарев, — то тут или совпадение, или какие-то личные Святославовы дела. С фирмой вряд ли нападения связаны. Наезжать на нас никто не может, еще раз повторю. Да и все было бы прозрачно! Уж давно бы разобрались.

— Угу, сами... — саркастически кивнул Горелов.

— Ну а что сделаешь, если те, кому положено такими вещами заниматься, ничего не делают! Поневоле сам решишь разбираться.

— Вообще, мне кажется, надо использовать наш опыт, — предложил Горелов.

— Подслушки, что ли, у кого-нибудь установить? — фыркнул Косарев. — У кого, интересно?

— А вот мадемуазель Иванова, — Горелов сделал неожиданный галантный жест в мою сторону, — их личность и установит, а мы потом докажем их виновность.

— Леонид, похоже, не очень-то верит в способности мадемуазель Ивановой, — улыбнулась я. — Хотя сам же и рекомендовал меня Святославу Игоревичу.

— Это спонтанно получилось. После того как Святослава избили, два дня с ним разговаривать было невозможно. Он срывался по любому пустяку, — стал рассказывать Леонид. — Ну вот я и вспомнил про наше знакомство. Надеюсь, ты не в обиде? — он посмотрел на меня.

— Да нет, какие тут могут быть обиды, — пожала я плечами. — Это же моя работа. И раз уж вы не можете ничего предположить, давайте я задам вам несколько иных вопросов.

— Давайте, — тут же кивнул Горелов.

— Во-первых, что вы можете сказать о жене Груничева? Вы с нею знакомы?

— Знакомы, — немного удивленно кивнул Косарев.

— Расскажите, какие у супругов Груничевых отношения? Не ссорятся?

— Ну, ссорятся, наверное, все. Без этого жизни семейной просто не получится, — резонно заметил Леонид. — Но крупных скандалов мы за ними не замечали.

— Да нет, вообще они, по-моему, хорошо живут, — вступил Горелов.

— А вы Святослава давно знаете? — обратилась я сразу к обоим.

— Я так очень давно, — первым ответил Горелов.

— Это его первый брак?

— Как ни странно, да. Ну, в общем-то, ничего странного и нет, он долго выбирал и наконец выбрал. По-моему, достойный вариант. В семье, правда, ее приняли не очень хорошо, но этого и следовало ожидать. Насколько я знаю Ирину Александровну, маму Святослава, то ей вряд ли какая-нибудь невестка могла угодить на все сто процентов.

— А что за мама, кстати? — полюбопытствовала я, поскольку о тяжелом характере мадам Груничевой уже вскользь упоминал сам Святослав.

Горелов вздохнул и полез за сигаретами.

— В общем-то, она неплохой человек, — ответил он, закуривая. — Старомодна, чопорна, порядочна... Сына всегда воспитывала так, чтобы он оглядывался на ее мнение. В семье она была главой, поскольку отец отсутствовал — где-то на Севере пребывал. А когда вернулся — в работу ушел, а потом внезапно умер. Но это я все знаю поверхностно. Если вас что интересует, то вы лучше у Святослава самого спросите или у Алены.

— А вот вы говорили о личных делах Святослава, — обратилась я к Леониду. — Что вы имели в виду?

— Ничего конкретного, — ответил Косарев. — Просто предположение. По-моему, оно, естественно, может возникнуть, ведь я убежден, что с фирмой нападения не связаны.

Тему неожиданно подхватил Горелов, заговорив с сомнением в голосе:

— Я даже не знаю, имеет ли эта версия право на существование. Однако... Есть, например, бывшая женщина Святослава, с которой он расстался не очень хорошо. Я, конечно, не думаю, что она станет кого-то просить таким образом отомстить Святославу, но это единственный его личный конфликт, который приходит в голову.

— Так, а что за женщина? — заинтересовалась я.

— Да нет же, ерунда! — поморщился вдруг Косарев и с укором посмотрел на Горелова. — Не понимаю, к чему ты ее приплел! Дело настолько прошлое.

— И тем не менее, — настаивала на своем я. — Расскажите мне об этой женщине.

Горелов вздохнул и ответил:

— Людмила Косович. В университете преподает что-то там общественное — не то историю, не то философию. Больше ничего не знаю.

— И как давно они расстались? — спросила я.

— Да уже с год назад! — вставил Косарев. — Нашел что вспомнить!

— Ну не скажи, — помахал в воздухе рукой Горелов. — У этой Косович там не все в порядке.

— Где там? — раздраженно уточнил Косарев.

— В голове, — с улыбкой пояснил Дмитрий.

— Она психически больна? — совсем уже удивилась я.

— Ну, насчет официального диагноза я не знаю, — развел руками Горелов. — Полагаю, что его нет, иначе она не могла бы преподавать. Но что-то там такое было. Помню, Святослав жаловался пару раз, так, мимоходом. Я не очень сильно вникал. По-моему, из-за этого они и расстались. У нее ее заскоки на характере отражались не лучшим образом.

— А долго они встречались?

— Да, довольно долго. Лет пять, наверное, или четыре, — почесал затылок Дмитрий. — Он практически к ней переехал даже, она одна жила. А потом у них скандалы пошли постоянные, с ней какие-то истерики начались... Святослав в то время, помню, мрачный ходил. А вот как они расстались, я не в курсе. Знаю только, что потом она несколько раз звонила Святославу, и разговор у них был неприятный. И еще: один раз я ее видел, когда вечером уходил отсюда, с работы. Она стояла у входа, наверное, ждала Святослава.

— А он тогда уже был знаком с Аленой?

Горелов задумался и после паузы утвердительно кивнул головой:

— По-моему, да... Точно да, потому что они с Аленой ко мне в гости приходили несколько раз, а он тогда еще с Людмилой не расстался. Я еще спросил Святослава вскользь насчет этого, а он рукой махнул, сказал, что сам все разрулит в самое ближайшее время. Ну и действительно разрулил.

— Значит, они расстались из-за Алены.

— Ну, выходит, — развел руками Дмитрий.

Косарев нервно заходил по кабинету. Он явно был недоволен тем, какую информацию сообщил мне Горелов. Я, однако, была другого мнения — мне важна любая информация, и мое дело ее сортировать по принципу нужности или ненужности.

— Какого черта ты вообще вспомнил о ней! — продолжал тем временем негодовать Леонид. — Только помешаешь работе Татьяны своими ложными версиями!

— Эй, эй... — успокаивающе подняла руки я. — Давайте-ка не ссорьтесь! А то вы здесь, как я погляжу, все люди уж слишком эмоциональные. Растратите нервы, а они еще могут пригодиться.

Косарев с Гореловым замолчали, видимо, согласившись со мной. Мне же ничего пока не оставалось, как начать прощаться, взяв себе на заметку некую не совсем психически здоровую, по некоторым оценкам, Людмилу Косович. А мысленно я стала набрасывать план дальнейших действий. Например, знакомство с семьей Груничева. Кстати, необходимо хорошенько переварить и свое впечатление о Косареве и Горелове.

Вскоре разговор Груничева с деловыми партнерами из Самары закончился. Он вышел из кабинета в приподнятом настроении и сразу же бросился объяснять своим заместителям, что сделка может оказаться выгодной и что в результате всем будет очень классно. О проблемах, ради решения которых он нанял меня, Святослав, казалось, забыл. Косарев и Горелов, естественно, забыли, в свою очередь, про небольшую размолвку между собой и сосредоточились на делах.

Я же, договорившись с Груничевым о завтрашней встрече у него дома, покинула фирму. На сегодня у меня было намечено еще одно небольшое дело, связанное с проблемами Святослава Игоревича.

Глава 2

А заключалось дело в том, что я направилась в отделение милиции, номер которого заранее выяснила у Груничева, чтобы побеседовать с сотрудниками и выяснить их мнение насчет истории, произошедшей со Святославом Игоревичем.

Доехав до места, я поставила свою «девятку» на сигнализацию, попутно отметив, что неплохо было бы при случае поинтересоваться у Груничева, занимается ли его фирма противоугонными устройствами. И если да, то, может быть, поменять свое на более новое и, возможно, более качественное.

Отделение, куда я прибыла, примечательно тем, что там работает мой давнишний приятель, Андрей Мельников. Собственно, друзей-приятелей в милицейской среде у меня достаточно, но я подумала, что в данном случае мне сопутствует удача, раз обращаться за помощью придется именно к Мельникову.

Володя Кирьянов — а попросту Киря, — пожалуй, мой самый близкий друг среди ментов. Но что-то он в последнее время начал иногда задирать нос. Нет-нет, он, конечно, никогда не отказывает мне в помощи, но очень уж полюбил делать вид, что при этом отвлекается от дел чрезвычайной важности. А дело Груничева даже мне пока не представлялось достойным внимания подполковника милиции.

Гарик Папазян, еще один мой столетний приятель, в данном случае тоже был неподходящей кандидатурой. Опять же потому, что пока никакой сверхъестественной помощи в деле мне не требовалось. Гарик, который в отличие от Кирьянова не обладает высокими полномочиями и не смотрит на меня сверху вниз, тем не менее имеет другую особенность: он любит заламывать за свои услуги высокую цену. Слишком высокую, как я считаю. Но его интересует не материальный момент. Гарик, знойный парень с Кавказских гор, естественно, выше этого! Но как истинный горец он питал слабость к женщинам, а особенно — к натуральным блондинкам, каковой я и являюсь. И за свою помощь он жаждет от меня ответного расположения. Нужно признать, получить свое Папазяну до сих пор так и не удалось, благодаря бесчисленному количеству хитростей и уловок, с помощью которых я всегда успешно уклонялась от такого рода выражения своей благодарности за помощь. Бедный Гарик, не раз грозившийся меня «просто зарэзать», тем не менее не оставил своих надежд, и можно не сомневаться, что он не преминет напомнить мне об этом после того, как окажет услугу.

Спокойный, не хватающий звезд с неба, но исполнительный Мельников, не мнящий о себе бог знает что и не претендующий на большее, чем дружба со мной, Андрюха сейчас был незаменим. Поэтому я, нисколько не сомневаясь, отправилась прямиком к нему в кабинет.

К сожалению, на сей раз от Мельникова я ничего нового не почерпнула. Да, случай нападения был. Всех проверили, перетрясли, но... пришли к выводу, что местная шпана вроде как к нему непричастна.

— Может, наркоманы? — глубокомысленно изрек Андрей. — Для них районных границ не существует.

— Точно наркоманы! И у них собственная машина! — с сарказмом сказала я. — Впервые слышу о таких разумных и рассудительных наркоманах. Нам дозы не надо — машину давай, да? Ты что, не понимаешь, что у них машины быть не может в принципе, потому что если эта машина есть, то ее сразу нет, как в песенке поется. Они бы ее давным-давно продали!

— Ну, значит, не наркоманы, — послушно согласился Мельников. — Просто хулиганы.

Я начала злиться. Исполнительная твердолобость Мельникова, на которую я совсем недавно не могла нахвалиться, теперь меня откровенно раздражала! Почти не скрывая этого, я снова съехидничала:

— А что они вдруг именно к Груничеву привязались-то два раза подряд? Понравился?

— Ну не знаю я, — отмахнулся Мельников. — И потом, кто тебе сказал, что это они? В первый раз, как я понял, вообще ничего не было, просто жена его кипеж подняла непонятно с чего. А во второй... Может, это совсем другие парни? Пострадавший сам говорил, что туман был. А ты что, правда взялась за его дело? Да брось ты, только время теряешь. Хотя если он тебе платит, то почему бы нет? Опасности, по-моему, здесь никакой. Тихо-спокойно. Проверишь, отработаешь... Я тебе даже советую подольше возиться, все версии прочистить, вплоть до самых абсурдных. Ну то есть пока ему не надоест тебя кормить.

— Спасибо за совет, — усмехнулась я. — Уж до этого я бы и сама додумалась, если бы голодная была. Только меня больше устроило бы, если б ты мне стоящую версию подкинул.

— Увы, — развел руками Мельников. — Нет тут стоящих версий и быть не может. Хотя если третий раз нападут...

— Значит, тенденция, — язвительно перебила я его.

— Да нет, — обиделся-таки Мельников, — я хотел сказать, что будем разбираться, конечно. Уже по полной программе. Этот твой Груничев, кстати, хорош! Твердит, как попугай: ничего не знаю, ни с кем не ссорился... А характерец у него, между прочим, еще тот! Такой просто не может ни с кем не ссориться. Может, там вообще бытовуха какая-нибудь. Нашла коса на камень... Нарвался на какого-нибудь идиота, тот своих пацанов поднял, а этот даже и не знает, кто на него наехал.

— Ну что же он сам, что ли, должен преступление раскрывать? — воскликнула я.

— Помочь-то следствию он мог! Для него же старались!

Я скептически поджала губы, сомневаясь, что оперативники, занимавшиеся делом Груничева, так уж сильно старались. Наверняка сочли за не стоящую внимания мелочовку. Поняв, что чего-либо путного от Мельникова вряд ли дождешься, я распрощалась с Андреем и поехала к себе домой.

«Итак, день прошел, — думала я, уютно лежа на диване уже после того, как приняла душ и поужинала. — И что он мне принес?»

Пока я даже не получила ответа на главный вопрос: ерунда вся случившаяся с Груничевым история или же не ерунда? Мнения тех, кто знал о происшествии, по данному вопросу разделились. И я сама не знала, к какой стороне примкнуть: к Груничеву, который был накрепко убежден в грозящей ему опасности, или к тем, кто придерживается иного мнения.

А почему бы, собственно, мне не задать этот вопрос тому, кто поумнее меня? Тому, кто всегда все знает наперед? Естественно, я говорю о своих гадальных костях, без которых не обходится практически ни один мой день.

Я бережно достала черный замшевый мешочек и, подумав про себя о деле Груничева, высыпала магические двенадцатигранники на диван. Выпала комбинация: 9+36+17. Так как почти все расклады я помню наизусть, мне и на этот раз не пришлось лезть в толкователь. «Страсть глупцов — поспешность: не видя помех, они действуют без оглядки» — вот что мне поведали мои «косточки».

Признаться, я призадумалась. Поспешность? Что они имеют в виду? Что я слишком поспешно согласилась взяться за дело Груничева? И теперь меня ждут какие-то помехи, которых не было бы, проигнорируй я его просьбу? Вот за что я порой злюсь на свои «косточки», так это за то, что они никогда ничего не могут сказать просто и ясно, вечно с каким-то намеком и закавыкой!

Подумав, я решила продемонстрировать своим магическим помощникам свое недовольство и не стала их переспрашивать. Подумала: не хотят говорить — не нужно, я и сама разберусь! Подбодрив себя таким образом и убедив, что мне ничего не страшно, я с чистой совестью отправилась спать.

* * *

На следующее утро я поднялась гораздо раньше, чем позволяла себе в предыдущие дни. И это естественно, ведь теперь у меня была работа, требующая боевой готовности в любой момент. Правда, пока особой необходимости срочных действий не наблюдалось, а просто нужно было ехать к Груничеву домой, чтобы познакомиться с его женой. Кстати, заодно я попросила, чтобы там присутствовала и его мама, гораздо ведь удобнее побеседовать сразу с обеими главными женщинами в жизни моего клиента, чем потом навещать Ирину Александровну отдельно. Груничев позвонил мне с утра и предупредил, что мама будет у него к десяти часам. Помня об особенностях ее характера, я решила не опаздывать и не заставлять себя ждать, потому и поднялась в половине восьмого.

Времени мне вполне хватило, чтобы принять душ, спокойно позавтракать, а потом заняться собственной внешностью. Я наложила строгий макияж и облачилась в мягкое шерстяное платье, вверху обтягивающее и подчеркивающее грудь, а от талии — свободное. Платье было очень красивого терракотового оттенка. В тон ему я подобрала туфли и перчатки, а сверху набросила длинное пальто, оставив его незастегнутым. Видом своим я осталась вполне довольна — солидно и невычурно, все в норме. Естественная красота плюс ухоженность — беспроигрышный вариант!

Через пару минут я уже ехала в своей «девятке» по адресу, который оставил мне Груничев. Собственно, я довольно хорошо представляла себе его дом, поскольку район, где проживал мой клиент, находился в центре города, и огромная многоквартирная девятиэтажка знакома многим горожанам.

Дверь мне открыла женщина с лицом, не лишенным миловидности, но, увы, с прочно укоренившейся на нем печатью увядания. Возраст! Неумолимое его воздействие! А ведь и меня ждет примерно то же самое... когда-нибудь. Поежившись от такой перспективы, но постаравшись тут же прогнать пессимистичные мысли вон, я приветливо поздоровалась. Ответом мне послужило сдержанное «здравствуйте» и явно оценивающий взгляд.

Ирина Александровна, а это была именно она, больше здесь было быть некому, оценивала меня, словно я пришла набиваться к ее сыну в жены. Ее строгий взгляд напомнил мне одну из моих учительниц, кажется, по математике, которая искренне полагала, что чем строже и недоступнее она будет вести себя с классом, тем лучше будут знать ее предмет ученики. Мадам Груничева-старшая, невысокого роста дама, держалась очень прямо и из-за этого казалась выше. Дополняли портрет строгий взгляд серых глаз и пышная, высокая прическа из абсолютно седых волос.

— Слава о вас рассказывал, — сухо произнесла она после осмотра моей персоны. — Проходите, пожалуйста. Не взыщите, здесь не очень прибрано, но это не моя вина...

Тут из дальней комнаты показался сам Святослав, который деловито предложил мне тапочки. Переобувшись и поблагодарив, я уже собиралась пройти в комнату, как меня остановила Ирина Александровна:

— Слава, ну ты куда приглашаешь гостью? Пускай проходит вот сюда, — она указала на другую дверь. — Там же у вас бардак, а ты приглашаешь человека! Соображать же нужно, в конце концов! — И она как-то обиженно поджала губы.

Святослав, смутившись, что-то пробормотал и повел меня в другую комнату. Там на широкой тахте полулежала черноволосая молодая женщина, скорее даже девушка, одетая в черные брюки и обтягивающий темно-зеленый свитер. У нее было очень выразительное лицо с карими глазами, подернутыми восточной поволокой, и красивым изгибом тонких темных бровей. При виде меня женщина поднялась, и я обнаружила, что она довольно высока ростом, а фигура у нее гибкая и изящная.

— Знакомьтесь, это Алена, моя жена, — представил девушку Святослав. — А это Татьяна Александровна Иванова, частный детектив. Я тебе о ней говорил.

— Очень приятно. Мне было бы удобнее, если бы вы называли меня просто по имени, Татьяной, — улыбнулась я, присаживаясь напротив Алены в кресло.

Святослав щелкнул пультом телевизора, который до нашего прихода смотрела его жена, убрав таким образом звук.

— Алена, Татьяна хотела познакомиться с тобой, — напомнил Груничев, — я тебе рассказывал, по какому поводу.

— Да, — низким голосом тихо ответила Алена. — Недавние события выбили нас из колеи. Все происходило на моих глазах, но сейчас я даже не могу подобрать слова, чтобы описать то, что случилось. А ведь вы именно это хотели услышать?

— Нет, как раз о нападении я уже слышала от вашего мужа, — сказала я. — Я хотела спросить вас несколько о другом.

— Я вас, пожалуй, оставлю, — проговорил Святослав, видимо, посчитав, что разговор между двумя женщинами пойдет лучше без его присутствия, и вышел за дверь.

Когда мы остались одни, я заговорила:

— Алена, я так поняла, что опасность вам угрожала два раза, верно? И если во втором случае вам, к сожалению, не удалось избежать неприятностей, то в первом почти ничего не указывало на возможность нападения. Скажите, почему вы так сильно испугались?

Алена немного помедлила, потом со вздохом пожала плечами и просто ответила:

— Интуиция. Не могу объяснить. Бывает такое. Мужчины, кстати, не очень в такое верят, потому что сами, видимо, не способны на предчувствия. А на самом деле бывает.

— Я с вами согласна, — кивнула я. — То есть никаких видимых причин для волнения все же не было?

— Нет, — покачала головой Алена. — Я потом, кстати, ругала себя за такой порыв... А когда нас встретили во второй раз, убедилась, что тогда не зря волновалась. Я и сейчас волнуюсь. Может быть, внешне это и незаметно, но на самом деле...

— Вам кто-то знаком из тех, кто на вас напал?

— Нет, конечно, — Алена с недоумением посмотрела на меня. — Откуда? Да и Святослав не знает. Если бы мы кого-то узнали, неужели стали бы молчать? Ведь Святослав ходил в милицию.

— Да, я знаю. Может быть, у вас есть какая-то интуитивная версия о том, из-за чего все случилось и кто мог быть тому причиной?

— Увы, здесь моя интуиция молчит, — чуть усмехнулась Алена. — Ведь из его друзей я мало кого знаю, в дела вообще стараюсь не лезть, он этого очень не любит. Да я ничего и не понимаю в особенностях его работы. Что я могу предположить?

— Алена, простите, а у вас в отношениях с мужем все гладко? Ну, я имею в виду...

— Да, — удивленно пожала плечами Алена, не дожидаясь продолжения фразы. — А почему вы спрашиваете?

— Просто потому, что работа у меня такая, не обращайте внимания, — я дружески улыбнулась ей. — И еще раз простите: в ваши отношения не вплетается другая женщина?

— Нет, — глядя прямо мне в глаза, ответила Алена. — В этом я абсолютно уверена. Можете отнести мою уверенность на счет интуиции, я же объясняю ее знанием психологии.

— Вы изучали психологию?

— К сожалению, не пришлось, — с грустью вздохнула Алена. — Хотя собиралась и серьезно готовилась, книжек много перечитала. А потом в институт не поступила и все забросила.

— Вам знакомо имя Людмилы Косович?

Алена чуть помолчала, внимательно глядя на меня. Потом сказала:

— Это женщина, с которой Святослав встречался до меня. Мне знакомо не только ее имя — мы несколько раз виделись. Но я совершенно не понимаю, при чем тут она. Святослав отношений с ней не поддерживает, и я это хорошо знаю. Какой смысл вспоминать о ней?

— Вы знаете о том, как они расстались и почему? — спросила я в свою очередь, не отвечая Алене. Видимо, у Груничевых это семейная черта — задавать встречные вопросы, и мне придется это терпеть до конца расследования. Слава богу, что вроде бы характер у жены Святослава не такой взрывной, как у него самого.

— Только в общих чертах, — покачала головой Алена. — Я старалась не забивать себе этим голову. Какая мне разница, что было до меня? Он же теперь со мной, а не с ней. И выспрашивать что-то про нее мне неинтересно. К тому же она сама повела себя по отношению ко мне так, что я не хочу о ней ничего знать.

— А как она себя повела?

Видя, что мадам Груничева-младшая не спешит мне отвечать, я, набрав в легкие побольше воздуха и стараясь говорить ровно, произнесла:

— Алена, я вас еще долго буду мучить подобными вопросами. От них зависит результат моей работы. И вы, если хотите помочь и себе, и мне, лучше отвечайте как можно четче, не уточняя всякий раз, зачем это нужно.

Алена взглянула на меня своими восточными, с поволокой, глазами и кивнула:

— Да, хорошо. В общем, я могу сказать, что общение с этой женщиной ни мне, ни мужу не доставляет удовольствия.

— Ну а поконкретнее? Часто ли вам приходится общаться?

— Сейчас совсем не общаемся, а вот когда мы познакомились... — Алена приумолкла, вспоминая.

— Расскажите, пожалуйста, мне и о знакомстве тоже, — попросила я.

— Ладно, сейчас расскажу. Только с вашего позволения я закурю, хотя здесь и находится Ирина Александровна.

— Вы ее боитесь?

— Совсем нет. Просто если она узнает, что я курила, будет ворчать долгое время, — сообщила Алена и безразлично повела плечами.

Она достала свои сигареты, а я свои. Потом Алена встала и открыла окно. Закурив, она заговорила:

— Когда мы познакомились со Святославом, а это было чуть больше года назад, он жил у той женщины. Мы с ним просто встречались, ходили в кафе, иногда в гости. Я догадывалась, что у него кто-то есть, но не расспрашивала его. Разговор об этом зашел, когда он сказал мне, что снял квартиру. Эту-то мы потом уже купили, когда поженились. Вот тогда я и спросила, намерен ли он продолжать отношения с той женщиной. Он ответил, что, конечно, нет, иначе зачем бы он тогда снимал для нас квартиру. И добавил, что хочет быть со мной. Но я видела: его что-то тревожит, и он посетовал, что не знает, как лучше поговорить с той женщиной, ведь разговор легким не получится.

— И как же все разрешилось? — спросила я, потому что Алена снова умолкла.

Она молчала с полминуты, и мне уже захотелось высказать ей в более жесткой форме, что такая манера меня категорически не устраивает, поскольку вредит расследованию, но тут Алена заговорила:

— Скандалом. Я, к счастью, при нем не присутствовала, мне позже, вечером, обо всем рассказал сам Святослав. Он сообщил Людмиле, что уходит, и с ней началась истерика. Пришлось даже вызывать врача. А потом приехала ее сестра, и Святослав поскорее ушел, успокоенный, что Людмила останется не одна. После этого мы стали жить вместе.

— И что же, Людмила еще напоминала вам о себе?

— Да, она два раза приходила к нам, кричала, что я стерва и что все равно не буду счастлива. Один раз заявилась, когда Святослава не было дома, и я просто не знала, что мне делать. В общем, получилось так, что мы подрались. Мне очень неприятно вспоминать о том случае. А потом мы купили эту квартиру, и сюда Людмила ни разу не приходила. Надеюсь, она не знает нашего адреса. Хотя Святослав пару раз упоминал, что она ждала его после работы, чтобы поговорить. Вроде бы вела себя спокойнее, но все равно всякий раз пыталась его убедить, что он поступил опрометчиво, уйдя от нее. Не понимаю, к чему ей встречи и разговоры, если все и так давно ясно? Он же сделал свой выбор.

— А как Святослав к ней относится? — спросила я.

— Ему тоже все это неприятно, хотя он просил меня относиться к Людмиле более... терпимо. Говорил, что она сама вскоре успокоится, что ее тоже можно понять, ведь они долго были вместе. По-моему, он ее жалеет, потому что она больной человек.

— То, что она больна, он вам сказал?

— Он упоминал об этом. Но вообще-то внешне она не выглядела как полоумная. Во всяком случае, в те моменты, когда мы встречались. Раздраженная, нервная — да, но больная психически...

— Если Святослав считал, что Людмила действительно больна, почему он с ней встречался так долго? Для него это было неважно? Я имею в виду ее отклонения. Я, конечно, спрошу при надобности и у него самого, но сейчас мне интересно ваше мнение.

— Вряд ли Святослав захочет говорить с вами о ней, — возразила Алена. — Он очень не любит эту тему.

«Мало ли, что он там не любит, — подумала я. — Придется потерпеть мой въедливый характер, если уж нанял меня для расследования».

— Тогда тем более скажите вы, — вслух проговорила я. — Ему неважно было состояние Людмилы?

— Наверное, да, не было важно, — пожала плечами Алена. — Может быть, ее... особенности не проявлялись сначала так ярко. Вообще-то она — давнишняя знакомая его мамы, дочка ее умершей приятельницы. Тому, что Станислав и Людмила начали встречаться, Ирина Александровна посодействовала. Но потом выяснилось, что у нее тут не все в порядке, — Алена покрутила пальцем у виска, — и Ирина Александровна стала выступать против их встреч. Когда рядом со Святославом появилась я, то вначале вроде бы была для нее хорошей, а сейчас что-то не очень. Разонравилась, наверное. Ирина Александровна человек тяжелый, с ней трудно найти общий язык. А любит она, по-моему, только своего сына. Остальных — либо уважает, либо презирает, либо просто никак не воспринимает.

— А когда вы последний раз видели Людмилу?

— Ну вот тогда, когда случилась та неприятная история с дракой. После не видела.

— А когда она произошла? Я же не знаю, как давно вы переехали сюда.

— Полгода назад. Незадолго до нашей свадьбы. Вообще-то я была уверена, что это все в прошлом. Я почти и не вспоминаю о Людмиле Косович. Если бы вы сейчас не напомнили, мне бы и в голову не пришло думать о ней, — развела руками Алена.

— Хорошо, насчет Косович у меня к вам вопросов больше нет, — кивнула я. — Теперь давайте вернемся к тому неприятному вечеру, когда на вас напали.

— Но вы же сами сказали, что уже слышали об этом, — подняла на меня глаза Алена.

— Ну, подробности никогда не бывают лишними, а потом, мне сейчас интересно то, чего я еще не слышала: как вели себя напавшие, когда оттащили вас от мужа? Как они выглядели? О чем с вами говорили и говорили ли вообще? Я-то знаю обо всем происшедшем со слов Святослава, а ему в тот момент не до наблюдений было.

Алена помрачнела. Она взяла еще одну сигарету из пачки и, делая длинные затяжки, сказала:

— Даже вспоминать не хочу! Хотя я понимаю, что вам это нужно. Как они себя вели? Ну, наверное, как вели бы себя любые другие на их месте. Довольно грубо скрутили меня и потащили, по дороге рот рукой зажимали, чтобы я не кричала. Потом уже, когда в сторону отволокли, стали шипеть в ухо, чтобы я не дергалась и молчала, тогда со мной все будет в порядке и меня отпустят.

— Сколько их было?

Алена наморщила лоб.

— Так... Меня держали двое, а еще трое избивали Святослава — значит, всего пятеро.

— А что за машина у них? Вас ведь, кажется, к ней оттащили? Вы ее разглядели?

— Нет, очень плохо, — развела руками Груничева. — Вроде бы машина наша. Не иномарка, это совершенно точно. Наверное, что-то типа «шестерки». И еще помню, что машина светлая. А номера я, конечно, не разглядела! — Алена с досадой махнула рукой.

— Вас они не били?

— Нет, только держали очень грубо, руки заломили за спину, рот зажали... — Алена передернулась.

— А как же вам все-таки удалось освободиться? Вы владеете какими-то приемами? — спросила я, посмотрев на ее довольно хрупкое тело.

— Нет, что вы! Какие приемы! Я вообще не очень-то спортивный человек, — Алена каким-то извиняющимся взглядом глянула на меня. — Видите ли, у меня в кармане пальто всегда лежит баллончик с нервно-паралитическим газом. В какой-то момент один из парней отошел, а второй не слишком крепко держал. Когда одна моя рука оказалась свободной, я смогла вытащить баллончик и нажать на кнопку, повернув его в сторону державшего меня парня. Он отшатнулся, отпустил меня, и тогда я побежала. Причем специально кинулась не туда, где шла драка, а в другую сторону, на дорогу. Там как раз машина проезжала.

— Значит, вы воспользовались баллончиком?

— Да. Но я не помню, что с ними было после этого, я не смотрела. Кинулась к дороге сразу же, как почувствовала, что меня уже не держат. Слышала, правда, как они кричали и ругались. Все очень быстро произошло.

— Хорошо, что у тебя баллончик был, — неожидавно раздался грудной голос, и в комнате появилась Ирина Александровна. — А если бы его не было? Что тогда? Ужас какой! На улицу не выйдешь. Я всегда говорила: Слава, пользуйся машиной! Нет, прогуляться им захотелось... Нельзя сейчас пешком ходить! Время-то какое!

Она покачала головой и присела на тахту, откинув край покрывала.

— Алена! — с укором обратилась мадам Груничева к невестке. — Опять ты прямо на покрывале валяешься! Оно же перестанет быть таким ярким, и ворс весь сваляется. И снова ты курила в комнате! Ну что это такое? Я Славу ругаю, а тут еще ты!

Алена ничего не отвечала, глядя мимо свекрови.

— А вы, девушка, что же, частный детектив? — серьезно спросила Ирина Александровна, глядя на меня.

Я достала удостоверение и протянула ей. Ирина Александровна внимательно изучила его и, чинно кивнув, вернула.

— Ну дай бог, — с сомнением покачала она головой. — Если найдете этих хулиганов, хорошо. Ох! — Она вздохнула. — Хотя вообще-то я сомневаюсь. Да, не женская у вас профессия.

— Мама, ну кто тебя просит высказывать свое мнение? — с раздражением спросил Святослав, тоже входя в комнату.

— А почему я не могу его высказать? — недоуменно посмотрела на него Ирина Александровна. — В конце концов, я твоя мать. И говорю я не из-за того, что зла желаю, а потому что душа болит! Вот будут у тебя свои дети, тогда поймешь. И вообще я хочу сказать, что мне не нравится, как вы живете. Посмотрела я сегодня и в ужас пришла. Давно уже собиралась сказать, а сегодня не выдержала. Ну что это такое?

Первого у вас не приготовлено, все на каких-то кусках живете.

— Почему, там есть нормальный обед, — перебил ее сын.

— Да какой нормальный! — отмахнулась Ирина Александровна и почему-то обратилась взглядом за поддержкой ко мне. — И убраться в квартире нужно как следует, прямо генеральную уборку провести.

— Да зачем она нужна! И так все чисто, — сказал Святослав.

— Все равно. Нужно и в шкафах разобрать — я сегодня посмотрела, у вас там все неправильно разложено. Неудобно же! И что-то, может быть, на антресоли сложить, что ненужное.

— Ненужное лучше выбросить, — вставил сын.

— Выбросить! Вам бы все выбрасывать! Потом понадобится, а у тебя не будет. И к маме придешь просить.

— Я уберусь, Ирина Александровна, — сказала Алена.

— И я тебе помогу, — стояла на своем свекровь. — Я вообще решила, что у вас жить останусь, пока все не уладится, а то вас и оставлять-то страшно! Я теперь спать ночами не могу нормально. А если к вам так прицепились, то и в квартиру ведь могут залезть! Алена то туда, то сюда, а этот, — она кивнула на сына, — вечно на работе. В квартире кто-то обязательно должен быть постоянно.

— А кто же у тебя останется в квартире? — спросил Святослав, которому, судя по выражению его лица, совсем не нравилась идея матери пожить с ними вместе.

— А я Марью Михайловну попрошу, из сорок третьей квартиры, — ничуть не растерялась Ирина Александровна. — Она порядочный человек, мы с ней сколько раз друг друга выручали — и когда она к дочери в Москву ездила, и когда я в больнице лежала с сердцем. Ты за меня не волнуйся, это за вас все волноваться приходится. А я квартиру без присмотра не оставлю. Там у меня тоже худо-бедно ценные вещи есть, пусть и немного. Отцов портсигар золотой, например, и книг у меня много.

— Книги сейчас не воруют, — заметил сын.

— Не скажи, кому что. Могут все унести, что под руку попадется. В общем, я все решила. Я остаюсь.

И она категорически хлопнула ладонью по тахте. Святослав с Аленой хмуро переглянулись, явно недовольные предстоящей перспективой.

— Простите, а ваш муж умер? — обратилась я к Ирине Александровне.

Та кивнула головой и вздохнула:

— Да, несколько лет назад. И главное, так внезапно! Никто этого не ожидал, совершенно никто! Он всегда отличался хорошим здоровьем, был полон сил — и на тебе! В один миг его не стало — сердце остановилось. Я тогда была в жутком состоянии, просто в шоковом! Сама после этого с сердцем в больницу попала. Похороны помню как в тумане, словно все не со мной происходило. Такое вот горе...

— Мама, но ведь прошло же уже несколько лет, пора успокоиться, — мягко и сдержанно проговорил Святослав. — А ты любишь вспоминать, словно нарочно снова себя расстроить хочешь.

— Как я могу не вспоминать! — недоуменно и с упреком посмотрела на него мать. — Это был мой муж, твой отец! Мы с ним прожили всю жизнь и совершенно не ссорились. И теперь забыть все с легкостью?

— Да никто не просит тебя забывать, — поморщился Святослав. — Просто про похороны поменьше думай, лучше о хорошем вспоминай. И вообще, мама, давай прекратим разговор на эту тему. Она не имеет отношения к делу и только отвлекает Татьяну.

— Хорошо, я вообще могу ничего не говорить! — с досадой и обидой проговорила Ирина Александровна и вышла из комнаты. Через пару минут оттуда послышался ее голос: — Слава, ну кто хранит рубашки на стульях? Они же от этого мнутся. Вы прямо как дети маленькие, честное слово!

— Вы не обращайте внимания, — извиняясь, сказал мне Груничев. — Продолжайте.

— Да мы практически уже закончили, — сказала я и снова обратилась к Алене: — То есть благодаря вашим действиям с баллончиком вам удалось освободиться и позвать на помощь, а преступники сразу после этого уехали?

— Да, они попрыгали в свою машину, — кивнула Алена. — Как только увидели, что останавливается автомобиль и из него выходят люди. Ну а я следом вызвала «Скорую» и попросила тех людей подождать ее приезда рядом со мной. Я очень сильно боялась, вы понимаете...

— Конечно, понимаю, — ответила я.

— Я всего этого не видел, — вставил Святослав. — Я почти сознание потерял, лежал как... словно на тот свет уже переправлялся. Муть одна кругом, не соображаю ничего. Очнулся уже в «Скорой», понял, что в больницу везут, и опять отключился. Только через некоторое время в себя пришел, уже в палате.

— Я теперь боюсь на улицу выходить, — дрожащим голосом проговорила Алена.

— Ну тебе-то что бояться? — успокаивающе сказал Святослав. — К тому же мама собралась у нас пожить, вот ее и посылай в магазины.

— Да я бы лучше сама сходила, — покосившись с опаской на дверь, понизила голос Алена.

— Ну, — Груничев развел руками, — что поделаешь! Я думаю, это ненадолго, так что потерпи.

Разговор был закончен, мне больше нечего было делать в груничевской квартире.

* * *

Около входа в университет крутилась разношерстная публика, состоящая из молодых людей обоих полов, одетых кто крикливо и вызывающе, а кто, наоборот, нарочито невзрачно по так называемой «неформальной моде». Я протиснулась сквозь толпу, поймала два заинтересованных взгляда со стороны юношей с горящими глазами и проследовала в вестибюль. Там меня остановил охранник, изучил мое удостоверение и пропустил внутрь. Людмила Косович работала на кафедре философии, и, чтобы ее найти, нужно было подняться на четвертый этаж.

Наконец я нашла нужный кабинет. В нем находилось несколько преподавателей, и Людмилу Косович я выделила сразу, хотя никогда ее не видела. Из присутствующих она одна подходила под нужный образ, который у меня уже сложился. Это была невысокого роста полненькая женщина в больших роговых очках и с черными как смоль волосами.

— Нет, нет, вы не правы, Лев Борисович, — горячо убеждала она сидевшего за соседним столом серенького тощего господина с тросточкой в руке. — Конечно, по телевизору такое показывают, но к реальной действительности это не имеет никакого отношения.

— Ну я не знаю, — отвечал худощавый старичок, — мне кажется, Людочка, что в нашем споре мы оба забываем о главном. Необходимо помнить, что прагматический выбор и следование нравственному принципу есть одно и то же. Если не следовать принципам, в конечном итоге вы проигрываете, даже если придерживаетесь позиции меркантильной выгоды.

— Ах, слова, слова, Лев Борисович! — махнула рукой Косович. — Одни слова!

— По-моему, вы оба слишком категоричны, — вступила в спор еще одна преподавательница, пожилая женщина строгого вида, с короткой прической и преобладанием мужского стиля в одежде. — Да, кстати, девушка, а вы к кому? — обратила она внимание на меня.

— Здравствуйте, я к Людмиле Яковлевне, — подала я голос, и Косович, прервав жаркий спор, с удивлением повернулась ко мне.

— Если насчет пересдачи зачета, — сурово заговорила она, — то только после десятого, я же предупреждала!

— Нет, я совсем по другому поводу, — возразила я. — Скорее — по личному. Мы можем поговорить наедине?

— А в чем дело? — На лице Косович отразилось беспокойство, и оно передалось строгой женщине, которая тоже с недоумением и даже с подозрением посмотрела на меня. Что касается старичка, то он воспринял мои слова с живым любопытством и наклонил голову, чтобы, видимо, лучше рассмотреть меня и проследить за тем, что будет дальше происходить.

— Это касается одного нашего общего знакомого, — сказала я, злясь на Косович из-за того, что она вынуждает меня объяснять при посторонних цель моего визита.

— Подождите, но я вас не знаю! Что за общий знакомый? — нервно воскликнула она.

Я уже совсем разозлилась и поэтому не стала щадить ее чувства, заявив напрямик:

— Груничев Святослав Игоревич. А меня зовут Татьяна.

Косович вспыхнула, засуетилась, бесцельно вороша на столе какие-то бумаги. Затем она гораздо более внимательным и оценивающим взглядом осмотрела меня. Не знаю уж, за кого она меня приняла, но симпатии в ее взгляде не прибавилось. Может быть, если бы вместо меня перед нею стояла толстая некрасивая тетка, настроение ее улучшилось бы. И ничего странного в этом не было бы: я давно обратила внимание, что женщины, особенно молодые, смотрят друг на друга как на потенциальных конкуренток. А в данном случае, если учесть, что я упомянула имя ее бывшего любовника... Перестав наконец меня разглядывать, Косович поспешно встала со стула и быстро заговорила:

— Ну, я не знаю... Святослав Игоревич — мой, можно сказать, бывший знакомый, я давно его не видела... Что вы хотели? Нет, я не против поговорить, просто здесь не очень удобно...

Было видно, что женщина волнуется, смущена тем, что разговор коснулся Груничева в присутствии ее коллег. Она хотела сделать вид, что упомянутый предмет разговора ей малоинтересен, но в то же время ей явно было любопытно узнать, что за дела связывают меня с Груничевым и почему я пришла к ней. Может быть, в ее голове мелькнула мысль, что мой визит сулит ей что-то приятное, поскольку она заметно заинтересовалась и постаралась отбросить свою антипатию ко мне.

— Так пойдемте куда-нибудь в другое место, — предложила я. — Мы можем даже поговорить в моей машине, если здесь не найдется подходящего помещения.

— Нет, я на улицу не хочу выходить, там холодно. Пойдемте вон в тот кабинет. — Резко бросая фразы, Косович поднялась и торопливо потянула меня к двери, находившейся внутри аудитории.

Старичок и мужеподобная женщина проводили нас любопытными взглядами.

Кабинет, в который мы вошли с Людмилой Яковлевной, был совсем крохотным, здесь уместились всего один письменный стол с двумя стульями и шкаф.

— Садитесь, — не глядя на меня, кивнула Косович на один из стульев, сама же расположилась на другом. — Вас послал Груничев? Интересно, зачем? Он что, не мог мне сам позвонить? — забросала она меня отрывистыми вопросами, произнося их резким, гортанным голосом.

— Нет, он меня не посылал. Дело в том, что у него неприятности, и я занимаюсь выяснением их причин.

— И что же, вы считаете, что причина его неприятностей заключается во мне? — насмешливо произнесла Косович. — А потом, что значит «выясняете»? Вы ему кто?

— Я частный детектив, которого он нанял для расследования одного дела, — ответила я.

— С ума сойти! — воскликнула Людмила Яковлевна, качая головой.

При этом она явно повеселела, поняв, что меня со Святославом связывают лишь деловые отношения. Хотя логики здесь не было никакой — она же знала, что Груничев женат и что ей возобновить с ним близкие отношения вряд ли светит.

— Ну и что же вы от меня хотите? — не сбавляя нервозности, продолжала Людмила. — Информации? Признаний? Я Святослава не видела уже год и понятия не имею о его делах. Спросите лучше у его жены. Именно она способна доставить ему неприятности! А какие, кстати, неприятности? — вдруг спросила она после своих утверждений.

— На него напали на улице и жестоко избили.

— Боже мой! — закатила глаза Косович. — А почему на улице? У него же машина! И что, он в больнице?

Я просто не знала, на какой вопрос отвечать раньше, озадаченная манерой Людмилы Яковлевны сыпать фразами как из пулемета.

— Нет, он не в больнице, он уже дома и чувствует себя более-менее нормально, — для начала сказала я. — А на улице находился потому, что в тот вечер решил прогуляться. Кстати, вместе с женой, которой тоже могло основательно достаться.

— Но это же просто глупость чистой воды — ходить пешком, имея машину! Я просто удивляюсь на Святослава! Раньше его невозможно было заставить несколько шагов пройти! Что вдруг за прогулки? — Сейчас в интонациях Людмилы мне послышалось нечто, очень напоминающее манеру разговора Ирины Александровны Груничевой, и я даже подумала, что, может быть, именно это сходство подсознательно и привлекло к ней Святослава. Насколько я смогла рассмотреть и понять Косович, у нее не было ничего общего с Аленой, которую он выбрал в жены. Похоже, его брак был заключен по любви.

— Это сейчас совершенно неважно, Людмила Яковлевна, — терпеливо продолжала я. — Святослав озабочен проблемой найти тех, кто на него напал. Он не исключает, что нападение может повториться, и опасается. Вот я и решила обратиться к вам — может быть, преследование идет откуда-то из прошлого и вы знаете, с кем он конфликтовал в свое время?

— Я ничего не могу знать! — категорично отрезала Косович. — Это нужно спросить у его нынешней жены. Я всегда говорила, что она доведет его до могилы. Это абсолютно беспринципная женщина! Молодая, наглая. Вот у нее и спросите!

— Вы сказали о могиле, — заинтересовалась я. — В связи с чем?

— В прямом смысле. Меньшее, что ему грозит с ней, — смерть от разрыва сердца. Или от переутомления. Вы же, наверное, знаете, что работает только он, а она сидит дома и постоянно требует содержать ее получше. С таким подходом у него уже через год будет язва желудка, уверяю вас!

— Вы можете сказать что-нибудь конкретное? — уточнила я.

— «Конкретное»! — передразнила Косович и покачала головой. — Да достаточно вспомнить, как эта женщина разговаривала со мной. Понятно, что она столь же нахально ведет себя и со Святославом.

Я не стала спорить и задала следующий вопрос, надеясь получить на него честный ответ:

— Скажите, вы ведь встречались несколько раз со Святославом после вашего разрыва? Как проходили ваши встречи?

Косович затеребила обложку лежавшей на столе тетради.

— Святослав наверняка наговорил вам с три короба про меня, — наконец нервно сказала она. — А я действовала из самых лучших побуждений. Да, я приходила к нему. Но для чего? Я хотела его предостеречь! Поймите меня тоже: мы встречались с ним четыре года, я хорошо успела узнать его характер. И считала, что имею право высказать свое мнение. Тем более что он оставил меня вот так, с бухты-барахты, даже толком ничего не объяснив. Между нами все было нормально, а тут вдруг появилась эта Алена, и сразу все рухнуло. Просто потому, что она заморочила ему голову, и он забыл про меня. Естественно, что мне было очень обидно. К тому же я понимала, что Алена — не та женщина, которая ему нужна. Вот я и пыталась поговорить с ним и убедить, что он поступает неправильно.

— А почему вы решили, что Алена ему не подходит? — спросила я.

— Господи, ну это же очевидно! — всплеснула руками Косович. — Она же просто шлюха, что написано у нее на лице крупными буквами! Я удивляюсь на Святослава, как он не заметил. Хотя чему тут удивляться, мужчины всегда глупеют при виде смазливого личика и длинных ног. Поверьте мне, я таких, как Алена, чую за версту. Она, кстати, нездешняя, ей жилплощадь нужна — все же понятно. Она до знакомства со Святославом у кого-то в нашем городе на птичьих правах проживала, — Людмила многозначительно поджала губы, — а тут и Святослав подвернулся. Конечно, для нее-то он был самым подходящим вариантом. А потом она вильнет хвостом, половину имущества у него оттяпает — и дело с концом! И даже мама его ничего не сможет сделать. Мама у него тоже тяжелый человек. Но я удивляюсь на нее: куда же она смотрела, когда он женился? Почему позволила? Главное, я к ней тоже приходила, убеждала, но она почему-то встретила меня холодно. Наверняка Алена со Святославом ее накрутили, я просто уверена. Ведь раньше она ко мне замечательно относилась, она же меня с детства знает. А теперь вот получилось, что у меня и с ней отношения распались, хотя я совершенно этого не хотела.

— А вы и с самой Аленой разговаривали? — спросила я.

— А что мне оставалось делать, если Святослав совсем от нее голову потерял? — несколько раз развела руками Людмила. — И Ирина Александровна тоже не внимала моим словам. Но наша встреча закончилась плохо: у меня нервы были на пределе, и я не сдержалась — залепила ей пощечину. А потом уже, естественно, ни о каком разговоре не могло идти и речи. Ну, я и махнула на все рукой. В конце концов, если Святослав сам хочет, пускай кладет голову на плаху. У меня своя судьба, и планы у нас со Святославом разные.

— А что у вас за планы, можно узнать? — поинтересовалась я.

— Пожалуйста! — пожала плечами Косович. — Мне давно уже надоело жить в этой стране, теперь у меня есть возможность ее покинуть, что я и собираюсь сделать.

— А куда вы собираетесь? В Израиль, в Германию? Может быть, в Испанию? — предположила я.

— Ну какая разница! Уж тут я вовсе не обязана перед вами отчитываться! — быстро отреагировала на вопрос Косович.

Она снова занервничала и принялась сплетать и расплетать пальцы. Затем вскочила со стула и принялась расхаживать по кабинетику.

— Я понимаю, вы, наверное, решили, что нападение могло быть спровоцировано мной, не так ли? — усмехнулась она. — Какая глупость! — вдруг так высокопарно произнесла Людмила, будто находилась на сцене. — Конечно, месть отвергнутой женщины и все такое... Но я не собираюсь Святославу мстить! Зачем? Ему сама судьба отомстит за неправильный выбор, вот увидите. И потом, привлекать каких-то хулиганов, бандитов... избивать человека... Что за недостойные методы! Отомстить можно куда более тонко и больно. Но я не собираюсь этого делать, повторяю. Между прочим, я познакомилась с очень порядочным и серьезным человеком, и мы собираемся уехать вместе. И на новом месте совместно устраивать свою жизнь. Человек он надежный, с ним можно не волноваться за будущее. Он постарше Святослава и очень основательный. У него нет никаких глупостей в голове.

— Очень рада за вас, — перебила я эмоциональную речь Людмилы. — Благодарю, что согласились со мной побеседовать. Напоследок могу только повторить свой первый вопрос, на который вы не соизволили ответить: кто из вашего общего прошлого мог конфликтовать со Святославом?

Косович нахмурила брови и сдвинула взгляд в угол комнаты. Она надолго задумалась, сидела молча, периодически вздыхая и бормоча что-то неопределенное.

— Серьезных конфликтов я не наблюдала, — выдохнула наконец она. — Правда, был один человек, из-за которого Святослав какое-то время тревожился. Но это было давно. Очень давно, в самом начале нашего романа.

— И что тогда было? Что за человек?

— Незадолго до того Святослав похоронил отца, занимался какими-то наследственными делами. И вот как раз тогда возник на его горизонте некий дядя Миша, который и вносил дискомфорт. Я толком не знаю, что они не поделили, не люблю влезать в подобные дела, но Святослав, помню, часто звонил этому человеку и что-то требовал. А после разговоров с ним был очень раздраженным. Так длилось довольно долго, но потом, кажется, дядя Миша куда-то исчез. Вернее, Святослав перестал ему звонить. Наверное, уладил с ним все вопросы. Но произошло это уже ближе к нашему разрыву. Вы лучше поговорите со Святославом, у него спросите.

Мы распрощались с Людмилой Косович, и я, выйдя из университета, села в свою «девятку», чтобы ехать домой. А по дороге я обдумывала разговор с ней. В принципе, я и не ждала, что Косович предъявит мне четкие доказательства своей невиновности, потому что говорить об алиби в данном случае просто бессмысленно. Мне нужно было просто взглянуть на нее, чтобы понять, что она из себя представляет, а заодно выяснить, нет ли интересных для меня моментов в прошлом Святослава.

Из общения с Людмилой я сделала вывод, что она вряд ли является организатором «наездов» на Груничева. Она скорее сама устроит скандал, чем попросит кого-то сделать это. И потом — у нее, преподавателя университета, вряд ли имеются выходы на таких людей, как напавшие на моего клиента отморозки. Конечно, нужно будет все еще раз обсудить с самим Груничевым, который наиболее осведомлен об особенностях натуры Косович, а заодно поговорить и о подробностях их взаимоотношений. Так что надо будет ему позвонить, назначить встречу.

Но набирать номер Груничева мне не пришлось, поскольку он позвонил сам. Святослав полюбопытствовал, не появилось ли у меня что-то новое, и также сообщил, что через два часа состоится презентация, в которой будет принимать участие его фирма, а также представители из других городов. Это мероприятие он считал важным и спросил, не будет ли мне интересно поприсутствовать на нем. Я похвалила клиента за предусмотрительность и назначила встречу через пятнадцать минут в одном из кафе. Как раз кстати было бы и пообедать, поскольку дома у меня ничего не было приготовлено.

Святослав очень удивился, когда узнал о моем визите к Косович.

— Что вы у нее забыли? — спросил он недовольно, покручивая в руках салфетку.

— Я отрабатываю все версии, — просто ответила я.

— Но это же не может всерьез называться версией! Это просто ерунда! — сдвинул брови Груничев.

— Святослав Игоревич, давайте все-таки договоримся, что вы не будете лезть в подробности моей работы, — улыбнулась я. — А для того чтобы вы успокоились, я вам скажу, что большая часть важных деталей, помогающих установить виновника преступления, выясняется во время именно таких встреч — кажущихся на первый взгляд ненужными, смешными и совершенно бессмысленными.

— Ну не знаю... — принимаясь разрезать шницель, буркнул Груничев. — Вообще-то меня сейчас больше заботит презентация. Народу будет много. Безопасность, конечно, мы обеспечим, на том и сидим, как говорится, но все же... Как вы считаете, не стоит ли подстраховаться?

— Стоит-то стоит, — задумчиво кивнула я, — но в системах безопасности вы понимаете лучше меня. А я со своей стороны тоже буду присутствовать вместе с вами, чтобы следить за обстановкой. Может быть, замечу что-нибудь подозрительное.

— Вот как? Вы считаете, что такое возможно? — посмотрел на меня Груничев, и я заметила, что он почувствовал себя увереннее после того, как услышал, что я буду его сопровождать.

— Да. И, пожалуйста, примите к сведению пожелание — постарайтесь никуда не выходить из зала, в одиночестве не бродить. И вообще — больше держитесь общества. Вам сейчас уединение противопоказано.

— Я понимаю, — послушно кивнул Груничев.

— А теперь давайте поговорим все-таки о Косович и кое-каких ее предположениях.

— Да что о ней говорить? — снова поморщился Святослав. — Все уже быльем поросло. Если бы я знал, что вы с ней собираетесь встречаться, я бы вам сразу сказал, что не нужно даже время на нее тратить.

Я не стала еще раз напоминать Груничеву о том, что я сама решаю, что и как мне делать, а просто продолжила развивать свою мысль:

— Скорее мы поговорим не о Людмиле Косович,

а об одном вашем знакомом — о дяде Мише. Это ваш родственник?

— А его-то вы откуда взяли? — удивился Груничев. — Вот уж совершенно неуместная кандидатура!

— И тем не менее, — терпеливо возразила я, — расскажите мне, кто он такой и что вас связывает. По словам Косович, одно время вы буквально атаковали его телефонными звонками с какими-то требованиями. Вот об этом мне и хотелось бы услышать.

Груничев покривил губы, давая понять, насколько неприятно ему говорить о вышеупомянутом человеке, и сухо ответил:

— Он просто мой дядя, к которому у меня есть определенные претензии. Я вам обязательно расскажу о нем, если это вас так интересует, но, к сожалению, сейчас у меня не так много времени. Дядя Миша — вовсе не та фигура, из-за которой стоило бы откладывать дела. Ко всему прочему он сейчас находится в больнице, и ему не до меня. Давайте, если вы настаиваете, мы поговорим о нем после презентации.

— Ну хорошо, — согласилась я.

Груничев взглянул на часы.

— Наверное, пора собираться. Презентация состоится в кафе «Ротонда».

Это кафе, насколько я знала, находилось в стандартном для нашего города полуподвале, который в начале девяностых был облагорожен евроремонтом. А располагалась «Ротонда» недалеко от центра города, прямо напротив парка, в котором возвышается патетический монумент борцам за дело революции 1905 года.

«Не очень удачный вариант в плане безопасности», — отметила я про себя. И тут же подумала, что перед тем, как отправиться на презентацию, неплохо бы сделать одно очень важное дело — посоветоваться с моими гадальными костями. Момент для этого был достаточно подходящий. Круг лиц, которые могут быть вовлечены в расследуемое мной дело, растет, а как действовать дальше — не очень понятно. Да и клиент попался въедливый и порой не помогающий, а мешающий работать. Ко всему прочему предстояло многолюдное мероприятие с его участием.

Но гадание на «костях» — это мое личное ноу-хау, и Груничева оно не касается. Ему совершенно необязательно знать, что по ходу расследования я советуюсь с высшими силами. Поэтому я достала «косточки» в тот момент, когда Святослава Игоревича со мной рядом не было — он пошел к себе домой, за женой. Она тоже должна была присутствовать на презентации, задуманной как мероприятие светского характера.

Пара секунд, и передо мной предстала комбинация: 8+20+27. Хм, видимо, у моих «косточек» сегодня веселое настроение. Комбинация означала некое предупреждение, правда, я не знала, каким образом адресовать его мне: «Осторожнее со спиртными напитками. К сожалению, конкретных рекомендаций эти символы не дают».

То-то и оно, что никаких конкретных рекомендаций! А спиртные напитки... Так ведь я и не собиралась их употреблять сегодня. Если же имеется в виду презентация, то я и сама знаю, что не следует на выпивку налегать. А может быть, «кости» хотят сказать, что ничего страшного не случится, если не будет избытка алкоголя? Может быть, они меня успокаивают таким образом?

Пожав плечами, я убрала двенадцатигранники в замшевый мешочек, решив не переспрашивать судьбу. Ближайшее будущее покажет, что именно «косточки» имели в виду.

Вскоре появились Святослав с Аленой, которая была облачена в длинное черное пальто, оставшееся незастегнутым. Под пальто, концы пояса которого Алена спрятала в карманы, виднелось светло-зеленое вечернее платье. Выглядела она несколько хмурой, и я отнесла это к ее опасениям о том, как пройдет сегодняшняя вечеринка.

Глава 3

Презентация была посвящена успехам фирмы и ее региональному расширению. Именно так было объявлено во вступительном слове Святослава Груничева. Он находился во главе стола, по правую руку от него сидел Косарев, а далее — Горелов. По левую руку расположилась супруга Алена. На собрании присутствовали также и другие работники фирмы, мне уже знакомые, а также с десяток незнакомых людей. Впрочем, пару из них, «телохранителя» и «профессора» из Самары, я наблюдала в офисе. И еще был один человек, абсолютно серой, неприметной, ничем не выдающейся внешности, который был представлен как Анатолий Сергеевич из Москвы. При всей своей серости одет он был с иголочки, а держал себя подчеркнуто покровительственно ко всем собравшимся, включая Груничева.

— Господа, я очень рад, что мы расширяемся, внедряем передовые технологии в соседние регионы, распространяем, так сказать, свои... — Груничев замолк, подбирая слово.

— Могучие длани, — улыбнувшись, подсказал Горелов.

— Да, вот именно, — подхватил, не задумываясь, Груничев. — И хочу выпить за спокойствие наших клиентов, а также и за наши прибыли.

При последних словах у многих присутствующих

на лицах появились улыбки. Безусловно, прибыль являлась предметом вожделения всех собравшихся.

Анатолий Сергеевич, сидевший рядом с Аленой, мало-помалу начал привлекать мое внимание. Уж даже не знаю, собственно, почему. Такая внешность, как у него, блеклая и стандартная, идеально подходила для специалиста по наружному наблюдению — об этом нам еще в институте рассказывали. Скорее всего, он и был каким-нибудь бывшим работником очень компетентных органов, перешедшим в бизнес. Анатолий Сергеевич вяло ковырялся в салатах и горячем, бросая иногда взгляды в сторону своей соседки слева. Наконец он заговорил с ней. За столом было довольно шумно, и я не слышала, что именно он сказал. Наверное, это был комплимент, поскольку Алена улыбнулась и как-то благодарно посмотрела на него.

— А вы, девушка, почему ничего не едите? — произнес над моим ухом мужской голос, и я с полным основанием смогла про себя заметить: «Началось...» Да, мужчины начали оказывать мне знаки внимания. С одной стороны, меня как женщину это, конечно, не может не радовать, но, с другой стороны, работе мешает. А я находилась именно на работе.

Я обернулась и увидела рядом с собой «телохранителя». Сосредоточив, что было естественно, внимание на Груничеве, я совсем не заметила, кто сидит рядом со мной. А это был самарский гость. Я улыбнулась дежурной улыбкой и ответила что-то в том смысле, что он ошибается, мол, с едой у меня все нормально.

— Знаете, я не ожидал, что здесь вполне приличная кухня, — продолжил развивать тему мой сосед. — Кстати, меня зовут Кирилл.

— Татьяна, — представилась я и тут же поинтересовалась: — Вы тоже занимаетесь системами безопасности?

— Да, вместе с Петром Игнатьевичем, — он кивнул на «профессора», который в свою очередь, не переставая жевать, кивнул головой мне. — Сейчас выступать единым фронтом гораздо выгоднее. Они ведь действуют по московской лицензии, — Кирилл указал на Груничева. — И мы тоже подключаемся.

— То есть это уже межрегиональная мафия, — пошутила я.

— Ну, что-то в таком роде, — согласился Кирилл. — Кстати, вы работница фирмы или...

— Я деловой партнер Святослава Игоревича, — ответила я.

Хотя мой ответ и прозвучал уклончиво, Кирилл понимающе кивнул. Видимо, он развил бы тему дальше, но в этот момент Груничев потребовал к себе внимания всех присутствующих и произнес очередную речь примерно на ту же тему, что и в первый раз, — говорил что-то о взаимном сотрудничестве, консорциумах и еще о чем-то сугубо экономическом, что доходило до меня с трудом. Я заметила, что Святослава несколько повело — галстук у него съехал набок, а речь уже не отличалась стройностью. Мне неожиданно вспомнилось предостережение моих гадальных «костей», которые вещали об опасности злоупотребления спиртным. Надо быть повнимательнее — бог его знает, куда может повернуться ситуация. Хотя пока вроде бы все спокойно, охранники на входе, народ за столом тоже сугубо доброжелательно выглядит...

— А сейчас объявляются танцы, — громогласно произнес тоже порядком захмелевший Горелов. — Дамы, кавалеры... Как говорится, стройными рядами на танцпол...

И он, выбросив руку вперед, указал на то место,

которому дал такое громкое название, — на небольшую круглую площадку в противоположной стороне зала. Приглашением не преминул воспользоваться Кирилл. Он галантно склонился ко мне:

— Пойдемте, Татьяна, разомнем косточки...

Я поднялась. «Телохранитель» Кирилл после того, как я перебросилась с ним несколькими фразами, перестал производить впечатление дуболома. Поэтому ничего зазорного в том, чтобы потанцевать с ним, я не усмотрела. По пути с нами буквально столкнулась Алена, которую повел танцевать «серый человек» из Москвы. Груничев остался за столом — он о чем-то довольно эмоционально разглагольствовал в компании Косарева и Петра Игнатьевича из Самары.

— Ой, извините, если вас задела, — громко извинилась Алена и тут же еще раз толкнула Кирилла.

— Да ничего страшного, — ответил Кирилл, удивленно подняв брови.

Алена и ее кавалер прошествовали мимо и вскоре задергались под современные ритмы. Причем жена Груничева несколько раз чуть не упала. «Тут, похоже, тоже налицо перебор в спиртных напитках», — подумала я и оглянулась в сторону Груничева.

Святослав, казалось, не замечал того, что выделывает его жена. Он был занят, видимо, очень увлекательным разговором со своим заместителем и иногородним партнером.

— Так вы из другой фирмы? — прокричал мне на ухо Кирилл, придвинувшись в танце ко мне ближе.

— Да, — односложно ответила я.

— Неплохо отрываются, — кивнул Кирилл в сторону Алены и Анатолия Сергеевича.

Собственно говоря, так сказать можно было только про Алену. Что касается «товарища из органов», то мне показалось, что он старательно изображает веселье, на самом же деле по привычке контролирует себя, ситуацию и окружающих.

Мы подрыгались минут пять, пока довольно утомительная, на мой взгляд, технокомпозиция не кончилась. Но остальные дамы и кавалеры были в восторге. Женщины огласили кафе громким «вау» и визгом. И тут же музыка зазвучала снова.

Теперь компанию танцующих активно поддержал Горелов, который, похоже, в фирме исполнял роль массовика-затейника. Он выбрал себе место в центре площадки и стал крутить своим пиджаком над головой. Потом он бросил, видимо, опостылевший ему пиджак на пол и под одобрительные визги и хлопанье в ладоши женской половины принялся... расстегивать пуговицы рубашки. Обнажилась волосатая грудь, потом живот. Горелов, может быть, стал бы продолжать раздевание и дальше, но количество принятого им спиртного было, видимо, для этого недостаточно. Ко всему прочему на танцпол явился Груничев, который, не очень одобрительно посматривая на Алену, что-то прокричал в ухо своему заместителю. Тот кивнул в знак того, что понял, и прекратил стриптиз.

Вскоре вечеринка продолжилась за столом. Разговоры носили уже менее деловой характер, речь стала более громкой, а восприятие слушавших особой остротой, увы, уже не отличалось. Оно и понятно — в бутылках, стоявших на столе, спиртного оставалось все меньше. К тому же музыкальный фон, на мой взгляд, сильно мешал беседе. Приходилось по нескольку раз, напрягая связки, повторять соседу то, что хотелось сказать.

Лично я пила мало. Можно сказать, совсем не пила, учитывая предостережение моих мистических помощников, и старалась по мере сил не терять контроль за участниками банкета.

Однако за всеми не уследишь. Тем более что скоро народ начал кучковаться и разбредаться кто куда. В основном я наблюдала за Груничевым, но он не доставлял мне особых хлопот — почти все время сидел за столом. Но вот он встал и вместе с Гореловым направился из зала. Я последовала за ними, держась на некотором расстоянии.

Выйдя в соседнее помещение, я вдруг услышала, как за углом прозвучал рассудительный голос:

— Ну что вы, Алена, не стоит так переживать. Мы обладаем достаточными средствами, чтобы всех вывести на чистую воду... Ей-богу, не стоит... Мы можем, если вы хотите, встретиться с вами лично, чтобы обсудить этот вопрос.

Голос принадлежал, как я сразу поняла, «человеку в штатском», и я приостановила свое движение, спрятавшись за деревянной колонной. Похоже, разговор шел о неприятностях, посетивших семью Груничева. Наверное, подвыпившая Алена решила рассказать о них гостю из столицы.

— Ну, может быть... только, наверное... — неуверенно отвечала Алена.

— Между прочим, я завтра улетаю... — сообщил ее собеседник. — Но вы должны успокоиться. Через месяц, возможно, я снова приеду. Уверен, что все проблемы за это время решатся...

Повисла небольшая пауза. Я чуть выглянула из своего укрытия.

— Должна сказать, что вы произвели на меня большое впечатление, — пьяно призналась Алена, крутя в руках пуговицу пиджака Анатолия Сергеевича.

Гость из Москвы немилосердно дымил, но стоял твердо, широко расставив ноги. Зато Алена рядом с ним постоянно покачивалась, отчего нарушала, что называется, межполовую дистанцию. «Как бы не было на этой почве скандала... — подумала я. — Вот, оказывается, о чем говорили мои «косточки»!»

Я решительно зашла за угол, и, заметив меня, Алена, как ни была пьяна, постаралась собраться и сделала движение в сторону зала. Анатолий Сергеевич остался абсолютно невозмутим и тут же предложил даме руку, чтобы проводить ее.

Спустя минут пять после этой небольшой сцены, когда все снова собрались за столом, Груничев поблагодарил всех за участие в презентации и предоставил слово Анатолию Сергеевичу. Тот поднялся и вдруг, в противоположность моим ожиданиям о том, что он тоже зарядит какую-нибудь невообразимую нудятину, произнес, наигранно-весело оглядев всех:

— Горько, господа!

Вдоль стола пробежал смешок недоумения.

— Если вы удивляетесь, я поясню, — продолжил Анатолий Сергеевич. — Создание филиалов на местах подобно соединению ячеек, а ячейка общества у нас что? Правильно, семья! А семья образуется где? Правильно, на свадьбе! Поэтому — горько!

И выпил налитую ему рюмку до дна. Все последовали его примеру. Разохотившийся Горелов хотел было еще раз объявить выход на танцпол, но Груничев опять склонился к нему и что-то проговорил на ухо, а потом показал на часы.

— Видимо, вечеринка заканчивается, — послышался возле моего уха голос Кирилла.

— Скорее всего, — ответила я с улыбкой.

— Господа, я тоже хочу поблагодарить всех, — неожиданно поднялась с места Алена, чуть было не расплескав бокал с шампанским. — Горько! — воскликнула она и пьяно засмеялась.

Скорее ради приличия и из уважения к жене Груничева тост был поддержан. Теперь Анатолий Сергеевич повернулся к хозяину банкета и выразительно показал на часы.

Святослав кивнул. Он, похоже, был рад поскорее закончить застолье и отправиться домой. К тому же он заметил, что Алена откровенно повисла на руке Анатолия Сергеевича и что тому несколько неловко. Москвич поднялся со стула и стал церемонно прощаться с Аленой. Они обменялись обычными в таких случаях фразами о приятных впечатлениях, и Анатолий Сергеевич поцеловал даме ручку. Потом, повернувшись к Святославу, улыбнулся:

— Прошу прощения, что ухаживал за вашей женой. Вот, вручаю вам ее в целости и сохранности. — И тут же перешел на деловой тон: — У меня самолет завтра рано утром. Думаю, что дела мы уже все обсудили и встречаться еще раз перед моим отъездом не имеет смысла.

Тут Горелов громко через плечо Святослава объявил:

— Машина будет ждать у гостиницы, я уже распорядился, так что спокойно отдыхайте. С нашими друзьями-соседями мы будем держать контакт.

— Да, кстати, Анатолий Сергеевич, еще раз напомню про документы, — угодливо склонился Петр Игнатьевич перед москвичом, который годился ему в сыновья.

Анатолий Сергеевич важно кивнул и бросил:
— Вышлем факс. Завтра, крайний срок — послезавтра.

— Ну что ж, презентация удалась, — пропел над моим ухом Кирилл, — но еще не вечер... Правда ведь, Татьяна?

— Почему же? Уже, по-моему, почти ночь, — возразила я.

— Десять часов всего, — возразил Кирилл. — Вы так рано ложитесь спать?

— Иногда — да, — сказала я и, увидев, что Груничев взял под руку супругу и повел ее к выходу, поторопилась занять место рядом с ними.

Кирилла я оставила без внимания, дав таким образом понять, что не намерена продолжать с ним разговор, который неминуемо должен был закончиться приглашением продолжить вечеринку в уменьшенном составе — тет-а-тет. Мне «светила» бутылка шампанского, а потом казенные простыни в гостиничном номере. Все это не представлялось мне радужной перспективой, к тому же я находилась пока еще на работе, потому и покинула вместе с Груничевыми кафе «Ротонда».

Клиент с супругой к этому моменту уже облачились в свои пальто, причем от меня не ускользнул немного грустный взгляд, брошенный Аленой в сторону московского гостя. Я тоже накинула свою куртку, и мы втроем направились к выходу.

— Надеюсь, сегодня на нас уже никто не нападет? — с заметными пьяными интонациями спросила Алена и нервно хихикнула.

— Я тоже, — коротко ответил Груничев, крепче удерживая ее за руку и хмуря брови.

Я же предпочитала молчать и просто идти рядом. Через пару шагов Алена споткнулась, и мне пришлось ухватить ее под руку со своей стороны.

Позади нас по лестнице, которая вела из кафе на улицу, поднимался Анатолий Сергеевич, отвечая на вопросы чем-то очень озабоченного Петра Игнатьевича и еще одного господина, с которым я познакомиться не успела. Следом за ними шли Косарев и Горелов. Последний, видимо, рассказывал какой-то анекдот, потому что бурно при этом жестикулировал, а Косарев откровенно ржал. В общем, картина была довольно обычная для завершения удачно прошедшей вечеринки.

Мы направились к дороге, собираясь ловить машину. Со Святославом я договорилась, что вначале мы доедем до их дома, а потом уже я отправлюсь к себе. Горелова же с Косаревым, а также гостей из Самары должна была развезти специально вызванная машина, которая уже ожидала невдалеке от кафе.

Собственно, все участники презентации потянулись нестройной вереницей к проезжей части, путь к которой лежал по освещенной дорожке мимо ограды парка. Впереди шли мы втроем, за нами, смеясь и дурачась на ходу, Горелов с Косаревым, чуть позади неторопливо шагал Анатолий Сергеевич, а за ним Петр Игнатьевич с Кириллом.

Груничев оказался в центре между мной и Аленой, которая в этот вечер явно переборщила со спиртными напитками. Самое время было вспомнить предостережение «костей», и я его вспомнила, но никак не могла понять, в чем же все-таки угроза. К тому же я считала, что оно относилось ко мне, а переборщила Алена. Но, как очень скоро выяснилось, «кости» были правы, только мне следовало рассматривать предсказание в расширительном толковании.

Мы не успели дойти до дороги. Алена так часто приостанавливалась и глубоко вдыхала воздух, что нас обогнали не только Горелов с Косаревым, но и неторопливый Анатолий Сергеевич. Он уже садился в машину, Горелов же с Косаревым все не могли закончить свой веселый разговор и топтались перед открытой дверцей, когда я инстинктивно почувствовала опасность откуда-то слева. Словно в ответ на мое ощущение, раздался выстрел. Однако за долю секунды до него я дернула Груничева на себя, увлекая его вниз, и мы грохнулись на холодный асфальт. Святослав, похоже, еще не успел понять, что произошло. Я же радовалась только тому, что он явно жив и невредим, и не спешила пока поднимать голову. Тем более что прозвучало еще два выстрела.

Со стороны дороги донесся громкий мат не то Косарева, не то Горелова, затем послышались пронзительные крики женщин. Тут я приподняла голову и увидела, что Алена лежит на тротуаре рядом и совершенно не шевелится. Поначалу подумав, что она находится в шоке, я тронула ее за плечо и только тут заметила, что под ее головой, стремительно увеличиваясь в размерах, образуется лужица крови. Груничев, следом за мной поднявший голову, увидел спешащих к нам людей и начал вставать. Взгляд его упал на меня, а затем на неподвижно лежавшую Алену. Крови он пока не замечал и, шагнув вперед, попытался приподнять жену, но я молча остановила его, показав взглядом, почему этого не следует делать.

— Господи, Алена, что с тобой? — полушепотом спросил он с раскрытыми от ужаса глазами. — Как же так?

Он смотрел на безжизненное лицо жены. Ее глаза были полуоткрыты, взгляд их начал стекленеть. Груничев медленно начинал понимать, что случилось непоправимое. Но он не хотел верить в это. Он апеллировал взглядами ко мне, к бросившимся к нам людям, ко всем, кого видел.

А я не могла ничего ему сказать, чувствуя, что в случившемся есть доля моей вины. В конце концов, предупреждали же меня «кости»! А они не врут никогда. Вот она, неосторожность в употреблении спиртных напитков... Хотя Алену убили и не по этой причине, но, видимо, «кости» хотели сказать, что из-за опьянения Алена получит пулю, предназначенную мужу.

Я машинально достала свои «косточки» и высыпала их прямо в ладонь. Комбинация ошеломила меня: 30+15+4 — «Ждите скорого обмана. Верьте не тому, что вам говорят, а тому, что вы видите».

А что я вижу? Я вижу труп! И это главное, что занимает мои мысли. Однако сейчас вникать в тонкости предсказаний не было времени, нужно было действовать. Меня и так уже, наверное, приняли за сумасшедшую — катает какие-то косточки в такой момент!

Правда, как оказалось, на меня никто не обращал внимания, все были потрясены случившимся и по-своему это переживали.

— Суки! Найду, всех покромсаю! — зло воскликнул Горелов, который первым отошел от шока и стоял, прислонившись к ограде парка.

— В милицию надо звонить, — сказал Косарев.

Я в этот момент увидела, что охранники из кафе, а также двое парней, сопровождавших Анатолия Сергеевича, бросились в парк, откуда, собственно, и раздались выстрелы. А я вынула мобильник и набрала 02.

* * *

Прибывшая милиция после быстрого выяснения «кто есть кто» в основном сосредоточилась на двух персонах — Груничеве и мне. Я честно рассказала про свою работу, не забыв упомянуть про недавние инциденты с Груничевыми возле их дома.

— Разберемся, — таков был банально-официальный ответ милиционера. — Теперь подробно опишите мне, кто, как, когда, в каком порядке выходил из кафе.

Гости из Самары, присутствовавшие на презентации работники фирмы, а также Анатолий Сергеевич со своими парнями начали сбивчиво вспоминать, что было сразу после презентации.

— Да вроде ничего такого не было, чтобы можно

было... вот так вот... — разводил руками обескураженный Кирилл.

Ему вторил озабоченный Петр Игнатьевич. Гостя из Москвы, впрочем, если происшествие и шокировало, то внешне это никак не проявлялось. Его поведение соответствовало имиджу той организации, куда я его мысленно записала, — он был невозмутим и спокоен, как Штирлиц в тылу врага.

— Заказ? — хмуро осведомился человек, приехавший вскоре на милицейской машине и подошедший к оперативникам.

Я узнала в человеке Андрея Мельникова, и он, увидев меня, похоже, взбодрился.

— Достали, значит, все-таки... — констатировал он, взглянув на тело Алены.

Затем Мельников отвел меня в сторону.

— Как получилось-то, Тань? — спросил он. — Почему ее?

— Ошибка, — сглотнув комок, ответила я. — Случайно получилось...

После этого я принялась подробно рассказывать Андрею, как все произошло, упомянув, что мы с Груничевым успели рухнуть на землю, а вот Алену повело куда-то в сторону, потому ей и досталось.

Наверное, вид у меня был настолько убитый, что Мельников принялся меня утешать:

— Да ладно тебе, Тань. Ты-то как могла это предотвратить?

— Понимаешь, Андрей, — доставая сигареты, вздохнула я, — получается, что я ничего не сделала. Совсем ничего.

— Но ведь тебя нанимали не для охраны, а чтобы ты разобралась в истории с нападениями, — возразил мне Мельников.

— Да ладно, не утешай, — махнула я рукой. —

Все равно мне тошно. Девчонка ни за что ни про что погибла.

— Ты расследование-то продолжать будешь? — помолчав, спросил Мельников.

— Не знаю, — пожала я плечами. — Это будет зависеть от того, что Груничев скажет.

— Ну, пойду-ка я послушаю, что он мне скажет, — Мельников похлопал меня по плечу и решительным шагом направился к стоявшему возле ограды Святославу. Тот беспрерывно курил и находился в каком-то заторможенном состоянии, словно оцепенел.

Охранники и двое парней, которые бросились обыскивать парк, вернулись и сейчас рассказывали милиционерам, что никого не нашли. Оружие, из которого стреляли, также найдено не было.

Груничев механически отвечал на вопросы Мельникова, а взгляд его при этом не выражал абсолютно ничего. Я не слышала, о чем они говорили, стараясь, насколько возможно, спокойно дождаться окончания процедуры осмотра и опроса.

Закончилась она не скоро, но после того, как всех отпустили, нас со Святославом попросили проехать в отделение, чтобы подробно записать наши показания как наиболее важные. Я кивнула и села в милицейскую машину, Груничев послушно последовал за мной. Он словно потерял способность мыслить самостоятельно и просто выполнял отдаваемые ему команды.

Врачи «Скорой помощи» тем временем констатировали смерть от огнестрельного ранения, накрыли тело Алены простыней и, погрузив на носилки, внесли в машину. Груничев, провожая взглядом тело своей жены, чуть покачнулся, влезая в милицейскую машину, и мне пришлось его поддержать. Он автоматически поблагодарил меня и, опустившись рядом со мной на сиденье, тупо уставился перед собой.

Всю дорогу Святослав молчал, и в отделении мне даже пришлось кое-что говорить за него, а он просто кивал, соглашаясь, настолько был шокирован.

Потом, когда нас отпустили, я решила, что оставлять его одного в таком состоянии нельзя, поймала машину и вместе с Груничевым поехала к нему домой, проводила его до квартиры.

Конечно, Ирина Александровна вышла нам навстречу. Конечно, она тут же задала вопрос, почему мы отсутствовали так долго и где сейчас Алена. Святослав беспомощно посмотрел на нее, шагнул вперед, но так и не смог ничего сказать, только с трудом удержался от бурного выплеска эмоций и отвернулся в сторону, махнув рукой.

— Господи, Слава, да что с тобой? — испуганно спрашивала Ирина Александровна, подозрительно глядя при этом на меня. — Татьяна, может быть, вы мне объясните, что случилось?

Я вздохнула и скрепя сердце проговорила:

— После презентации было совершено еще одно покушение. Алена погибла...

— Боже мой! — воскликнула Ирина Александровна, хватаясь за сердце. Серые глаза ее расширились, она медленно повернулась к своему сыну. Потом шагнула к нему и взяла за руку. — Боже мой! — повторила она, не в силах, видимо, подобрать слов. — Слава, ты... Господи, какой ужас!

Груничев угрюмо молчал, прислонившись к дверному косяку.

— Давайте хотя бы пройдем в комнату, вы успокоитесь немного. Боже мой, как же так? — проговорила через силу Ирина Александровна.

Она обняла сына за плечи и повела его в комнату. Тот дал усадить себя на диван и позволил приложить ко лбу мокрый платок.

— Как же это произошло? — продолжала Ирина

Александровна. — Это что, уже точно? Может быть, ее можно еще спасти?

— К сожалению, нет, — тихо ответила я. — Она умерла мгновенно. Пуля попала в голову. Ее уже увезли в морг.

Груничев при моих словах застонал, и Ирина Александровна поспешила его утешить, как могла:

— Слава, только успокойся. Теперь главное тебе самому живым остаться, раз дошло до стрельбы. Ведь и тебя могут убить в любую минуту, нужно быть предельно осторожным. Я правильно говорю? — повернулась она ко мне, видя, что Святослав не реагирует на ее слова.

— Да, наверное, вы правы, — согласилась я. — Кстати, все это неплохо бы обсудить прямо сейчас, если, конечно, вы не против, — я посмотрела на Святослава.

— Ой, да какие сейчас обсуждения! — вступила Ирина Александровна. — Он же, видите, в каком состоянии. Ему нужно хотя бы успокоиться, в себя прийти... А я его просто не выпущу на улицу все эти дни, вот и самая лучшая безопасность! К тому же он и фирму соответствующую возглавляет, найдем средства квартиру обезопасить. И одного я его ни за что не оставлю! — категорически заявила она.

— Так что, мне оставить вас? — я снова обратилась к Груничеву.

— Нет, нет, — слабо махнул он рукой, не глядя на меня, но совершенно четко выразив свое желание.

— В таком случае, может быть, вы выпьете что-нибудь ободряющее и мы поговорим? — предложила я.

— Ну какие сейчас разговоры?! — грудным голосом, с укоряющими интонациями снова вступила Ирина Александровна. — Такое случилось!

— Мама, человек на работе... Достань бутылку водки из холодильника. И закуску...

Женщина всплеснула руками:

— Слава, зачем сейчас пить? Ведь ей уже ничем не поможешь!

— Мать, налей мне водки!

Груничев неожиданно встал, сжал кулаки и посмотрел на Ирину Александровну как на врага. Та пожала плечами и с достоинством удалилась на кухню, ворча на ходу:

— Вот так всегда. С мнением моим не считается, а как что случится — сразу: мать, сделай то, сделай это...

Произнесла она это, правда, без свойственной многим матерям истеричности и эмоциональности. Ирина Александровна скорее констатировала факт, причем скорее со смирением, чем возмущаясь, принимая неизбежность.

Спустя некоторое время она принесла на подносе водку, присовокупив к ней банку норвежской сельди и упаковку салата.

* * *

Груничев выглядел сейчас как человек, совершенно неспособный к конструктивному общению. Взгляд его был опущен в пол. Он выпил рюмку водки и закурил очередную сигарету. «Кости» предупреждали меня о недопустимости перебора со спиртным. Может быть, они все-таки имели в виду моего клиента, а не его жену, хотя для нее презентация и закончилась столь трагично.

Так или иначе, но трагедия уже случилась. И теперь мне нужно выяснить очень важный момент — намерен ли Святослав продолжать оплачивать мои услуги частного детектива? С одной стороны, я была уверена, что да. Ведь он хотел найти того, кто желает ему зла, а теперь, после того, как произошло реальное несчастье, должен быть заинтересован в поисках еще больше. Ведь опасность продолжает угрожать и ему. С другой стороны, он сейчас находится в не совсем нормальном состоянии. Кто знает, как на него повлияет все происшедшее? Может быть, он вообще захочет послать все подальше и уехать куда-нибудь. Или затаит на меня обиду, что я не смогла уберечь Алену от смерти, хотя я и не должна была исполнять функции телохранителя, моя задача заключалась в другом. Одним словом, наши дальнейшие взаимоотношения нужно было прояснить, и я прямо задала Святославу вопрос:

— Скажите, как вы намерены поступить дальше? Вы хотите узнать, кто стоит за смертью вашей жены?

Груничев поднял на меня воспаленные глаза. Кажется, он сначала не очень понял, о чем я говорю, но потом все-таки осознал и кивнул.

— Да, — сказал он. — Конечно, это же необходимо! Я не говорю о том, что из-за этого подонка пострадала Алена... Но ведь он же не отстанет от меня!

Святослав ожесточенно стукнул кулаком по дивану, потом залпом опрокинул еще одну рюмку водки и снова схватился за сигарету.

— Да, похоже, что ваш противник не отстанет, — задумчиво произнесла я. — Только мне по-прежнему непонятно, чего он от вас хочет. Такое впечатление, что ни в какие переговоры он вступать не собирается, а желает просто вас уничтожить. Но зачем? Святослав Игоревич, может быть, вы все-таки что-то скрываете от меня? Неужели вы действительно не подозреваете, каковы мотивы у этого человека?

— Да ничего я не скрываю! — с досадой воскликнул Груничев. — Что я, по-вашему, полный осел, чтобы в такой ситуации умалчивать о чем-то?

С каждой фразой Груничев становился все более злым и агрессивным. Но вместе с тем и способным к общению. По крайней мере спиртное не ввергло его в апатию.

Дверь в комнату приоткрылась, и в нее вошла Ирина Александровна. Она несла стакан с какой-то жидкостью.

— Выпей, Слава, это успокоительное, — она протянула стакан сыну. — Ах, опять ты куришь! Этим самым ты же вредишь своему сердцу, а оно у тебя и так сейчас в плохом состоянии!

— Господи, мама, ну хотя бы сейчас не трогай меня! — Груничев в раздражении сделал две затяжки подряд.

Ирина Александровна только вздохнула, поджала губы и, присев на край дивана, повторила с большей настойчивостью:

— Выпей лекарство.

Святослав с явной неохотой взял стакан, выпил успокоительное и поставил пустой стакан на подоконник.

— Давайте вернемся к разговору о дяде Мише, — продолжила я, обращаясь к Святославу. — Вы мне так о нем и не рассказали, хотя, как я поняла, у вас существовали претензии к этому человеку.

— Дядя Миша? Сучков? — вдруг удивленно подняла на меня глаза Ирина Александровна. — Если речь идет о нем, то претензии к нему не только были, но и остались! И не только у Славы, но и у меня!

— Мама, я и сам могу об этом рассказать, — остановил ее Груничев.

— Да что ты можешь рассказать! — всплеснула руками мать. — То, что у них произошло с твоим отцом, я знаю лучше тебя! Правда, я не совсем понимаю, почему вы сейчас вспоминаете Сучкова...

Эти слова адресовались уже мне, и я объяснила:

— Потому что я пытаюсь определить людей, с которыми у вашего сына были или имеются нелады.

А с дядей Мишей у него произошло что-то пока мне неизвестное. Вот я и хочу разобраться в ситуации. Вы, как я поняла, хорошо знаете этого человека?

— К сожалению, я не знала его так хорошо раньше, — покачала головой Ирина Александровна. — Иначе все могло сложиться по-другому. Знаете, как бывает: много лет знакома с человеком и думаешь, что он тебе понятен, а потом он предстает перед тобой с совершенно иной стороны. Так произошло с Сучковым.

— Давайте все-таки по порядку, — попросила я. — Кто он такой?

— В высшей степени непорядочный человек, — обличающе отчеканила Ирина Александровна и уперлась взглядом в окно.

— Мама, Татьяну Александровну сейчас интересует другое, — поморщился Груничев.

— Ну почему же? — возразила я. — Сейчас меня интересует как можно более подробный рассказ об этом человеке. Продолжайте, пожалуйста.

Ирина Александровна, по-прежнему глядя в окно, заговорила ровным голосом:

— Михаил Степанович Сучков — младший брат моего покойного мужа. У них были разные отцы, поэтому и фамилии разные. Я, конечно же, была с ним знакома, хотя он и не был частым гостем в нашем доме. Мой муж одно время жил и работал на Севере, зарабатывал деньги... А когда вернулся, тут-то и всплыл Сучков. Так вот, Михаил, естественно, сразу пронюхал, что Игорь вернулся при деньгах, и увидел выгоду для себя. Это сейчас я все понимаю, а раньше нам и в голову не приходило заподозрить в нем меркантильные интересы. Хотя, если честно, он мне никогда не нравился, — Ирина Александровна покривила губы.

— Вообще-то, мама, раньше ты о нем отзывалась

очень хорошо, — напомнил Святослав. — И даже советовала отцу быть к нему поближе, потому что они братья. К тому же дядя Миша обладал кое-какими полномочиями, так что, по твоему мнению, вместе им было бы легче.

— Ну естественно, я не настраивала твоего отца против собственного брата! — оправдываясь, развела руками Ирина Александровна. — Это было бы просто неприлично! Но я же не думала, что он так себя поведет.

Груничев махнул рукой и начал, как заведенный, подбрасывать на ладони спичечный коробок. Вид у него был мрачный.

— Ну, слушайте дальше, — продолжала Ирина Александровна. — Действительно, в свое время Михаил Степанович работал начальником отдела снабжения на «Атланте», был уважаемым человеком, и я считала его достойным и порядочным. А потом предприятие, как многие другие, потеряло рентабельность, и Сучков решил основать свое дело. Естественно, ему понадобился стартовый капитал, и он обратился к моему мужу. Игорь ссудил ему нужную сумму. И, конечно, без всякой расписки. Просто поверил брату на слово. И как можно было не поверить — мы же интеллигентные люди! Разве нам могло прийти в голову, что между родственниками возможна нечестность? Сучков обещал все вернуть, Игорь даже не требовал от него никаких процентов... Ах, он был таким непрактичным!

Ирина Александровна прижала к глазам надушенный платочек. Промокнув веки, она тихо сказала:

— Извините... Как выяснилось, поступок моего мужа оказался весьма опрометчивым. Игорь скоропостижно скончался, а у Михаила, основавшего какую-то свою фирму, к тому времени дела шли успешно. Во всяком случае, он сам так говорил. Я не напоминала ему о долге, считая, что он сам догадается вернуть деньги. Но он молчал, и мне пришлось поднять этот вопрос, естественно, выждав приличное время. Сучков долго юлил и отнекивался, говорил, что дела у него идут все хуже и хуже и что сразу он всю сумму вернуть не в состоянии. Тогда я предложила выплачивать долг частями, но он сказал, что и этого пока не может, и попросил подождать. Михаил и позже ссылался на финансовые трудности. В конце концов от всех тревог я просто слегла, попала в больницу и поручила заниматься этим Славе. Я больше не могла вести переговоры с Михаилом, у меня больное сердце. Мне казалось, что Славе будет легче найти с ним общий язык. Тогда мой сын и стал звонить Сучкову с требованием вернуть долг. А он вел себя так нагло, просто возмутительно!

— Мама, это уже я сам могу рассказать, — остановил ее Груничев.

— Вот и расскажи! Нет, постой... Неужели вы, Татьяна, хотите сказать, что Сучков решил убить моего сына, чтобы не возвращать деньги?

— Я пока не могу ничего утверждать на сто процентов, но на данный момент фигура дяди Миши Сучкова — единственная кандидатура в подозреваемые. Подумайте сами: преступник ничего не требует, он просто нападает, стреляет... В общем — убивает. Следовательно, ваш сын мешает ему уже тем, что существует на белом свете, — проговорила я. — Вы меня извините, но так получается по логике.

— Боже мой! — Ирина Александровна прижала руки к сердцу. — Неужели он еще большее чудовище, чем я думала? Слава, ты слышишь?!

— Да слышу я, слышу, — отмахнулся Груничев. — Не знаю я... Все на самом деле было так. И деньги он взял, и отдавать не хотел. В последний раз, когда мы с ним говорили, он вообще открыто сказал, что не отдаст их, и все. Придумал несколько отговорок — дескать, брал их не у меня, а у отца и еще что-то. Потом добавил, что на похороны давал деньги...

— Господи! — ахнула Ирина Александровна. — Да что он там давал-то на похороны... На венок только, и все. А занимал сколько? И как только язык повернулся!

— Кстати, а сколько он занимал и когда это было? — поинтересовалась я.

— Это было, дай бог памяти, лет шесть назад. А занимал он по тем временам много, — и Ирина Александровна назвала действительно значительную сумму.

— В том же разговоре он вообще заявил, что раз у меня нет расписки, значит, и требовать что-то я не имею права, — продолжил Святослав. — И я перестал ему звонить, понял, что по-хорошему разговаривать с ним бесполезно.

— А по-плохому, — уточнила я, — вы с ним тоже разговаривали?

Святослав улыбнулся.

— Признаться, я его тогда слегка припугнул. Ну не то чтобы припугнул, а дал понять, что если захочу, то он мне и без расписки все отдаст. Но... знаете, связываться неохота, он все твердил, что больной и старый.

— Я думаю, что настала пора и мне познакомиться с Михаилом Степановичем Сучковым, — сказала я. — Как это можно сделать?

— Понятия не имею, — задумчиво проговорил Груничев. — Видите ли, у него что-то с желудком, и сейчас он лежит в больнице.

— Вот, вот... Бог-то — он все видит! — в сердцах вставила Ирина Александровна.

— А в какой больнице?

— Этого я не знаю, — развел руками Святослав. — Я же не собирался его навещать.

— Может быть, можно узнать у жены Сучкова? — предположила я.

— Нет у него никакой жены! — вставила Ирина Александровна. — Холостяком всю жизнь прожил.

— А откуда вы знаете, что он в больнице? — спросила я, повернувшись к Груничеву.

— Да он каждую осень и весну в стационаре, — ответил Святослав. — У него бывают обострения, вот он всегда и ложился, иногда просто для профилактики. Так вот по времени он и сейчас должен быть в больнице.

— Давайте все же на всякий случай позвоним ему домой, — предложила я и тут же, глянув на часы, засомневалась: — Хотя время-то уже позднее...

— Ничего, потерпит! Позвони, Слава, позвони, — настоятельно поддержала меня Ирина Александровна.

Груничев поднялся и прошел к аппарату. Он набрал номер и некоторое время молча с удивлением слушал. Потом сказал:

— Дядя Миша на даче.

— На даче? — удивилась я. — Так ведь осень уже!

— А для него в этом нет ничего удивительного, — усмехнулся Святослав. — Он дачник со стажем. Хотя вообще-то дача не его, а какого-то его друга. Она зимняя, то есть утепленная, обустроенная, так что там можно находиться в любое время. Я самого этого друга никогда не видел и на даче его, естественно, не был, просто слышал от дяди Миши. Хозяин домика вроде бы какой-то его бывший начальник. Владимир... не то Петрович, не то Иванович, так его зовут. Да вот, послушайте сами...

Груничев снова набрал номер дяди и протянул

мне трубку. Вскоре я услышала тонкий гудок, а затем неприятный, скрипучий старческий голос:

— Здрасте... Спасибо, что позвонили, но в данный момент я нахожусь на даче. Если у вас срочное дело, то можете позвонить мне на сотовый. Желательно после двадцати одного часа.

— Дядя экономит, предпочитает вести разговоры в льготное время, — пояснил Святослав. — Он вообще скряга приличный.

— Да уж, — снова вступила Ирина Александровна. — Я бы сказала — неприличный. Нет, это же надо, какое бесстыдство — на похороны он давал! Хоть бы память брата уважал!

— Мама, да не заводись ты снова, — обратился к ней Святослав. — История уже старая, и ты возмущалась по этому поводу сотни раз!

— Нет, у меня просто в голове не укладывается, как можно так поступать, Слава! — не успокаивалась Ирина Александровна. — Меня саму родители воспитали порядочным человеком, и я тебе всегда стремилась привить то же самое! А тут, можно сказать, в своей семье, столкнулись с таким возмутительным поведением.

— Ну, глупо рассчитывать, что каждый встреченный тобою человек окажется порядочным, — махнул рукой Святослав.

Я решила прекратить спор и спросила, обращаясь к Груничеву:

— У вас есть номер мобильника вашего дяди?

— Был. Надеюсь, он не изменился. А вы хотите позвонить ему? — поднял брови тот.

— Ну, сейчас ведь уже льготное время, так что не думаю, что мы его разорим, — улыбнулась я, а потом серьезно добавила: — Лучше уж сразу поговорить с ним.

— Хорошо, — кивнул Святослав и, заглянув в записную книжку, начал набирать номер.

Едва он представился своему дяде, как я отняла у него трубку и заговорила сама:

— Случилось большое несчастье, Михаил Степанович. Криминального характера. Сегодня у Святослава Игоревича погибла жена, и я расследую это дело. Так что необходимо встретиться с вами прямо сейчас, несмотря на позднее время.

— Но я же на даче, — голос показался мне еще более скрипучим, чем на автоответчике городского телефона.

— Ничего страшного, мы можем подъехать и туда, чтобы не вызывать вас в город, — быстро сказала я, чтобы Сучков подумал, что с ним говорит официальный представитель правоохранительных органов.

— Ну, я не знаю... Вообще-то я не у себя... Сейчас, одну минуту.

Михаил Степанович, видимо, отвернулся от аппарата и стал кому-то объяснять ситуацию. Через пару минут я услышала в трубке другой мужской голос, звучавший как-то напыщенно:

— Добрый вечер... С вами говорит Перевалов Владимир Николаевич. Если вам действительно срочно требуется поговорить с Михаилом Степановичем, можете приехать ко мне на дачу. Записывайте адрес: Малаховка, улица Южная, дом двадцать три. Это на Волге, — с гордостью добавил он. — Я предупрежу охранника, он пропустит вас.

Я поспешно записала адрес в блокнот, хотя и так запомнила его, после чего сказала, что мы скоро подъедем.

— На автомобиле на дорогу уйдет тридцать — тридцать пять минут, — четким голосом старого солдата отозвался Перевалов.

— Нет, немного позже, у меня еще некоторые дела, — предупредила я.

— Хорошо, — чуть подумав, согласился Перевалов. — До встречи, девушка.

И в трубке послышались короткие гудки. Груничев с удивлением смотрел на меня.

— Вы хотите ехать прямо сейчас? — спросил он.

— Да, только ваше присутствие необязательно, — успокоила я его.

— Но... это может быть небезопасно в свете всего случившегося, — неуверенно произнес Святослав. — К тому же я вспомнил, что Владимир Иванович или как его там...

— Николаевич, — поправила я.

— Ну так вот, он вроде бы неплохой стрелок. Дядя как-то упоминал об этом, еще в добрые времена, до денежного конфликта.

— Да-да, — оживилась вдруг Ирина Александровна. — Теперь и я вспомнила! Когда мы собирались на праздники за столом, Михаил любил рассказывать о своем начальнике, который метко стреляет и увлекается охотой. По-моему, его звали Владимир.

— Значит, Сучков с бывшим начальником давние друзья? — спросила я.

— Насколько я знаю, других друзей у него нет, — покачал головой Святослав.

— И что, они часто уединяются на даче? — усмехнулась я.

— Ну, по-моему, дядя Миша частенько там торчит.

— Интересно, чем можно заниматься на даче осенью? — задумчиво произнесла я.

— Кажется, — улыбнулся моему недоумению Груничев, — они проводят время в беседах, философских дискуссиях... Владимир Николаевич разглагольствует, а дядя слушает и возражает. У него вообще характерная черта такая — все оспаривать, все опровергать, ко всему проявлять, как он говорит, здоровый скептицизм. Если вы скажете, что вот это, например, белое, он тут же вам возразит, что оно черное. Просто из вредности. А его друг-начальник... По рассказам дяди я понял, что личность он довольно оригинальная, хотя мне порой кажется, что его странности — от приближающейся старости.

— Понятно, — кивнула я. — Ладно, там на месте я разберусь, что они из себя представляют оба.

— Так, может быть, все-таки не стоит вам ехать туда одной? — снова заволновался Святослав.

— Не волнуйтесь, я тоже умею хорошо стрелять, — усмехнулась я. — И, кстати, не думаю, что меня там встретят выстрелом в лоб. Пока дачники думают, что я из милиции. Убивать меня, даже если они — преступники, которых мы ищем, — крайняя степень глупости. А если они и узнают, что я частный детектив, то должны понимать, что я оповестила своих знакомых о том, куда поехала. Может быть, у меня вообще есть напарник, который рядом? Нет, там мне выстрела бояться нечего.

— Ну смотрите... — пожал плечами Святослав. — Если что, звоните мне.

— Вы лучше ложитесь спать, — уже обуваясь в прихожей, посоветовала я.

— Да-да, — тут же подхватила Ирина Александровна. — Пойдем, Слава, я тебе постелю. Тебе нужно успокоиться и уснуть. Еще столько хлопот впереди, боже мой!

Тем самым она напомнила Груничеву о смерти жены, и тот снова поник. Я быстро попрощалась и, спустившись вниз, поймала машину, чтобы добраться до гаража, где оставила свою «девятку». Это и было «некоторыми делами», о которых я сказала Перевалову.

Глава 4

По дороге в Малаховку я размышляла над тем, что услышала от Груничева. Многое сходилось, многое становилось объяснимым. Дядя Миша не хочет платить долг, а Груничев от него не отстает. С одной стороны, расписки нет, и в суде Святослав ничего не докажет. Но с другой, Сучков понимает, что племянник и не станет обращаться в суд, а может попытаться получить деньги иным способом. Святослав, конечно, не бандит, но деньги у него есть, и дядя Миша подозревает, что тот может пустить их в ход, чтобы восстановить статус-кво. Он начинает побаиваться племянника, тем более что Святослав однажды уже пригрозил ему. Следовательно, Сучков заинтересован в том, чтобы убрать племянника. В таком случае понятно, что он не желает ни о чем с ним говорить, поскольку говорить не о чем.

Сам он вроде бы стрелять не умеет. Зато умеет его друг, некий Владимир Николаевич Перевалов. Стреляет метко, со слов самого Сучкова. Вернее — стрелял когда-то. Вряд ли у него была возможность тренироваться в последние годы, у пенсионера-то. Это я к тому, что сегодняшние выстрелы профессиональными не назовешь. Метили в Груничева, попали в Алену. Правда, я его повалила на землю, а она дернулась, но все же... Конечно, Перевалов мог с годами и сдать как стрелок: зрение подсело, может быть, и руки трястись начали.

Ну да пока это все предположения. Вот приеду в Малаховку, посмотрю, что он за человек. Мог ли он пойти на убийство ради интересов своего бывшего подчиненного, а ныне друга? Откуда она вообще взялась, эта дружба? Собственно, делать какие-то выводы до тех пор, пока я не познакомилась с обоими пенсионерами, рановато. А до встречи с ними оставалось минут двадцать, поскольку я уже переезжала мост через Волгу.

* * *

Отыскать в Малаховке дом под номером двадцать три по улице Южной не составило труда, даже несмотря на позднее время. Дело в том, что дачный поселок был обнесен проволочным забором и охранялся. Охранник в будке, едва я назвала свое имя из окна автомобиля, кивнул мне и открыл ворота.

Дом Перевалова, который находился метрах в ста пятидесяти от будки, по крайней мере снаружи отличался строгостью и простотой, четкостью и ровностью линий. Здание было сложено из красных и белых кирпичей, и абсолютно никакого проявления фантазии в его архитектуре не наблюдалось. Все было добротно и стандартно, словно строили нечто похожее на казарму.

Я нажала на кнопку звонка, и он откликнулся звуками какого-то марша. У меня все больше создавалось впечатление, что хозяином дачи является отставной военный, солдафон до мозга костей.

На звонок показался невысокого роста кряжистый мужичонка, одетый в джинсовую куртку и спортивные брюки. Он включил свет во дворе и подошел к калитке. Я увидела, что у него обветренное лицо красноватого оттенка, маленькие невзрачные глаза непонятного цвета и короткие седоватые волосы, стриженные ежиком.

— Здрасте, — буркнул он, и по скрипучести голоса я определила, что вижу Михаила Степановича Сучкова, отметив, что он очень соответствует своей фамилии, потому что напоминает старый, сухой, скрюченный сучок.

Мужчина отворил калитку и какой-то суетливой походкой двинулся обратно к крыльцу. Я ему явно не понравилась, и он не посчитал нужным предложить мне руку, что было бы естественно, так как включенный им фонарь давал не слишком много света. Впрочем, я легко справилась и без его помощи.

Проходя через сад, я отметила, что в нем царит образцовый порядок. Нигде не валялось ни единой веточки, ни единой бумажки или мусоринки. Повсюду были выложены аккуратные дорожки, так что идти мне было удобно. Я невольно подумала, что хозяин этой дачи, скорее всего, имеет немецкие корни.

Перед домом была разбита клумба, на которой еще не совсем отцвели осенние цветы, какие-то совершенно мне незнакомые, причудливой формы. По-видимому, здесь проявилась страсть Перевалова к экзотике.

— Проходите, — не оборачиваясь, снова буркнул Сучков, открыв дверь в дом.

Я последовала за ним и вскоре оказалась в гостиной.

Огромная лампа под зеленым пушистым абажуром излучала мягкий струящийся свет. С абажура свисали, переплетаясь, какие-то помпончики и висюльки. Прямо под лампой в центре гостиной располагался массивный дубовый стол, явно антикварный, старинной работы. Да и вообще вся обстановка комнаты была стилизована под старину.

Даже беглый взгляд на интерьер дачи позволял сделать вывод о достаточно высоком доходе ее хозяина. Старинная мебель и прочие атрибуты были хоть и не суперуровня, но стоили немалых денег.

Под стать обстановке был и сам хозяин. Возле стола в кресле-качалке восседал мужчина с необыкновенно гордым, прямо-таки аристократическим выражением лица. Волнистые каштановые волосы, увы, уже начавшие редеть, были тщательно причесаны, а пробор с левой стороны был просто безукоризнен. Облаченный в мягкий велюровый халат темно-вишневого цвета мужчина, на ногах которого красовались пушистые тапочки строго в тон халату, держал в руках книгу. Наше появление заставило его закрыть ее и отложить на стол.

— Здравствуйте, девушка, — поднимаясь мне навстречу, произнес хозяин, гордо вскидывая голову. — Вы, надо отметить, точны, — и он бросил взгляд на старинные часы с кукушкой, висевшие на стене. — Честь имею, Владимир Николаевич Перевалов. Мы с вами знакомы, так сказать, заочно...

— Татьяна Александровна Иванова, — представилась я и повернулась к Сучкову.

— Михаил Степанович, — тяжело вздохнув, процедил тот.

— Прошу вас, — широким жестом указывая на диван, предложил Перевалов, возвращаясь в свое кресло и откидываясь на спинку.

Я отметила, что человек этот имеет барские манеры, и сочетание их с солдафонским педантизмом и пунктуальностью меня удивило. На подоконниках я заметила массу комнатных цветов в горшочках, накрытых бумажными кружочками, а на старом комоде вереницу слоников, что заставило меня думать, что хозяин дачи не лишен сентиментальности.

— Я понял, что вас сюда привело несчастье, — начал Перевалов. — Нужно признать, вы доставили нам печальную весть. Хоть я и не имею чести быть знакомым с племянником Михаила Степановича, однако же меня ваше сообщение расстроило до глубины души. Варварское время, варварские законы, варварские нравы.

Сам же Михаил Степанович, с чьим племянником, собственно, и произошло несчастье, не выражал видимой скорби. Он молча опустился в соседнее кресло и, вытянув ноги и скрестив руки на груди, выжидательно и даже подозрительно буравил меня своими маленькими глазками непонятного цвета.

— А вы бы предпочли родиться в другое время? — спросила я, желая таким образом наладить общение.

Перевалов как-то снисходительно посмотрел на меня и произнес:

— Я, как и вы, уже прожил не одну жизнь, в разное время. Возможно, что приходилось переживать и более неприятные эпохи, а впереди, может быть, нас ожидает еще худшее... Что поделать? Судьбами управляем не мы.

— Вы говорите о реинкарнации? — удивленная, уточнила я.

— Именно об этом, девушка! — подняв указательный палец, напыщенно подтвердил Владимир Николаевич. — Именно! Я вам даже больше скажу — человеку по его заслугам определяется, кем он станет в будущей жизни. Вот вы, я вижу, в прошлой много грешили, — вдруг сказал он.

— Почему? — искренне поразилась я.

Перевалов бросил на меня взгляд, полный превосходства, и с суровостью в голосе отчеканил:

— Потому что в противном случае вы родились бы человеком, а не женщиной.

— А вам не кажется, что сейчас вы сами грешите? — усмехнулась я.

— Это чем же? — из-под поднятых бровей осведомился Владимир Николаевич.

— Дискриминацией по половому признаку.

— Отнюдь, — холодно отозвался Перевалов. — Я знаю, что говорю, поверьте. Я прочитал массу литературы на данную тему, и...

— Кхм-кхм, — перебил его высокопарную речь

каркающий кашель. Такова была реакция дяди Миши на философские разглагольствования друга.

Перевалов, сбитый с мысли, поморщился и обратился к нему:

— Миша, подай, пожалуйста, нам чаю. Или вы предпочитаете кофе?

— Вообще-то действительно лучше кофе, — призналась я, и на лице Перевалова вновь промелькнула тень презрения.

— Кофе вреден, девушка, — осуждающе произнес он. — Я никогда не пью кофе. Никогда! Но дело ваше, травитесь, если хотите.

Сучков кряхтя прошел в угол гостиной, где располагался огромных размеров самовар, который я только что заметила. Что-то ворча себе под нос, он принялся возиться возле него, доставая чашки, ложки, сахарницу и прочие необходимые атрибуты кофе- и чаепития. Вскоре он подошел к нам с подносом в руках, который нес осторожно, чуть склонившись, чтобы не расплескать разлитые по чашкам напитки. В этот момент в его фигуре мне привиделось нечто по-лакейски угодливое, хотя для профессионального лакея он был все же неловок и слишком крючковат.

— Спасибо, Миша, — покровительственным тоном произнес Перевалов, принимая чашку с чаем и аккуратно ставя чашку с кофе рядом со мной.

Затем он, положив себе четыре ложки сахара, принялся сосредоточенно перемешивать его изящной позолоченной ложкой с витой ручкой, с выражением этакой аристократической серьезности на лице. Я заметила, что мешает он старательно и аккуратно, чтобы не звякнуть о край или дно чашки. Нужно признать: это ему удалось.

— Итак, мы вас слушаем. Поясните, пожалуйста, что случилось и почему наши скромные персоны вам столь срочно понадобились? — приподняв одну бровь, осведомился хозяин дачи.

— У меня, собственно, в основном имеются вопросы к Михаилу Степановичу, — кивнула я в сторону Сучкова.

— Так задавайте их, — как бы разрешил Перевалов, пожав плечами. — А я, с вашего позволения, послушаю...

— Вам интересно? — спросила я.

— Мы с Михаилом — старые друзья, — с гордостью и какой-то ностальгической грустью заявил Перевалов. — А вот вы, кстати, девушка, кого вообще представляете?

Хозяин дачи откинул голову чуть набок и насмешливо посмотрел на меня.

— Я частный детектив и расследую смерть жены племянника господина Сучкова по его просьбе, — кристально честно призналась я.

На лице Перевалова не отразилось никаких эмоций. Он все так же насмешливо смотрел на меня, только чуть заметно кивнул головой, словно сообщая, что удовлетворился ответом. Зато отреагировал Сучков, который подался вперед и, глядя на Перевалова, скрипуче заметил:

— Я тебе говорил, что не надо ее приглашать. Она же не из милиции! Ладно бы менты приехали, от них не отвертишься, а тут... Это какие-то левые дела, и я не понимаю, почему я, больной человек, должен с какой-то девчонкой разговаривать по делу, к которому не имею никакого отношения. Ей нужно дело раскрыть, чтобы ей заплатили, а мне — отдувайся!

— И все-таки... — возразила я. — С правоохранительными органами вы еще успеете побеседовать. Неужели не понимаете, что с моей помощью они смогут оказаться здесь очень быстро?

И снова последовал царственный кивок Перевалова, который хранил спокойствие и невозмутимость английского лорда. А камин за его спиной создавал почти полную идентичность с атмосферой загородного коттеджа где-нибудь в окрестностях Лондона.

— Вы что же, подозреваете в чем-то моего друга? — разлепил губы Перевалов, отхлебнув из чашки микроскопический глоток чая и тихо, без малейшего звука, поставив ее на место.

— Расскажите лучше, Михаил Степанович, что у вас за отношения были с племянником, — перевела я глаза на Сучкова.

— Отношений практически не было, — ответил тот куда-то в сторону.

— А почему, если не секрет?

— Потому что были некоторые обстоятельства, — упорно не хотел идти со мной на контакт вредный старикан.

— Какие? — не сдавалась я.

— Миша, я думаю, что если произошло убийство, то нужно рассказать, — неожиданно оживился Перевалов, слегка закачавшись в своем кресле.

Сучков яростно заскреб свою седую голову и завертел ею.

— Почему я должен что-то рассказывать? — недоумевающе и даже с возмущением спросил он.

— Потому что убийство — дело серьезное, — принимая чрезвычайно серьезный вид, заговорил Перевалов. — К тому же это весьма интересно, весьма! Убита молодая женщина... Что, как, почему? Вокруг нее масса чего вертелось, и теперь эта масса всплывет на поверхность и приобретет большое значение. И мы с тобой тоже попадаем в эту массу. И мы уже сразу — не те! Мы уже не старые, никому не нужные пенсионеры, а участники детективной истории, Миша! Неужели тебе неинтересно?

— Мне — нет, — со вздохом выразительно проскрипел Сучков, поглядывая на часы и как бы говоря Перевалову, что в столь позднее время нужно свернуть разговор со мной и поскорее выпроводить нежелательную гостью.

— Напрасно, Миша, ты отрываешься от жизни. Это то, что подкидывает нам судьба, а от нее нельзя уклониться, — принял Перевалов вид умудренного опытом, убеленного сединами философа и интенсивнее закачался в кресле.

— Пока я вижу, что мне нельзя уклониться от рассказа о том, о чем я говорить не хочу, — с шумным вздохом заметил Сучков, который, как я поняла, в отличие от Перевалова был приземленным реалистом. При этом сварливым и вздорным.

— Расскажи, Миша, — только и сказал Владимир Николаевич.

Я с любопытством слушала этот диалог, анализируя характеры людей, с которыми неожиданно познакомилась. Довольно интересные они, каждый по-своему, типы. Особенно Перевалов. Сучков попроще, пообычнее, постандартнее.

А он тем временем нахмурился и буркнул:

— Ну хорошо, слушайте, так или иначе вам все передадут, только в искаженном виде. Единственное, что меня связывает сейчас с моим племянником Святославом, это один денежный вопрос. Вернее, даже не так: он считает, что связывает, я же придерживаюсь другого мнения.

— Какого же? — поинтересовалась я.

— А такого, что я ему ничего не должен, — отрезал Михаил Степанович.

— А из чего вы делаете такое заключение? Вы деньги все-таки брали или нет?

— Деньги я брал, — осторожно ответил Сучков. — Только не у него, а у его отца. У своего родного брата, между прочим. И это были наши с ним дела! Вот... А кроме того — денег у меня нет.

— Что значит — «нет»? — уточнила я. — Вы их потратили?

— Я их вложил. Понимаете, вложил! — начал нервничать Сучков. — Вложил в дело, открыл фирму... Я же их для того и занимал, а не на какое-нибудь там шала-бала! А теперь я фирмой не занимаюсь по причине возраста и плохого здоровья. Но деньги остались там. Понимаете, там! И что же теперь получается? Что я должен отдавать свои деньги, что ли? И почему это я должен отдавать свои деньги?! — Сучков уже прямо кипел от возмущения, представляя себе перспективы расставания со «своими деньгами».

— Миша, успокойся, — бросил Перевалов. — Возьми сигарету.

— Я не курю, — мрачно бросил Михаил Степанович.

— Но вы же пользовались доходами своей фирмы, — заметила я. — А открыта она была, в сущности, на деньги Груничева-старшего, которые он вам одолжил, а не подарил.

— Но сейчас-то я не пользуюсь! — снова начал горячиться Сучков. — Значит, уже свои должен отдавать? И главное, этот молокосос меня убеждает, что я должен отдать ему. Он же не хочет слушать никаких разумных аргументов!

Я не стала спорить о «разумности» аргументов Михаила Степановича и сказала:

— Судить ваш со Святославом Груничевым спор — не моя задача. Я просто пытаюсь разобраться в том, у кого были мотивы желать его смерти. Потому я и веду этот разговор.

— У меня был и остается один-единственный мотив — просто не встречаться с ним никогда! — выкрикнул Сучков и уже не мог остановиться, продолжая кричать: — Потому что я устал от этого! Потому что у меня слабое здоровье, которое он еще сильнее подрывает своими требованиями! А убивать его я не собирался! Если бы он оставил меня, старого человека, в покое, все было бы в порядке! Но он же звонит, напоминает об этих деньгах, портит мое и без того слабое здоровье! А я потом ложусь в больницу! Он еще и угрожает мне! Я вообще хотел заявление на него в милицию написать, чтобы его привлекли за угрозы! Тогда бы он точно оставил меня в покое.

«Экий вздорный старикашка! — подумала я. — С таким свяжись — действительно рад не будешь! Не хочет отдавать долг и придумывает всякие отговорки! Но для меня-то дело не в этом... Мог он спланировать убийство Святослава или нет? Судя по характеру, человек он вспыльчивый и невыдержанный. Такие люди в минуты порывов ведут себя неадекватно. Так что насчет спланировать, заранее все продумать для него — сомнительно, пожалуй. Хотя там продумано-то не бог весть как... Что ж, и это можно списать на возраст и эмоциональность натуры Михаила Степановича. А вот, кстати, его друг Перевалов — более рассудительный тип. И в жизни любит игру. Похоже, жизнь для него — театр. Он и со мной-то разговаривает вовсе не потому, что хочет помочь следствию, а потому, что ему интересно. Совсем, наверное, закис со старым ворчуном, другом Мишей, на своей даче, а тут на тебе — стрельба, убийство, частный детектив... Кино прямо! А раз кино, следовательно, чья-то игра. Не сам ли он и затеял эту игру? Ну конечно, не только из-за того, что ему скучно, мотивы наверняка есть и посерьезнее, но все же и такой фактор мог сыграть не последнюю роль...»

Словно читая мои мысли, Владимир Николаевич с затаенной усмешкой посмотрел на меня и сказал:

— Я понимаю, девушка, что вы нас подозреваете.

Перевалов достал пачку «Данхилла» и вынул сигарету. Держа ее в руках, но не торопясь закурить, он продолжил:

— Наверняка вы уже знаете, что я неплохо стреляю. Что с Михаилом меня связывают дружеские отношения. И что у Михаила есть косвенный, я подчеркиваю, косвенный мотив ликвидировать своего племянника. Эти факторы и заставляют вас так думать.

— Подождите, я...

— Молчите, девушка, я не договорил, — властно остановил меня Перевалов, повышая тон. — Насколько я понял обстоятельства дела, хотели убить племянника Михаила, а убили его жену... Хм-хм...

Владимир Николаевич сделал многозначительную паузу, помахивая рукой с зажатой между пальцами не зажженной до сих пор сигаретой и указывая ею на меня, словно говоря, что перебивать его пока рано. Я и не собиралась перебивать, решив выслушать Перевалова до конца.

— И вот как раз это обстоятельство должно навести вас на мысль, что я здесь совершенно ни при чем!

Я непонимающе посмотрела на Перевалова.

— Дело в том, что я не допустил бы промаха. Да, не допустил бы! — воскликнул он в каком-то восторге. — Метить в одного, а убить другого... — Перевалов осуждающе покачал головой и выдал убийственный вердикт: — Так стреляют только лохи, девушка! Я подчеркиваю и заостряю ваше внимание — только лохи! А я попадал волку в глаз с пятидесяти метров, с пятидесяти!

Эмоциональное состояние Перевалова явно переживало подъем. От былой невозмутимости английского лорда не осталось и следа, Владимир Николаевич раскраснелся и, казалось, был готов отстаивать свою точку зрения, несмотря ни на что.

— Но наличие мотива вы не отрицаете, — заметила я.

— Слушайте, а может, хватит заниматься тут всякими нелепыми предположениями? — снова нервно влез Сучков.

Перевалов, однако, остановил его движением руки:

— Миша, не надо, они все равно ничего не докажут!

И снова повернулся ко мне:

— Вы ничего не докажете, девушка! У вас это не получится. У меня нет пистолета. Вы не найдете у меня пистолета, и никто его не найдет! Далее — мы с Михаилом Степановичем находились здесь и никуда не выезжали. Можете спросить охранника нашего кооператива — у нас очень строго с пропускной системой. Здесь муха не проскочит, можно спокойно жить даже зимой. Я бы и жил, но супруге иногда надо уделять внимание, — Перевалов как-то кокетливо отвел глаза в сторону. — Так что у нас с Мишей алиби. Но вы ищите, ищите! И пистолет ищите.

— Почему вы говорите о пистолете? Вы же охотник, зачем вам пистолет? — подозрительно спросила я. — И между прочим, я не говорила, как именно была убита Алена Груничева.

— А это и так понятно, — безапелляционно прервал меня Перевалов. — Любому нормальному человеку понятно, что убийство в наше время, да в городе, да в тех условиях, что вы описали, могло быть совершено только из пистолета. Винтовка — это геморрой! Это неудобно! Так что не пытайтесь поймать меня!

Интонации Перевалова были абсолютно категоричны. Никакой альтернативы, никакого намека на возражение его тон не подразумевал. И дальше он продолжал в том же духе, только чуть понизив градус своей речи и добавив в голос тон снисходительности:

— А пистолет наверняка уже на дне Волги, девушка. Вам повезло, что не мы с Мишей осуществили это убийство, потому что, если бы делом занялись мы, вы бы никогда не раскрыли дело. А так у вас есть шанс.

Перевалов, явно довольный произнесенной речью и произведенным, как, видимо, ему показалось, на меня впечатлением, откинулся в кресле-качалке, усмехнулся и наконец зажег сигарету. Сделав одну затяжку, он победоносно сверкнул очами и сигаретой, как перстом, указал правильный путь:

— Идите к гаражу. Если бы мы выезжали, чтобы убить бедную жену Мишиного племянника, то должны остаться отпечатки шин автомобиля. А их там нет!

Последние слова Перевалов торжествующе выкрикнул. Щеки его раскраснелись, глаза блестели, он явно был увлечен игрой, своей ролью. Искренен он был или нет, неважно — в данный момент он явно чувствовал себя на сцене. Слушая его, я еще раз убедилась в правильности своего первого впечатления: да, Владимир Николаевич по жизни актер. Наверное, он уже и сам не замечает, в кого и как перевоплощается. Все зависит от того, кто его собеседник в данный момент. Хотя определенные черты в нем присутствуют всегда: например, такие, как покровительственность, напыщенность, помпезность и картинность. Они, скорее всего, постоянны в его характере. И мне вдруг захотелось поговорить с ним на его же языке, немного поиграть и пококетничать.

— Я подожду пока осматривать ваш гараж, — остановила я его. — Сделаю это позже, если, конечно, понадобится. А вообще-то я и без осмотра могу узнать, виновны вы или нет, — с загадочным видом закончила я.

— С помощью беседы с охранником? — презрительно оттопырил нижнюю губу Перевалов. — Так идите и беседуйте! Я вам покажу, как короче добраться до его домика!

— Не стоит, — покачала я головой. — Я вообще никуда не собираюсь выходить. Можно провести эксперимент прямо здесь, не выходя из комнаты.

Вид у меня стал еще более таинственным, и Перевалов невольно заинтересовался. Сучков же выглядел все более и более скептически настроенным. Он явно радовался, что его оставили в покое и что миссию по доказательству его алиби взял на себя Перевалов. Но он наверняка был бы рад еще больше, если бы я поскорее убралась восвояси и перестала нарушать их с другом старческий покой.

Перевалов продолжал поглядывать на меня с нескрываемым любопытством. Я же, не уменьшая выражения таинственности на лице, достала из сумки замшевый мешочек с гадальными «костями» и медленно высыпала их на диван.

18+4+34 — «Ваши мысли заняты одной почтенной особой, от которой многое зависит».

Толкование, моментально всплывшее в моей памяти, я не произнесла вслух. Я лихорадочно размышляла, что оно может означать. «Почтенная особа» — имеется в виду Перевалов? Ведь именно им сейчас заняты мои мысли. Если так, то вторая часть толкования, что от данной особы многое зависит, может означать как то, что он главная фигура в моем деле, так и то, что он способен чем-то помочь. Но вот чем? Пока что я не наблюдаю в нем огромного желания содействовать мне в расследовании, так что приходится склониться к первому варианту... Неужели все-таки он?

Перевалов тем временем, проследив за моими манипуляциями, уставился на рассыпанные по бархатной обивке дивана «кости».

— Что это? — оживившись, спросил он.

— Это мои самые верные помощники, — откидываясь на спинку и бесцельно перекатывая рукой «кости», сказала я. — Они мне всегда очень верно подсказывают, в правильном ли направлении я двигаюсь. И никогда — никогда! — не ошибаются.

— Гадальные «кости»? — скривился Перевалов и принял свой излюбленный напыщенный вид. — Это полная чушь, девушка!

— Вы не верите в гадание? — улыбнулась я.

— Я верю! Только не в гадание, а в знаки судьбы! — с пафосом произнес Владимир Николаевич. — Это вы, вульгарные материалисты, называете их гаданием и примешиваете сюда разную чепуху вроде кофейной гущи! Я же говорю об истинных гаданиях, об истинных!

Сучков, который, насколько я успела его понять, не верил ни в какие гадания, ни в бога, ни в черта, а верил только в силу денег, насупившись, сидел в углу, шумно посапывая носом. Он не вмешивался в наш с хозяином дачи разговор, что мне пока было на руку, поскольку я устала от его бестолкового брюзжания.

— А вы знакомы с так называемыми истинными гаданиями? — поинтересовалась я у Перевалова.

Владимир Николаевич принял пренебрежительный вид и ответил:

— Я знаком!

Местоимение «я» в данном коротком предложении он выразительно подчеркнул.

— Очень интересно, — практически искренне отреагировала я. — И что же вы под ними подразумеваете?

Теперь настала очередь Перевалова принимать таинственный и важный вид. Собственно, это было его постоянное амплуа, поэтому напрягаться Владимиру Николаевичу особенно не пришлось.

— Обычно я никого не знакомлю с такими вещами, потому что у большинства не тот уровень, чтобы их постичь! — высокопарно заявил он. — Но с вами, в виде исключения, готов поделиться. В вас все-таки наблюдаются зачатки духовного развития.

«Ну, спасибо! — усмехнулась я про себя. — Старик, похоже, на самом деле страдает манией величия, это уже не притворство».

Но возражать Перевалову я не стала — не хватало еще вступать в перебранку с пенсионером.

Владимир Николаевич поднялся с кресла и двинулся в дальний угол гостиной. Он откинул край висевшего на стене гобелена, который, как оказалось, прикрывал вход в другую комнату, и скрылся там. Через пару минут он вернулся, неся в руках небольшой аккуратный ящичек из красного дерева. Ящичек был украшен изящной резьбой и обладал сбоку каким-то мудреным замочком, который Перевалов отпер малюсеньким ключиком.

— Это я сам сделал! — с гордостью произнес он. — И замочек тоже.

— Вы увлекаетесь резьбой по дереву? — удивилась я.

— У меня золотые руки, девушка! — с еще большей гордостью сообщил Владимир Николаевич. — Лучшие мастера России, видя мои работы, говорили, что я самородок. Самородок! Мои работы отправляли на выставки в Европу!

— А чем вы вообще занимались до того, как вышли на пенсию? — я нарочно перевела разговор на нейтральную тему, чтобы получить побольше информации о Перевалове.

— Я работал на производстве, — с пафосом заявил Владимир Николаевич. — Но я всегда придавал большое значение таким вещам, как хобби. Если человек не имеет хобби, это подозрительно.

— В каком же смысле?

— В смысле его интеллекта, — как-то презрительно произнес Перевалов. — Впрочем, я чувствую, что это вас не очень интересует. Женщины вообще, в отличие от мужчин, к сожалению, слишком биологичны. У них, как правило, нет хобби.

И Перевалов вдруг запер ящичек и порывисто поставил его на стол.

— Нет, я не буду вам ничего показывать, девушка, — обиженно проговорил он. — Гадайте на ваших дурацких «костях», ничего они вам толкового не скажут. А мы с Мишей посмеемся над вами!

Я невольно начала ломать голову, чем так прогневила хозяина дачи, что у него столь резко изменилось настроение. Но он ничего больше не говорил, демонстративно обратив свое внимание на книгу, которую читал до моего прихода. «Может быть, это знак, что мне пора уходить?» — мелькнула у меня догадка.

Мою догадку тут же озвучил доселе скромно молчавший в уголке Сучков. Откашлявшись, он с тяжелым вздохом произнес:

— Девушка, если у вас больше нет конкретных вопросов, то мы вас, так сказать, не задерживаем. А насчет того, где мы были сегодня, то я вам скажу — мы с Владимиром Николаевичем были здесь.

— Ну а если вы сможете доказать обратное, — снова отвлекшись от книги, заговорил мастер-самоучка, — я с удовольствием с вами подискутирую. Хоть вы и женщина, и ваше место, вообще-то говоря....

— Ну, это уж я сама решу, где мое место, — перебила я Перевалова и поднялась с места.

— А ведь я вас задел, девушка, задел! — с каким-то детским восторгом воскликнул Перевалов и демонстративно вздернул нос.

Потом он, не глядя на Сучкова, бросил ему:

— Миша, если нетрудно, проводи даму. И не забудь напомнить ей про охранника. Он сегодня поссорился со своей подружкой, наверняка ему будет интересно поговорить с молодой особой. Они, может быть, найдут общий язык...

И язвительный старикан, в очередной раз довольный своими собственными дурацкими фразами, гордо откинулся в кресле-качалке.

— Прощайте, девушка, — полетело мне вслед, когда я уже выходила из комнаты.

Я не ответила. Действительно, этот не совсем обычный пенсионер, наверное, меня задел, если я так реагирую.

Дальнейшее было скучно — Сучков молча проводил меня до калитки, молча открыл ее, проследил мрачным взглядом, как я села в машину, потом так же молча пошел назад.

Я уезжала из Малаховки со смешанным чувством. Два, каждый по-своему, нелепых старикана, несмотря на некоторую свою неадекватность, выглядели в принципе безобидно, и чисто интуитивно я откидывала их кандидатуры из числа подозреваемых. Но если смотреть на странных дачников по-другому, то можно было сделать такой вывод: по крайней мере один из них, Перевалов, — не так-то прост. Даже не так — совсем непрост.

Глава 5

Вернувшись из Малаховки домой глубокой ночью, я чувствовала себя совершенно разбитой. Насколько же длинным оказался день! Всего один день, а столько событий! Даже не верится, что так мало времени прошло с того момента, как Святослав Груничев появился на моем горизонте.

После того, как я согласилась расследовать его дело, я успела познакомиться с членами его семьи, с нервной и взвинченной бывшей любовницей, сходить на презентацию, пережить гибель жены своего клиента, пообщаться с милицией, а потом еще сгонять в Малаховку и побеседовать с двумя старичками, начавшими, похоже, потихоньку впадать в маразм, каждый по-своему. И совершенно естественным после всех событий выглядело мое желание рухнуть под одеяло, укрыться с головой и уснуть. Правда, как следует выспаться мне все равно не удастся, поскольку я сама для себя назначила на первую половину завтрашне-сегодняшнего дня визит в отделение милиции, к Андрею Мельникову. Нужно узнать, появились ли сдвиги в официальном расследовании.

Я настолько устала, что позволила себе то, что позволяю только в крайних случаях, а вообще же считаю недопустимым, — легла в постель, не приняв предварительно душ. Все, на что меня хватило, это снять макияж и сполоснуть прохладной водой затекшие ноги. Заснула я, по-моему, еще на пути к кровати, не забыв, однако, поставить будильник на половину девятого.

Но по его звонку я встать не смогла. Перевела стрелку на три часа дальше и отключила телефон. Ведь нужно было не просто подняться, а вернуть себе работоспособность. Ровно в полдень я была на ногах, выпила кофе, для бодрости добавила в чашку несколько капель экстракта розовой родиолы — в последнее время я открыла, что это прекрасно бодрит. Мне его посоветовал один мой близкий приятель, очень творческая личность. Мы с ним встречались месяц, а потом он, несмотря на родиолу, все-таки влез в очередную депрессию, и я вынуждена была дать ему отставку. Я же не психолог по коррекции неврозов, а частный сыщик.

Я сделала дежурный звонок Груничевым домой, и Ирина Александровна доложила, что никаких новостей у них нет, что Святослав спит, а будить его она не будет. Я, собственно, и не настаивала на этом, у меня были свои дела.

Вскоре я припарковала свою машину перед отделением милиции, которое занималось убийством около кафе «Ротонда», и через пять минут сидела в кабинете следователя.

— Ну и что вы от нас хотите, Татьяна Александровна? — официально встретил меня Мельников. — Результаты экспертизы? Версии?

— Первое очень бы желательно, второе — если у вас есть настроение, — ответила я, без особых церемоний присаживаясь за стол и вынимая свои сигареты — Андрей немилосердно дымил на своем рабочем месте.

Мельников выдержал паузу, тяжело вздохнул и устало сообщил:

— Выстрелы произведены из «ТТ». Убийца стрелял не очень прицельно. Кстати, тебе повезло... — Посмотрев на меня немного снисходительно, он усмехнулся: — Конечно, хорошо, что ты своего бизнесмена сразу на асфальт опрокинула. Но даже твоя реакция тут не помогла бы, будь убийца профессионалом. А так...

— Что может быть?..

— Да все может быть, — Мельников тяжело вздохнул. — Версий, сама понимаешь, вагон. А с другой стороны... Бизнесмен в непонятках, ну, это тебе и без меня хорошо известно, ты с ним работаешь. Связи жены никак не просматриваются, если брать во внимание версию, что хотели убить именно ее. Охранники, между прочим, среагировали запоздало...

Мельников поднял на меня глаза и замолчал. А я восстановила в памяти ту трагическую сцену около кафе. Да, действительно, они были шокированы и выхватили пистолеты не сразу, но это же естественно. Стреляли из парка, преступник скрылся, видимо, через противоположный его конец, там как раз выход. Охранники после того, как стрельнули в темноту, побежали, но вернулись ни с чем.

— Пуля попала женщине в голову, смерть наступила практически мгновенно, — подытожил мрачно Мельников и задавил бычок в пепельнице. — Ну, а у тебя что-нибудь интересное есть?

Я пожала плечами. Интересное было только в плане знакомства с двумя не совсем обычными старичками.

— Перевалов Владимир Николаевич, бывший работник военного завода, хорошо стреляет, — сообщила я Мельникову.

— Ну и что?

— Есть кое-какие подозрения. Проверить бы биографию, чем он вообще по жизни занимался. И еще Сучков Михаил Степанович. Работал там же, открыл какую-то фирму.

Мельников тут же записал имена.

— Попробуем покопаться в базе данных. Если что, подключу знакомых в «сером доме», — сказал он. — Все-таки неординарный случай для нашего почти спокойного времени. Если пять лет назад убийства были чуть ли не само собой разумеющимся делом — бандит на бандите, разборки между ними постоянные, стреляли они друг по дружке только так, — то сейчас... В общем — чрезвычайное происшествие. Начальство, мягко говоря, удивлено.

— И ты, значит, усердно раскрываешь, — усмехнулась теперь я.

— Стараюсь, — ответил Мельников. — В три часа, кстати, должен подъехать твой Груничев, буду крутить его на предмет версий.

— Он же ничего не знает! — усмехнулась я.

— Черт его разберет! Мне кажется, что-то он недоговаривает... А может быть, это мне только кажется.

Мельников произнес две фразы через паузу и довольно раздраженно.

Оно и понятно — раскрывать дело необходимо, но как это делать, он не знает и потому чувствует себя не в своей тарелке.

Я не стала больше надоедать Андрею вопросами и вообще своим присутствием, и удалилась. Через полчаса я снова была дома — сидела на кухне с чашкой кофе и сигаретой, предаваясь размышлениям.

На мое удивление, вскоре позвонил Мельников. И то, что он мне сообщил, заставило меня преисполниться бодрости.

— Перевалов и Сучков пять лет назад зарегистрировали торгово-посредническую фирму «Авангард». Вместе с ними учредителем был еще некий Виктор Иванович Платонов. Даю тебе его телефон, — проговорил Андрей. — Записала? Теперь еще... Фирма сейчас официально ликвидирована. Но есть информация, что аккурат после закрытия «Авангарда» некто Перевалов Артем Владимирович зарегистрировал свое предприятие.

— Сын? — спросила я.

— Да, — ответил Мельников. — У Платонова, думается, можно будет узнать поподробнее о Перевалове. И частному детективу это будет сделать, мне кажется, проще...

— Спасибо, — поблагодарила я Мельникова и тут же набрала номер Платонова.

Увы, но господин Платонов отказался разговаривать со мной насчет Перевалова. Мельников ошибся в том, что частному детективу общаться с бизнесменом будет проще. Но кое-что я все-таки узнала: Платонов сообщил, что если я хочу узнать объективное мнение о Перевалове, то обратиться следует к Марку Иосифовичу Гольданскому, некогда работавшему начальником отдела кадров на военном заводе «Тантал», где господин Перевалов служил в качестве главного инженера.

Разговор с Гольданским оказался более продуктивным. Старичок оказался очень словоохотливым и был рад, что к нему на склоне его одиноких лет обратилась молодая особа. Он жил недалеко от меня, и это ускорило нашу встречу.

Марк Иосифович принял меня хоть и дома, но в парадном виде — при галстуке и костюме. Внимательно изучив мою лицензию частного детектива, он улыбнулся и пригласил за стол, на котором уже стоял самовар с чашками.

Я только упомянула фамилию Перевалова, как хозяин квартиры покачал головой и безапелляционно заявил:

— Вор-рье! Ужасное вор-рье!

Признаться, его вердикт меня озадачил.

— Что, испугались? — неожиданно прихихикнул Гольданский. — То-то же! А я не боюсь. Сейчас уже ничего не боюсь говорить. Так что вы, девушка, копайте. Может быть, и найдете на него управу. Дачу отстроил, — Марк Иосифович начал загибать пальцы, — машину менял каждый год, иномарку купил еще в советское время, сейчас уж и не знаю, какая у него машина... Но это ладно. А обстановка, а сыну квартира, дочери с зятем квартира! Любовнице подарки, на охоту за государственный счет — каждую осень! Главный инженер завода, член партии, а воровал всегда. И начальник снабжения Сучков тоже нечист был на руку. Краска, металл, все налево уходило. Они на этой почве и сдружились с Переваловым. Я про все их художества директору говорил, да все без толку. Они там все заодно были. Вы же знаете... — Гольданский неожиданно понизил голос, — ведь Перевалов был женат на племяннице секретаря обкома, а это, сами понимаете...

— Был?

— Может, и сейчас женат, не знаю... Была у него и любовница — об этом на заводе многие знали. Работала она начальницей планового отдела. Видная, статная такая дама! — Марк Иосифович сложил губы в трубочку и подкрепил свои слова красноречивым жестом и улыбкой.

Видимо, и сам Гольданский был бы не против иметь «статную даму» в любовницах, но судьба распорядилась по-иному.

— Что было потом, я не знаю — меня проводили на пенсию. Перевалов на банкете сказал мне за безупречную службу спасибо от лица всего коллектива. Я хорошо это помню. Ох, и лицемерил же он...

— А вы когда ушли с завода, Марк Иосифович? — спросила я.

— В девяносто первом, — ответил Гольданский. — А Перевалов работал на заводе еще некоторое время, по-моему, года четыре, а потом организовал на основе своих махинаций фирму.

Марк Иосифович тяжело вздохнул, а потом довольно злорадно усмехнулся и неожиданно прокомментировал мой интерес к Перевалову надтреснутым стариковским голосом:

— Давно не видел Владимира Николаевича... Но я всегда считал, что он доиграется. Вот и доигрался!

— Но вы не в курсе дел Перевалова в собственной фирме? — уточнила я.

— Нет, — признался Марк Иосифович. — Но смею вас заверить, там наверняка было все то же самое, что в свое время на заводе, — сплошные спекуляции, незаконные перепродажи и все такое прочее.

Тон Гольданского был непререкаемым.

— А что, теперь частные детективы расследуют и экономические преступления? — поинтересовался он.

— Нет, Владимир Николаевич проходит подозреваемым в убийстве, — сказала я.

— Вот оно что... — широко раскрыв одновременно и глаза, и рот, ахнул Гольданский. — Какой кошмар! Не думал, что он до такого дойдет, откровенно вам скажу. Не думал! А ведь всегда прикидывался аристократом, фантазировал, что у него были дворянские предки... Когда выпьет, конечно... Тогда это не очень приветствовалось, но он считал, что если жена — племянница секретаря, то все можно. Надо же, а...

Я решила перевести разговор на другую тему.

— Марк Иосифович, вспомните, вместе с Переваловым работал Сучков. Собственно, вы его уже упоминали. Какие между ними были отношения? И что он за человек?

Гольданский снова усмехнулся, потом посмотрел на меня так, словно просил извинения за то, что сейчас скажет. А потом проговорил с некоторой ехидцей в голосе:

— Сучков был неплохой работник... Неплохой.

Умел достать, что нужно. Вы-то не знаете, не застали ту систему, а снабженцу тогда требовалась извечная российская изворотливость, умение поступить нестандартно. И Сучков этим обладал. Он — очень цепкий человек. По крайней мере был на моей памяти... А отношения? — Гольданский вздохнул. — Они дружили. Вместе куда-то ездили, в гости друг к другу ходили. Собственно, махинации их сдружили. Сучкову, конечно, не так много доставалось, как Перевалову, все-таки должность у него рангом ниже была, но тоже успел урвать, успел! И все же... Мне Сучков нравился больше. Он хоть и скряга большой — ж-жадный был до ужаса! — а мужик наш, свойский. Когда чего нужно — вопросов нет, Сучков в первых рядах, если надо помочь мебель там перевезти, организовать людей на картошку, похороны кого организовать... Тут у него не отнять. Перевалов — тот нет, — лицо Гольданского исказила презрительная гримаса. — Он — нос кверху, и пошел. Голубая кровь, как же! А меня он не любил, все время пытался задеть...

Марк Иосифович улыбнулся во весь рот. Похоже, он снова мысленно окунался в то время, когда был еще в силе и занимался активной деятельностью. И вспоминал он те времена все же скорее с добротой, нежели с каким-то негативным чувством, даже не очень приятные обстоятельства взаимоотношений с Переваловым.

— И все ведь из-за моей национальности, — хихикнул Гольданский. — У Перевалова же дворянские предки, фу-ты ну-ты, а я, видите ли, из-за черты оседлости на него своим рылом глядел. Это он сам так говорил. Опять же — когда выпьет. Трезвым-то он был вежливым. Высокомерным, но вежливым. Как я уже сказал, ходил он по заводу, никого не замечая, всем указания давал. Только директор на него управу имел, а так на заводе больше никто поперек него и пикнуть не смел. Вот так!

— Марк Иосифович, а вот еще один момент: Сучков, он ведь как бы всегда подчиненным был у Перевалова? — спросила я.

— Да, да, — тут же закивал Гольданский. — Перевалов был начальник, все перед ним... как бы это сказать...

Но я перебила его:

— А если бы Сучков попросил Перевалова о чем-то... очень нехорошем? Ну, например, убить кого-то... Тот ведь, говорят, отличным стрелком был.

— Не-ет! — Марк Иосифович отрицательно покачал головой. — Что вы! Перевалов — гордый, к нему с такими просьбами вряд ли кто отважился бы подступиться.

В дальнейшем, как я ни поворачивала разговор на интересующую меня тему, Марк Иосифович держался той же линии. С одной стороны, он на чем свет стоит клял вора Перевалова, а с другой — решительно не принимал даже мысль, что Перевалов из каких-то соображений мог ввязаться в криминальное дело «мокрого» пошиба. Тем более ради своего подчиненного Сучкова, несмотря на то даже, что приятельствовал с ним.

Больше ничего нового Гольданский сообщить мне не смог, и я попрощалась со старичком. Сделать это оказалось не так-то просто, поскольку Марк Иосифович вошел, что называется, во вкус общения. Он принялся показывать мне старые фотографии, потом плавно перевел разговор на покойную супругу, рассказал про сына, который живет в Америке, и про внуков, которых видел только на фотографиях. Гольданский посетовал, что хочет все-таки поехать в Америку навестить сына, но опасается за свое здоровье.

Я заверила старичка, что он еще вполне сгодится на заокеанский перелет, медленно продвигаясь в сторону прихожей. А он никак не хотел меня отпускать, все спрашивал, не опасны ли сейчас самолеты и прилично ли ему, столько лет прожившему в Советской стране, ехать в логово недавних потенциальных противников.

Еле-еле я отбилась и, пожелав Марку Иосифовичу долгие лета, откланялась.

На часах было четыре, и пора была обедать — в самый раз, если пробуждение наступило в полдень. Поэтому я поехала домой.

* * *

После обеда я сидела у себя в квартире, погруженная в размышления. Всего пару минут назад я раскинула гадальные «косточки», и вот что они мне выдали: 30+16+2 — «Ваш новый знакомый не тот, за кого себя выдает».

Получив от высших сил такое сообщение, я искренне посмеялась над версией, что они имеют в виду Марка Иосифовича Гольданского. Вот уж он-то вряд ли выдает себя за кого-то другого.

А остальные?

После разговора с Гольданским я практически уверилась в том, что версия Перевалова — не более чем пустышка. Груничев сам говорил, что махнул рукой на непорядочного родственника и на деньги, одолженные им. Сучков, естественно, тоже не напоминал о себе. Отношений между дядей и племянником, таким образом, практически не было. Ну и возникает логичный вопрос — зачем стрелять, если Груничев не требует долга? Логичный ответ может быть только один — старческий маразм. Но как бы ни придвинулись малаховские дачники к подобному признаку старости, все же, думается, не до такой степени, чтобы вооружиться и открывать стрельбу. Да еще нанимать каких-то отморозков для нападений.

Еще перед тем, как бросить «косточки», я задумалась об Алене и о ее гибели. Практически все версии, связанные с Груничевым, даже абсурдные, я отработала. Не вырисовывается там ничего! И сам Груничев, и его коллеги, и друзья — все отказываются понимать, в чем дело. Ну а если дело гораздо проще — никто и не хотел его убивать? Если выстрел предназначался его супруге?

И я приступила в своих сосредоточенных размышлениях к анализу всего произошедшего под новым углом зрения. И что же я имею? Во-первых, как я уже упомянула, не прослеживается никакого мотива убивать Святослава. Во-вторых, в моей памяти всплыла фраза Владимира Николаевича Перевалова: «Так стреляют только лохи, девушка!»

Действительно, с чего я взяла, что убивший Алену преступник — полный лох и мазила? Да только потому, что все мои мысли были сосредоточены вокруг Груничева, а не вокруг его супруги. Мне и в голову не приходило, что кому-то может мешать безобидная с виду Алена. А ведь, если вспомнить всю картину, как там все произошло? Да, мы со Святославом рухнули на землю в момент выстрела. Но, положа руку на сердце, если быть откровенной с самой собой, могу ли я утверждать, что именно моя проницательность и расторопность спасли жизнь клиента? И с полной уверенностью сейчас отвечаю — нет. Стрелявший в самом деле должен был быть полным лохом, чтобы, заранее спланировав убийство и выбрав подходящее место, так глупо промазать. Так что клиента спасла не я, как ни обидно это признавать. А вот если допустить, что никто и не собирался убивать Святослава, то получается... Очень даже интересно получается!

Ну, и третье... «Косточки» мои дорогие, конечно же. Сразу после трагедии они мне сказали, чтобы я верила не тому, что мне говорят, а тому, что я вижу. И как ведь они были правы!

С самого начала мне твердили, что Груничеву грозит смерть, что на него покушаются, и я принимала это за чистую монету. Да и не только я — все! А нужно было смотреть шире и глубже. Возьмем тот случай, когда Груничева избивали, а Алену тащили к машине. Как развивались бы события, если принять, что моя версия верна и удар был направлен на Алену? Скорее всего, ее затолкали бы в машину и увезли куда-нибудь в лес, а там бы уже убили. И все выглядело бы как нападение отморозков или сексуальных маньяков. Но тогда Груничевой удалось вырваться и позвать на помощь. Кстати, при первом, несостоявшемся нападении, а вернее, только при угрозе его Алена вдруг почему-то заволновалась. Почему? Она чего-то опасалась?

Так, так... Пойдем дальше. Кому помешала домохозяйка, не находящаяся в сфере финансовых интересов других людей напрямую? И тут на ум приходит другое предупреждение «косточек»: «Ваш новый знакомый не тот, за кого себя выдает». А ведь я думала об Алене перед тем, как бросить «кости». Так что и выпавшую композицию следует, вероятно, отнести именно к ней. С Груничевым все понятно, он явно тот, за кого себя выдает. А вот что мне известно об Алене? Подумав, я пришла к выводу, что практически ничего. Я же почти и не интересовалась ее персоной, только в связи со Святославом. Конечно же, теперь нужно ехать к нему и задавать множество вопросов касательно его жены.

Придя к такому выводу, я быстро собралась и набрала номер Святослава. Выслушав меня, он, как мне показалось, безразличным голосом сообщил, что будет ждать дома. Видимо, он был вымотан после визита в милицию и явно не очень хотел с кем-либо разговаривать. Но разговор был необходим. Поэтому я села в свою «девятку» и отправилась к Груничеву.

Я застала Святослава Игоревича в не очень хорошем виде — он был небрит и выглядел каким-то потерянным. Но это было неудивительно, даже совершенно естественно для состояния человека, который только что потерял жену.

Делами в фирме ведали пока что его заместители. Организацию похорон взяла на себя Ирина Александровна, а сам Груничев преимущественно сидел дома и никуда не высовывал носа.

— Святослав, давайте все же успокоимся и снова поговорим о деле, — начала я.

Груничев устало кивнул.

— В принципе, я отработала версию о причастности вашего дяди Михаила Степановича Сучкова к убийству, — слегка покривила душой я. — Скорее всего, он невиновен.

На самом деле, конечно, полностью эту версию отметать было нельзя. Старички-разбойнички с дачной Малаховки могли и кого-то нанять, но дело все же было в другом — психологически они никак не годились на роль убийц. Да и мотивы у них хлипенькие, если не сказать больше. Но самое главное, чего я пока клиенту не сказала, — я уже почти уверилась, что нападение не имело целью поразить Святослава.

Груничев, молча выслушав мое сообщение, опять кивнул.

— И у меня к вам просьба. Может быть, я покажусь вам надоедливой, но все же — вспомните о ваших врагах. Конкуренты, обиженные, любовницы, в конце концов!

Спрашивала я скорее для очистки совести, чтобы окончательно убедиться, что никто всерьез не мог желать Святославу смерти. Груничев опять не произнес ни слова, только отрицательно покачал головой.

— У вас не было любовниц? — прямо спросила я.
— Нет, — разжал наконец губы Груничев.
— Теперь вопрос на грани бестактности. У вашей жены могли быть связи на стороне?

Святослав медленно поднял голову, взглянул мне в глаза, нахмурил брови, а потом снова четко произнес:

— Нет.

Я не стала продолжать тему. Если даже у Алены любовник и был, то Груничев об этом не знает. Вопрос был немного не по адресу. Но главного я еще своему клиенту не сказала. Собственно, предыдущие вопросы были, можно сказать, формальностью. Я просто подводила собеседника к разговору о его жене.

— Святослав, расскажите, как вы познакомились с Аленой, — попросила наконец я.

Груничев впервые проявил признаки оживления. Он поднял вверх бровь, как бы спрашивая: «А это-то здесь при чем?» И я решилась прояснить ситуацию, хотя и не знала, как Святослав воспримет мое сообщение.

— Дело в том, что я склоняюсь к мысли, что мишенью убийц была Алена. Именно она, а не вы, — пояснила я. — Поэтому мне важно все, что имеет отношение к ней.

Однако я опасалась, что самого главного, того, из-за чего его жена попала под удар, он не знает. Но расспросить клиента все равно было необходимо.

Груничев не нашел сил мне возражать. Несмотря на свое обычное стремление оспаривать что угодно и стараться самому все решать, сейчас он выглядел человеком, которому можно было навязывать свою точку зрения совершенно спокойно.

— Мы познакомились в кафе. Чисто случайно, — заговорил Святослав. — Это произошло год назад...

— У Алены есть родные? — перебила его я.

— Есть... — автоматически, хотя и обескураженно, ответил он. — Но... Я не знаю, где они.

— То есть как это? — удивилась я.

— Ее мать я ни разу не видел.

— Вот как? Она не была на вашей свадьбе? — продолжала удивляться я.

— Ну, у Алены с ее мамой... — Святослав замялся, — были плохие отношения. Они давно не виделись. Она живет в другом городе.

— В каком? — Я почувствовала, что иду в верном направлении.

Смущение Груничева при вполне простых вопросах относительно родственников его жены говорило о том, что он сам обескуражен тем, настолько неестественными выглядят его объяснения.

— В Пензе, — сказал он после некоторой паузы.

— А где именно, вы не знаете, — догадалась я.

Святослав отрицательно покачал головой.

— Я это еще и к тому, что надо бы сообщить матери о смерти дочери...

Груничев вместо ответа развел руками.

— Где документы Алены? Паспорт, еще какие-то документы...

Святослав встал, подошел к шкафу, порылся там некоторое время и вынул паспорт.

— Вот, пожалуйста.

Я взяла паспорт. Он был нового российского образца. В нем был указан адрес квартиры Груничева, а место рождения определялось как город Пенза.

— Значит, после того, как поженились, вы прописали жену в эту квартиру? — уточнила я.

— Да, а куда же еще я ее должен был прописывать? — нахмурился Святослав.

— Понятно, значит, придется действовать через официальные структуры, — вздохнула я.

— Это вы о чем?

— Выяснять место предыдущей прописки и через нее искать мать Алены, — объяснила я. — Вы ведь не знаете ее пензенский телефон?

Груничев снова отрицательно замотал головой.

— При мне Алена ни разу ей не звонила. Вот записная книжка жены. Посмотрите, может быть, здесь найдете что-нибудь.

Я внимательно пролистала записную книжку, но нужного мне не нашла. Видно, отношения дочери с матерью действительно были неважнецкие, коли наблюдалась такая ситуация. Что ж, придется подключать милицию.

— Ну, а теперь, Святослав, расскажите, как вы познакомились с вашей женой, — попросила я, вернув Груничеву записную книжку.

Он машинально взял ее, закрыл глаза и о чем-то задумался. Я не торопила его, и через пару минут Святослав начал рассказывать, невольно дополняя свой рассказ романтическими подробностями.

* * *

Святослав посмотрел на часы. Времени было уже половина пятого, а он еще не обедал сегодня. Остановив машину у ближайшего кафе, он вышел и направился внутрь. Прочитав меню, выбрал подходящие для себя блюда и осмотрелся в поисках свободного столика. Возле окна он заметил одиноко сидящую девушку, перед которой стояла чашка с кофе. Глаза девушки были печальными, она явно мерзла и подносила к губам пальцы, согревая их дыханием. Святослав обратил внимание, что девушка тянет кофе уже довольно долго и, судя по всему, она голодна, а денег на обед у нее нет, вот она и растягивает процесс кофепития, чтобы подольше не выходить из кафе в промозглую слякоть осеннего города.

Она была одета в тоненькую короткую куртку и брюки. Головного убора тоже не было, и длинные черные волосы свободно струились по спине. Совсем еще молодая, лет двадцати двух, и весьма привлекательная девушка, вот только глаза у нее какие-то уставшие и даже, как показалось Святославу, испуганные.

Он размышлял совсем недолго. Попросив увеличить заказ в два раза, подошел к столику, за которым сидела девушка, и опустился на соседний стул. Она подняла глаза и, встрепенувшись, поспешно подвинулась, хотя в этом не было надобности. Кофе в чашке у девушки оставалось совсем на донышке, и она уже собралась быстро допить его, как Святослав остановил ее:

— Подождите, разве вы хотите уходить?

— Пора, — низким, хрипловатым голосом ответила девушка.

— Я вам по-дружески не советую этого делать, — улыбнулся он. — На улице снова зарядил дождь, а у вас нет зонтика. Так что рекомендую переждать.

Девушка собралась что-то ответить, и как раз в этот момент принесли заказ. Официант расставил на столике блюда и удалился. Девушка с удивлением посмотрела на Святослава.

— Это чтобы вам не скучно было сидеть, — снова улыбнулся он, пытаясь непринужденными манерами расшевелить девушку и настроить ее на общение.

— Спасибо, — одарив Святослава глубоким, внимательным взглядом, поблагодарила она и взяла вилку.

Груничева очень это тронуло. Девушка казалась ему такой милой и беззащитной, что ее хотелось опекать, заботиться о ней, носить ее на руках. Пока же он ограничился только обедом, но в душе уже понимал, что готов сделать для девушки гораздо больше.

— Кстати, меня зовут Святослав, — представился он, мысленно пытаясь угадать, как зовут девушку.

— Алена, — чуть склонив голову набок, ответила она.

После обеда из кафе они вышли вместе, так как Святослав, естественно, вызвался отвезти девушку. О том, чтобы возвращаться сегодня на работу, он уже не думал. Он махнул на дела рукой, решив, что все равно до конца рабочего дня осталось совсем ничего, а то, что обязательно нужно было сделать сегодня, он переделал в первой половине дня, потому, собственно, и припозднился так с обедом.

— Ну что, куда едем? — повернулся он к расположившейся рядом Алене.

Та вдруг вздохнула и пожала плечами.

— Я даже не знаю... — произнесла она. — У меня нет ключей, а тетка ушла на работу и придет только часа через два.

Святослав обрадовался такому повороту событий. Ему очень не хотелось, чтобы Алена попросила отвезти ее домой и их общение закончилось.

— Ну так это совсем не проблема! — воскликнул он. — Что вам делать дома? Мы сейчас выберем место получше, а потом, когда ваша тетка вернется, я вас непременно отвезу.

И, получив согласный кивок девушки, Святослав весело нажал на газ. Настроение у него еще больше поднялось, но тут он подумал: а куда, собственно, ехать? Приглашать Алену в ресторан — глупо, они только что пообедали. Домой, где находится чопорная мама, — вообще отпадает, так как расспросов не оберешься. Сам же он сейчас живет у Людмилы, не везти же к любовнице новую знакомую... Что делать? Ломая голову, куда бы пригласить девушку, Святослав вдруг услышал ее голос:

— А давайте никуда не поедем. В смысле, просто покатаемся по городу, если вы не против...

Он не был против. Все равно провести сегодняшний вечер наедине им не удастся нигде, кроме как в машине. А ему сейчас хотелось побольше узнать об Алене, что в многолюдном месте сделать гораздо труднее. Поэтому Святослав с легкостью согласился и направил машину в сторону Набережной.

— Вы живете вдвоем с теткой? — начал он расспрашивать девушку.

— Да, — односложно ответила та.

— А родители у вас есть?

— Мама, — снова последовал короткий ответ. Правда, помолчав, Алена добавила: — Она живет в другом городе.

— Вы, значит, не местная?

— Нет.

Алена отвечала на вопросы с явной неохотой, и Святослав решил, что она просто еще не отогрелась как следует. Он включил печку и спросил:

— Вы курите? Если хотите, курите, пожалуйста.

— Спасибо, но...

Она не закончила фразу, и Святослав, моментально все поняв, достал свою пачку и положил перед девушкой. Через пару минут она сама стала задавать ему вопросы:

— Святослав, а где вы работаете?

Груничев честно рассказал, что занимает пост директора в фирме по установлению систем безопасности, позволив себе прихвастнуть успехами своего предприятия. Алена с легкой улыбкой слушала, кивала головой и продолжала расспрашивать. Груничев рассказал ей о многом — о ставших уже далекими годах учебы, о своих друзьях, упомянул также мать и покойного отца. Единственное, о чем он умолчал, — о Людмиле и начавших тяготить его отношениях с нею.

— Алена, а вы где работаете? — спросил он, когда немного выдохся после своих рассказов.

Алена помолчала, потом ответила:

— Я сейчас пока только ищу работу. Никак не получается... Объявлений много, а толку мало. Почти везде требуются работники с высшим образованием, а я в институт не поступила. Так что... — Она развела руками.

— А что вас вообще привело в Тарасов? Вы сами откуда?

— Я из Пензы, — быстро ответила Алена. — А приехала потому, что хотела поступить в институт именно здесь.

— А пока, значит, с теткой живете?

— Ну да. Я все надеялась, что найду работу хорошую и сниму жилье, уйду от нее. Но пока вот не получается.

И она, снова разведя руками, обескураживающе улыбнулась, чем еще больше очаровала Святослава. Он, проникнувшись проблемами девушки, обещал постараться помочь, подключить своих знакомых и подыскать для нее подходящее место. Накатавшись по городу, они все-таки отправились в ресторан, а уже только после этого Святослав отвез Алену домой. Он спросил у нее номер телефона, но Алена ответила, что у тетки нет телефона. Поэтому Святослав дал свой номер, не очень надеясь, впрочем, что девушка о нем вспомнит.

Но она вспомнила. И они снова встретились. А потом стали встречаться постоянно. Поначалу приходилось просто ходить по друзьям-приятелям, а также традиционно — в кафе и бары. И только потом, когда Святослав объявил Людмиле о разрыве отношений, он смог снять квартиру, и их встречи с Аленой стали проходить в основном на этой территории. Собственно, Алена просто переехала туда. А вскоре и Святослав, уже отвыкший от постоянных маминых советов и нравоучений, перебрался туда же. Святослав до мельчайших деталей помнил, как произошла его первая близость с Аленой, после которой он уже не мог представить себе жизни без нее. И внутренне решил, что только она станет его женой. Все предыдущие романы разом стали казаться глупыми и несерьезными, и Святослав благодарил судьбу за то, что она послала ему Алену, и жалел по поводу того, что это не случилось раньше. Вскоре он сделал девушке официальное предложение, и она согласилась. И вот наконец состоялось бракосочетание, после которого Груничевы переехали в собственную квартиру, купленную Святославом.

Семейная жизнь их протекала довольно гладко: денег хватало, ребенка заводить они не спешили, между собой практически не ссорились. И Святослав, удовлетворенный тем, что получил от Алены в браке, не задумывался над тем, что подробности ее прошлой жизни ему не очень-то известны. Ему даже не приходило в голову, что в ней могут быть какие-то тайны или намеренно скрытые факты. Его это просто не интересовало, ведь, как ему казалось, он и так хорошо знал свою жену. И вот теперь Груничев вынужден признать, что это было только иллюзией...

* * *

Я молча выслушала рассказ Святослава, ни разу не перебив его. Что ж, чего-то подобного я и ожидала. Но я была почти уверена, что тайны в жизни Алены до замужества были. Ведь если бы она действительно была той, за кого себя выдавала — обычной домохозяйкой при обеспеченном муже, — то убивать ее, тем более спланировав преступление, не было бы никакого смысла.

— Я теперь не знаю, что и думать, — дымя очередной сигаретой, сказал Святослав. — Мне казалось, что с Аленой все просто и понятно. Даже в голову не приходило, что у нее могут быть какие-то тайны в прошлом. Да еще такие ужасные, что стоили ей жизни.

— Скажите, вы действительно никогда не встречались с ее родными?

— Нет, — покачал он головой.

— Даже на свадьбе? И вам это не казалось странным?

Я была поражена, честно говоря. Неужели человек может быть до такой степени равнодушен к подобным вещам? Надо же, Святослав не задал своей невесте резонный вопрос, где ее мать и почему ее нет на свадьбе! Или Груничев что-то от меня скрывает?

Ответ его, однако, многое объяснил.

— Дело в том, что у нас не было свадьбы. Ну, традиционной свадьбы... Алена сказала, что ни к чему устраивать гулянку, на которую обычно собирается лицемерная родня, которая до того напоминала о себе в лучшем случае раз в десять лет. Она предложила вместо ресторанного застолья поехать в свадебное путешествие, и я согласился. А еще Алена сказала, что мать ее, во-первых, болеет, а во-вторых, ей не на кого оставить дом и огород, который является смыслом ее жизни.

— Что-то слишком много отговорок, вам не кажется? — спросила я. — И огород, и болеет сильно — все в кучу...

Святослав наморщил лоб и вздохнул:

— Да, наверное, вы правы. Теперь мне ясно, что Алена не хотела, чтобы я встречался с ее родственниками, а особенно с матерью. Собственно, у нее и родни-то, кажется, нет. Кроме как о матери и тетке, я больше ни о ком не слышал. Отец умер давно, сестер и братьев у Алены нет.

— А тетка? Местная, тарасовская тетка. Неужели вы и о ней ничего не знаете? — чуть ли не взмолилась я.

Святослав бросил на меня красноречивый виноватый взгляд и вздохнул.

— Но вы же отвозили Алену домой, когда еще просто встречались с ней, — напомнила я. — Куда вы ее отвозили? Это-то вы помните?

— Всегда до одного и того же места, — торопливо и даже как-то испуганно заговорил Святослав. — Алена говорила, что дальше ей нужно просто пройти через двор, и все.

— То есть вы даже дома не знаете, — вздохнула я.

Святославу нечего было на это ответить. Он помолчал, глядя перед собой расстроенным взглядом, потом с надеждой спросил:

— А может быть, вы все-таки ошибаетесь и Алена погибла случайно?

— Нет, не думаю, — вздохнула я. — Я почти уверена, что теперь я на правильном пути.

— Что же такого могла скрывать от меня Алена? Что стало причиной ее гибели? А может быть, она и сама этого не знала? — Святослав говорил торопливо, заглядывая мне в глаза, словно хотел, чтобы я разубедила его насчет тайн его собственной супруги.

— Увы, Алену нам уже об этом не спросить, — развела я руками. — Скажите, каким было состояние жены после первых двух покушений?

Груничев задумался и потер лоб.

— Она боялась, — наконец медленно проговорил

он. — Да, она сильно боялась. Но я считал, что это вполне естественно. Ведь мы оба не понимали, в чем дело.

— Она-то, скорее всего, понимала, — возразила я. — Этим и обусловлен ее страх.

— Но она могла просто бояться за меня, за нас обоих! Я и сам перепугался до смерти! — не хотел со мной соглашаться Святослав. — Алена могла не знать, что кто-то собирается убить ее! За что ее убивать? Я не верю, что она скрывала что-то важное от меня. Этого не может быть, мы всегда были с ней очень откровенны!

Груничев разволновался не на шутку. Конечно, мысль, которую я ему подбросила, никак не могла относиться к приятным, поэтому мне было вполне понятно состояние Святослава. Я не стала еще сильнее расшатывать его нервную систему и убеждать в неискренности жены, понимая, что он все равно не сможет мне помочь в расследовании, поскольку сам ничего не знает. Пожалуй, единственный человек, который может мне помочь, — мать Алены. Какими бы ни были у них отношения, она должна больше знать о своей дочери. По крайней мере сможет очертить круг людей, с которыми Алена общалась до приезда в Тарасов. Кстати, когда именно она переехала сюда на самом деле? Тоже неизвестно, Святослав ведь не проверял слова жены.

— Святослав, я должна вас предупредить: я уезжаю в Пензу, — выложила я Груничеву свои планы.

— В Пензу? — переспросил он, кажется, не поняв толком, что я ему сказала, так был погружен в свои мысли.

— Ну да, чтобы поговорить с матерью Алены и кем-то из ее друзей. Это совершенно естественно.

— Ах, ну да, — рассеянно кивнул Груничев.

Я несколько замялась. Мне в первую очередь

нужны были деньги на дорогу, и я рассчитывала получить их от своего клиента. Но Груничев, видимо, совершенно забыл о таком прозаическом моменте в столь драматический для себя час. Пришлось отбросить ложную скромность и прямо заявить:

— Потребуются деньги на расходы.

Теперь до Груничева дошло, что от него нужно. Святослав тут же встрепенулся и, пробормотав «да-да», двинулся к запертой дверце серванта. Отсчитав нужную сумму, он протянул мне деньги, после чего взял за рукав.

— Что такое? — уточнила я.

— Это... — теперь замялся он. — Вы, пожалуйста, маме не говорите, что Алена может иметь какое-то отношение... Собственно, она и так имеет прямое отношение... Я хотел сказать, что...

— Я поняла, что вы хотели сказать, — успокоила я его. — Не волнуйтесь, я не собираюсь откровенничать с вашей мамой. Вы уж потом сами с ней как-нибудь объяснитесь. Я планирую вернуться быстро, но если мне придется в Пензе задержаться, я позвоню. Если у вас здесь что-то случится, вы тоже звоните мне на сотовый. Да, и еще, чуть не забыла — мне нужна фотография Алены.

Груничев тут же принес альбом с фотографиями. Алена была в нем представлена в различных одеждах, позах и ракурсах. Я выбрала самый нейтральный снимок и положила его в свою сумочку. На этом я распрощалась с расстроенным до глубины души Груничевым и покинула его квартиру.

Глава 6

Адрес предыдущей прописки Алены я выяснила только на следующий день. Что же касается упомянутой Груничевым тетки, то где ее искать, мне было совершенно неясно. В записной книжке Алены тоже никаких указателей на эту тему я не нашла. В гостях Святослав у нее ни разу не был, после того как Святослав с Аленой поженились, тетка их не навещала. Отношения с ней у Алены тоже были «не очень», как и с матерью? Но ведь Алена жила у нее! Святослав на эту тему ничего вразумительного ответить не смог — мол, его ни тогда, ни позже тетка вообще не интересовала.

Все можно понять и объяснить, если захотеть. Но у меня сложилось мнение, что сама Алена постаралась по максимуму обрубить после свадьбы все свои связи с прошлым. Взяв фамилию мужа, паспорт она поменяла на новый, и все получилось хорошо — для мужа и его мамы, если бы вдруг они решили поинтересоваться, место ее предыдущей прописки осталось неизвестным. Нет, это не совпадение, здесь что-то кроется. Не познакомила мужа ни с матерью, ни с теткой, не встречалась с ними сама. Почему? Неужели не хотелось просто повидаться, рассказать о себе, поделиться впечатлениями?

Ответы на свои многочисленные вопросы я и хотела получить по адресу предыдущей прописки Алены, куда сейчас и направлялась с максимально приемлемой для трассы скоростью в сто двадцать километров в час. Я ехала в Пензу, к маме Алены, Татьяне Анатольевне Зубровой.

Я вспоминала свою первую встречу с Аленой у них со Святославом дома. И ничего особенного, чтобы зацепиться, в воспоминаниях не находила. Обычная молодая женщина, с некоторой ленцой и совершенно спокойным, без видимой нервозности, поведением. А на вечеринке был явно демонстративный пьяный кураж. Но только ли алкоголь виноват в его появлении? А может быть, Алена чувствовала, что близится конец? Значит, знала, откуда ветер дует.

Но ведь мне-то не сказала! Почему? Святослав очень удивился, когда я выложила ему версию о том, что хотели убить именно его жену...

У меня накопилось много вопросов. Ответит ли на них мама Алены?

А что мне «косточки» скажут? Самый удобный момент для обращения к высшим силам в пути — бензозаправка. Она как раз показалась впереди, чему я очень обрадовалась — бензобак, между прочим, не резиновый и пора было его пополнить.

А результат гадания оказался таким: 7+20+25 — «Не думайте, что вся жизнь — ошибка. Вам не стоит так мрачно смотреть на происходящее».

«Косточки» оптимистичны донельзя. Похоже, поездка в Пензу затеяна не напрасно. Я нахожусь на правильном пути, что меня не может не радовать.

* * *

Город Пенза хотя по российским масштабам не очень-то и велик, однако площадь занимает приличную. И поплутать в поисках нужного адреса мне пришлось где-то около часа.

В конце концов я оказалась на окраине города в так называемой правобережной его части и остановилась возле панельной пятиэтажки. От нее веяло застойными временами, когда, видимо, она и была впопыхах построена в рамках программы обеспечения рабочего класса отдельным жильем. Рядом стояло еще несколько столь же невыразительных в архитектурном плане строений. Вокруг были рассыпаны чахлые деревца, между которыми змеями петляли уродливые трубы, с которых безобразными висюльками свисала стекловата. Около нужного мне подъезда я заметила двоих мужиков синюшного вида: один еще более или менее держался вертикально, схватившись за спинку скамейки двумя руками, другой же неукротимо клонился к земле. В общем, районьчик тот еще оказался.

Описав дугу и обойдя таким образом нестойких мужичков, я зашла в подъезд. Меня обдало удушливым запахом жареной картошки и лука, который смешивался с каким-то еще, просто тошнотворным. Слава богу, квартира номер четыре располагалась на первом этаже и долго продвигаться по подъезду мне не предстояло.

Я позвонила. За дверью стояла тишина. Мне не хотелось думать, что квартира пуста и мне придется возвращаться сюда еще неизвестно сколько раз. Я нажала кнопку звонка более настойчиво. Сделала я это еще и по той причине, что пьяные мужики, которых я видела, медленно вошли в подъезд и с трудом начали восхождение по лестнице, шатаясь из стороны в сторону. Мой контакт с ними, казалось, стал неминуем. Но тут дверь квартиры номер три неожиданно распахнулась, и на пороге возникла молодая девица с беспорядочно взбитой копной рыжих волос.

— Так, ну и куда это? — крикливо осведомилась она, обращаясь к мужикам. — Я спрашиваю, куда намылились?

— Куда, куда... — хрипло отозвался один из пьяниц и гордо добавил: — Домой!

— Твой дом — ЛТП! — с ненавистью в голосе объявила девица. — Короче, пошли отсюда...

И рыжая послала пьяниц сначала по всем известному адресу, а потом разразилась целым каскадом матерных обзывательств и угроз.

— Ты чего? — повысил голос тот, к которому преимущественно обращалась девица. — Ты на кого орешь-то? На отца родного? Это мой дом!

— Нет, не твой! — упорно возражала рыжая.

— А чей? Твой, что ли? — огрызнулся папаша.

— Мой! — не осталась в долгу и рявкнула дочь.

— Коль! Ты слышишь? — обратился за поддержкой к своему приятелю алкаш. — Это что ж такое делается, а? Дети родные на отцов...

Приятель был менее разговорчив, зато более злобен. И настроение у него было хуже, чем у отца рыжеволосой девицы. И еще ему явно хотелось поскорее попасть куда-нибудь в жилье, чтобы завалиться на диван или на что-то другое, горизонтальное. Он двинулся вперед с мрачным выражением лица, явно намереваясь воспротивиться желанию девушки не пускать их двоих в квартиру.

— Ну-ка ты... слышь... — еще более хриплым голосом заговорил он, еле-еле переставляя ноги на ступеньках. — Уйди с дороги.

Я поняла, что его слова относятся ко мне. Собственно, в другом случае я бы, конечно, посторонилась, но сейчас меня возмутили несколько вещей. Во-первых, я стояла вовсе не на дороге, а в стороне, и только сильно искривленная под воздействием алкоголя траектория движения алкашей могла пересечь место, занятое моей особой. А во-вторых, меня просто вывела из себя хамская манера обращения пьяного ханурика. Посему я даже не шевельнулась, продолжая спокойно наблюдать, как мужик карабкается по лестнице.

Но оказалось, что он значительно переоценил свои физические возможности: увидев, что я не «уступила ему дорогу», пьяница попытался грубо оттолкнуть меня своей крючковатой лапой. Тут уж я не выдержала и резким движением выброшенной вперед руки отшвырнула обнаглевшего мужика. Его товарищ в это время разбирался со своей дочерью. Услышав за спиной громкое пьяное ворчание, он обернулся. Отброшенный мужик со злобным выражением глаз приближался ко мне, еще не наученный горьким опытом. Видимо, его приятеля завело это зрелище, и он возомнил себя уж не знаю кем, только он вдруг замахнулся на дочь и попытался отвесить ей пощечину.

— А-а-а! — визг девушки волной взметнулся до верхнего этажа.

Тут я посчитала нужным вмешаться более основательно. Тем более что справиться с двумя еле на ногах держащимися алкоголиками не представляло совсем никакой проблемы. Не прошло и минуты, как оба уже лежали на заплеванном цементном полу подъезда, бормоча себе под нос ругательства и стеная. Рыжая девица во все глаза смотрела на меня, и взгляд ее выражал восхищение. И без того взбитая прическа ее теперь прямо-таки встала дыбом. Наконец она нашлась что сказать.

— Ой, вы... Спасибо! Меня зовут Марина, — улыбнувшись, заговорила она и даже протянула мне руку. — Вы к тете Тане? А ее сейчас нет.

— Это я уже поняла, — кивнула я. — А когда она будет, не знаете?

— Знаю. Она на работе во вторую смену, так что будет после семи. А вы кто?

— Я по поводу ее дочери Алены, — уклончиво ответила я.

После этих моих слов Марина явно насторожилась.

— Алены? — неуверенно переспросила она. — Так она здесь сто лет уже не живет... Я даже не знаю, где она теперь. Даже мать не знает. А вы что, ее ищете? Так тетя Таня вам ничем помочь не сможет. Она сама долгое время плакала и жаловалась, что дочь пропала неизвестно куда.

— Алену вчера похоронили, — решила огорошить я девушку.

У той от неожиданности приоткрылся накрашенный красно-кирпичной помадой рот.

— Адрес ее матери я узнала только сегодня, — продолжала я тем временем, — потому никто и не мог сообщить ей о смерти дочери. Вот я и приехала, чтобы сказать лично.

Марина вроде бы понемногу пришла в себя и спросила:

— А вы ее подруга, да?

Я не успела ответить, поскольку она тут же спохватилась:

— Ой, ну что же мы о таких вещах тут, на лестнице, разговариваем? Давайте к нам пройдем, вы как раз можете тетю Таню подождать. У меня дома никого нет.

— Но вы, кажется, куда-то собирались, — заметила я.

— Да, к подружке. Но ничего страшного, если и не пойду, — тут же отмахнулась Марина, поворачиваясь к своей двери и ковыряясь ключом в замке. Перед тем как распахнуть дверь, она бросила взгляд на по-прежнему лежавших на полу отца и его товарища, увидела, что оба мирно захрапели, еще раз махнула рукой и потащила меня за собой в квартиру.

Внутри все было так, как и должно было быть в бедной рабочей семье, глава которой пьет. Минимум обстановки, выцветшие и порванные во многих местах обои, потекшие потолки, ржавая сантехника. Но, помимо этого, не наблюдалось даже элементарного порядка. Везде были раскиданы вещи, стол в кухне завален грязной посудой. При моем появлении, правда, Марина принялась энергично суетиться, рассовывая вещи по шкафам и пытаясь делать сразу несколько дел. Несмотря на то, что получалось у нее неплохо, она вскоре прекратила это занятие, вспомнив, зачем, собственно, позвала меня к себе. Она села на стул, предложив мне устроиться в единственном кресле — старом и очень громоздком, к тому же оказавшемся жестким и неудобным.

— Так как же это случилось? — спросила она. — Вас, кстати, как зовут?

— Меня зовут Татьяна, — ответила я. — А случилось весьма трагично: Алену застрелили.

Марина испуганно ахнула и прикрыла рот ладонью.

— Боже мой! — выдохнула она. — Я так и знала!
— Что вы знали? — тут же насторожилась я.
— Ну то, что она так и кончит, — покачала растрепанной головой Марина.
— Почему?
— Потому что он обещал ей, — серьезно проговорила она. — И никто, конечно, ничего теперь не докажет! У них это запросто. Небось похоронили Алену, а делом-то никто и не занимается...

— Отнюдь, — покачала я головой. — Я как раз и занимаюсь.

— Так вы из милиции? — воскликнула Марина в еще большем изумлении. — А я еще подумала, где вы так драться научились...

— Я не из милиции, — не стала я врать, сразу определив, что Марина относится к тому типу людей, которые придут в восторг от общения с частным детективом и всячески захотят поспособствовать ему в расследовании. — Я частный детектив.

В своих предположениях я не ошиблась. Как и ожидалось, Марина вытаращила глаза и уставилась на меня с уважением и восхищением.

— Здорово, — протянула она, доставая сигарету. Она протянула мне пачку, но я вежливо отказалась и вынула «Мальборо», теперь уже в свою очередь предлагая угоститься Марине.

Когда мы обе закурили, я продолжила:

— В связи с этим, Марина, у меня к вам множество вопросов. Я так поняла, вы хорошо знакомы с Аленой и ее семьей?

— Когда-то мы с Аленой подругами были, — со вздохом сообщила девушка. — Только не виделись уже давным-давно, с тех пор как она отсюда уехала.

— Но вам известно то, как и чем она жила до отъезда?

— Конечно, — пожала плечами Марина. — Мы же через стенку жили, каждый день виделись, все друг другу рассказывали... Как я не хотела, чтобы она уезжала! Но тоже боялась, что он убьет ее здесь.

— Подождите, а кто он?

— Толька, — снисходительно и в то же время с опаской в голосе произнесла Марина. — Познакомилась она с ним на свою голову! Потом не знала, как отделаться.

— А поподробнее? Что за Толька, как фамилия, чем занимается?

— Фамилия у него... — Марина закатила глаза к потолку, — по-моему, Клименко. Чем он сейчас занимается, я не знаю.

— А раньше?

— Раньше! — усмехнулась Марина. — Бандит просто был, самый обыкновенный. Но с гонором большим, и пальцы вечно веером. Он все время каким-то страшным казался. Потому что без башки был.

— В каком смысле? — уточнила я.

— Куражиться любил, силу свою напоказ выставлять. А по-моему, не силу, а дурость. Вот, например, как-то поругались они с Аленой, она ему сказала, чтобы он не приходил, так Толька ей и говорит: не выйдешь — на крышу залезу и по водосточной трубе пройду. Она, конечно, не поверила — у кого на такое ума всерьез хватит? Оказалось, хватило. Взял и полез. И орет ей оттуда, с крыши, — смотри, мол. Мы выбежали обе, а он и правда на трубу уже наступает. Ну,

Алена и закричала, чтобы слезал немедленно. Помирились они после этого, конечно. Да они сто раз ссорились да мирились, а потом снова ссорились. И сколько таких случаев было, наподобие как с этой трубой, сейчас уже всего и не вспомнишь. Любил Толька напоказ все делать, ярко. Алена как-то раз заболела, он ее и спрашивает — что ты, мол, хочешь? Ну, она ему в шутку и говорит — крокодила. И что вы думаете? Под вечер он ей откуда-то живого крокодила приволок! Тетя Таня чуть в обморок не упала, Алена сама перепугалась до жути... Еле уговорила того крокодила обратно отнести. Вот так. Любил он ее, конечно, сильно. Только как-то... по-садистски, что ли.

— Это как? — не очень поняла я, что Марина имела в виду в данном случае.

— Ну... — девчонка снова закатила глаза, раздумывая, как бы подоходчивее мне объяснить. — Любил, чтобы она его во всем слушалась. Любил ревность свою показывать нарочно. Мне кажется, он больше притворялся, придумывал сам всякие поводы, потому что с чего ему Алену ревновать по правде было? Она не гуляла ни с кем без него, уж я-то знаю. А он нарочно старался скандал устроить.

— Но для чего?

— Я думаю, чтобы так интереснее ему было, — задумчиво протянула Марина. — Он вообще не любил, чтобы все было вяло и пресно, ему постоянно азарт нужен был, всякие эмоции сильные. Вот и придумывал сам разные сцены.

— Он бил Алену?

— А то! — фыркнула Марина. — Под конец, можно сказать, постоянно. Но бил аккуратно, чтобы на лице следов не оставалось. Не потому, что боялся, что она кому-то на него пожалуется, а просто лицо ее портить не хотел. Жалеть ее начинал. Алена рассказывала, что он, когда успокоится, любил ее раздевать, синяки, которые сам же поставил, целовать и прощения у нее просить, снова к себе звать.

— Так Алена жила у него? — уточнила я.

— Да она то тут, то там жила. У него, конечно, квартира была... не то что у нас. В центре города, просторная, внутри все сверкает. Я один раз была там. Ну, вот он Алену к себе и забрал. А после скандалов она сюда, к матери, прибегала. Только он всегда приезжал за ней вместе со своими братками, обратно забирал. Подарки всякие дарил дорогие. Этого у него, конечно, не отнять.

«Да уж, какая неуравновешенная у парня нервная система! — подумалось мне. — Не очень он обычный тип, этот Толька Клименко».

— И что же было дальше? Почему они все-таки расстались?

— Да потому, что надоело ей все это! Кому такое понравится? У него там, значит, всякие завихрения в башке, игры дурацкие, а она терпеть должна? — воскликнула Марина.

— И как произошел разрыв? Алена сама ему объявила?

— Сначала — да. Хотела поговорить спокойно, хотя с Толькой это невозможно. Так оно и получилось. Он разъярился, начал орать, что никому ее не отдаст, что она ему принадлежит, и все! Избил ее до полусмерти, а на следующий день пришел прощения просить, как обычно. Цветами ее просто завалил. У него денег-то полно было, — Марина усмехнулась. — Ну, Алена и поняла после этого, что с ним разговаривать — себе дороже. Стала думать, как сбежать от него. А он, видать, почувствовал, потому что предупредил: попробуешь от меня скрыться или заведешь кого — убью, так и знай!

— А обращаться в милицию она, естественно, не пробовала, — скорее утвердительно, чем спрашивая, сказала я.

— Какая милиция! — махнула рукой Марина, подтверждая мое предположение. — От Тольки в то время все менты кормились. Стали бы они к нему меры принимать, как же! Алена понимала это прекрасно. Знала, что потом только хуже будет, что он ее вообще прибить может. Тетя Таня как-то раз хотела милицию вызвать, когда дочь всю в синяках увидела, но Алена ей запретила.

— И долго это продолжалось?

— Их отношения? Да года три почти, — подумав, ответила Марина.

— И как же все-таки Алене удалось от него уйти?

— О-ох! — Марина тяжело вздохнула и покачала головой. — Это целая история. Познакомилась она с одним парнем. Мне он, кстати, не понравился тогда, но она так намучилась с Толькой, что готова была с кем угодно сбежать, лишь бы ее от него спас. А парень тот не местный был и собирался к себе в Самару уезжать. Вот Алена за него и ухватилась, просить стала, чтобы он ее с собой взял. Ну, она вещи втихую собрала и вместе с ним на вокзал. Даже матери не сказала, куда направляется, записку только оставила, что с ней все в порядке и жить теперь будет в другом городе. Мне только сказала, что в Самару едет, и слово взяла, что я никому не расскажу. Я и молчала до сегодняшнего дня.

— А Толька как отреагировал? — спросила я.

— О-ой! — Марина замахала руками. — Тут целый тарарам стоял! Он же всех на уши поднял! И меня, и тетю Таню. Прямо допрос учинил, куда Алена делась. Кое-как удалось его убедить, что мы не знаем ничего, тетя Таня и записку Аленину показывала. В конце концов он поверил, что мы ничего не знали и не знаем, и отстал от нас. Всю округу начал трясти, кто что видел да кто что знает. Ну, кто-то и сказал ему, что она с этим парнем уехала. А что за парень, тоже никто толком сказать не мог. Только зубами поскрипел-поскрипел, а деваться некуда, сделать все равно ничего не может. Только повторил несколько раз, что, если найдет ее, убьет.

Марина перевела дух и закурила еще одну сигарету. Потом спросила меня, не хочу ли я чаю. Чаю я не хотела, а вот кофе выпила бы с удовольствием, хотя и подозревала, что в этом доме его не водится, поскольку глава семьи предпочитает более крепкие напитки. Однако Марина меня приятно удивила, сообщив, что кофе все-таки имеется. Она отправилась на кухню и подозрительно быстро вернулась с двумя чашками. Меня охватили смутные сомнения, которые подтвердились, как только я сделала глоток. Конечно, в полном смысле этого слова назвать этот напиток кофе было нельзя. Принадлежал он к разряду самых дешевых и был смешан с различными добавками типа цикория и прочей ерунды. Однако из вежливости я не стала кривить губы и продолжала отпивать жидкость маленькими глоточками, попутно продолжая расспросы.

— Марина, а где теперь Клименко? Что о нем слышно?

— Сто лет уже его не видела. Вскоре после того, как утихла история с бегством Алены, ходили слухи, что его забрали, — многозначительно добавила Марина, — то есть что он сел. Но точно я не знаю.

— А где и как его можно найти, вы не знаете?

— Не знаю, — развела руками Марина. — Я сама была рада до смерти, что больше с ним общаться не приходится.

— А вы помните адрес той шикарной квартиры,

где они жили вместе с Аленой? — с надеждой спросила я.

— Нет, точно не помню, но показать, наверное, смогу. Даже нарисовать смогу, — утвердительно кивнула Марина. — Я почти уверена, что это он Алену убил. Узнал откуда-то, где она, и убил. Вы из Самары приехали?

— Нет, не из Самары. Я приехала из Тарасова, — сказала я.

— Из Тарасова? — совсем удивилась Марина и наморщила лоб. — А, ну да, у Алены вроде бы там тетка живет. Она что же, с нею жила?

— Нет, только в самом начале. Вообще-то она жила с мужем.

— С мужем? — Я не переставала удивлять Марину информацией. — Так она замуж вышла? Ну, тогда однозначно Толька ее убил!

— Почему вы в этом так уверены?

— Потому что он предупреждал, что она ничьей не будет, только его.

— Ну, это могли быть просто слова, претенциозное хвастовство, — возразила я.

— Вы не знаете Тольку! — стояла на своем Марина. — Если ему в голову что-то втемяшится, ни за что не выбьешь. В лепешку расшибется, а сделает по-своему.

— Но вы же говорили, что он сейчас может находиться в тюрьме, — напомнила я.

— Ну не он, так дружки его, какая разница! — пожала плечами Марина. — А потом, я же говорю, что не уверена. Может, он и на свободе. Вам искать его нужно.

— Найти я его постараюсь обязательно, — кивнула я. — Только теперь давайте поговорим с вами об Алене. Как сложилась ее судьба в Самаре? Вам что-нибудь известно об этом или после ее отъезда она никак не давала о себе знать?

— Ну, однажды она позвонила мне, — вздохнула Марина.

— Вот как? — заинтересовалась я. — И что же она рассказывала?

— Сказала, что парень тот, с которым она уехала, ее бросил, что живет она на квартире, устроилась на работу. Куда именно, не сообщила, мол, это неважно. Просила матери передать, чтобы та не беспокоилась. А письма домой писать она боялась, думала, что Толька может вычислить, где она.

— Она не упоминала, что хочет поехать в Тарасов?

— Нет, про Тарасов вообще ничего не говорила, — отрицательно мотнула головой Марина. — Она вообще о себе говорила неохотно, голос у нее какой-то грустный был, усталый... Я думаю, что не нравилось ей в Самаре, совсем не нравилось. Но возвращаться нельзя было, боялась она.

«Все время боялась, — мелькнуло у меня в голове. — И в Тарасове тоже боялась. Интересно, природа этих страхов одна и та же или разная?»

— Марина, а когда она звонила?

— Давно уже, я и не помню даже, — ответила девушка. — Года два назад, наверное. Ой, а я ведь номер ее тогда записала, — вдруг вскочила она со стула.

— Алена оставила вам свой телефон? — настала моя очередь удивляться.

— Нет, что вы! Она на такое не пошла бы. Просто у меня аппарат с определителем, вот номер и высветился. А я взяла и записала на всякий случай.

Я невольно оглянулась на старый, треснувший дисковый телефонный аппарат, стоявший прямо на полу у входа в комнату. Марина смутилась и, намотав на палец рыжую прядь волос, со вздохом пояснила:

— Нет у меня уже того аппарата, папаша, сволочь, пропил. Сколько вещей у меня перетаскал! Мало того, что все, что с матерью нажито, тащил, так еще и на мои вещи замахнулся. Я, когда на работу устроилась, почти сразу после школы, стала потихоньку вещи хорошие себе покупать. А потом поняла, что без толку. Все равно все на сторону уйдет. И не отделаешься ведь от него никак! Еще и дружков своих сюда таскает...

Щеки Марины раскраснелись, лицо пылало от гнева и ненависти.

— Марина, вы хотели мне дать самарский номер Алены, — напомнила я.

— Ой, да, — спохватилась девушка. — Сейчас принесу.

Она вышла в другую комнату и вскоре вернулась с маленьким блокнотом в руке.

— Вот, — проговорила она, пролистнув несколько страничек. — Я специально не стала ничего приписывать, уточнять, просто цифры записала, и все.

Я тут же переписала номер к себе в блокнот. Конечно, эти шесть цифр мне ни о чем не сказали, но они могут оказать неоценимую услугу, когда я буду в Самаре. А в том, что мне нужно туда поехать, я теперь не сомневалась.

— Спасибо, Марина, — убирая блокнот, поблагодарила я девчонку. — Скажите, вы можете сообщить что-то еще касательно Алены? Не посылала ли она каких-то весточек о себе еще? Может быть, совсем мимолетных?

— Нет, — грустно покачала головой Марина. — Больше я ничего о ней не слышала. У матери ее спрашивала, но тетя Таня только руками разводила, вздыхала, а иногда и плакала. Интересно, Алена даже ей не сообщила, что замуж вышла?

— Этого я не знаю, — ответила я. — Меня больше тревожит, что мать не знает о ее смерти и даже не смогла приехать на похороны. А еще больше меня тревожит, что именно мне придется сообщить ей эту печальную новость.

— Ой, и не говорите, — вздохнула Марина. — Я прямо даже и не знаю, что с тетей Таней будет. Как бы «Скорую» не пришлось вызывать.

— Она что, сильно больна? — поинтересовалась я.

— Вообще-то нет, вон даже работать продолжает, — сказала Марина. — Но все равно, сами понимаете — смерть дочери, такой удар... Никому не пожелаешь!

— Марина, а у нее есть огород или дача? — внезапно вспомнив деталь из рассказа Груничева, спросила я.

— Дача? — подняла рыжеватые брови Марина. — Никогда у них не было никакой дачи. И даже когда участки стали раздавать свободно и все их хватать начали, тетя Таня не взяла. Они же давно без отца жили, Алену садово-огородные дела не волновали, а тете Тане зачем одной хлопотать? Я, например, тоже терпеть не могу. А раньше папаша любил нас на огород гонять. Засадит там все картошкой — и езжай ее пропалывай каждые выходные, всю спину изломаешь. К осени выкопаешь, а она — как горох. Нет уж! Я для себя решила — мне никаких дач не надо.

Я уже поняла, что Марина относится к словоохотливым, общительным и гибким натурам. За время нашего с ней разговора настроение девушки менялось несколько раз. Она то ненавидела Тольку, то сочувствовала подруге, то жалела ее мать, то с увлечением говорила о своей нелюбви к огородничеству. В принципе, она произвела на меня впечатление простоватой, добродушной и свойской девчонки. К этому моменту она, кажется, выложила мне все, что знала относительно своей подруги. И информация представлялась мне весьма ценной. По крайней мере мне в ближайшее время есть чем заняться. На повестке дня стояли посещение матери Алены, поиски и при удаче разговор с Клименко, поездка в Самару и вычисление записанного Мариной номера телефона. А поездка так или иначе потребуется, даже если я обнаружу убийцу Алены здесь, в Пензе.

Посмотрев на часы, я увидела, что время за разговором пролетело незаметно. Марина поймала мой взгляд и встрепенулась:

— Да! Тетя Таня, наверное, пришла уже. Пойдемте, я вас провожу, так лучше будет.

Я мысленно согласилась с Мариной, что так действительно будет гораздо лучше, и мы отправились в соседнюю квартиру. Отца Марины, равно как и его собутыльника, в подъезде уже не было. Очевидно, мужички проспались и теперь отправились на поиски новых алкогольных вливаний. Но меня они не волновали совершенно.

На этот раз мне повезло. После двукратного Марининого звонка дверь нам отворила совсем еще не старая женщина, темная шатенка, с аккуратным длинным каре. Вид у нее был вполне ухоженный, одета она была в прямую юбку до колен и светло-бежевый свитер. Лицо, хоть не блещущее особой красотой, тем не менее было миловидным и казалось даже привлекательным в первую очередь из-за выражения доброжелательности.

— А, Марина, здравствуй! — приветливо кивнула она головой своей соседке и с вопросительной улыбкой посмотрела на меня.

— Теть Тань, — вышла вперед Марина. — Тут вот к вам из Тарасова приехали... По поводу Алены.

Последнюю фразу Марина произнесла совсем упавшим голосом, а в глазах ее появилось испуганно-виноватое выражение. Моментально изменилась в лице и Татьяна Анатольевна. Она нахмурилась, в серых ее глазах появилась тревога.

— Что насчет Алены? — понижая голос, спросила она, глядя на меня. — Она что-то просила передать? Вы кто?

Как ни настраивалась я внутренне на предстоящий тяжелый разговор, но тут поняла, что так и не подготовилась к нему. А состояние матери Алены, моей тезки, стремительно — прямо на глазах — ухудшалось. Она почувствовала недоброе. Действительно, с чем может приехать какая-то незнакомая девица из другого города после стольких лет разлуки с дочерью, как не с дурной вестью?

— Я приехала из Тарасова. Вы ведь знали, что она там жила?

Тетя Таня на минуту замешкалась, а потом слегка кивнула головой в знак согласия.

— Но никому об этом не говорили, — продолжила за нее я.

Тетя Таня снова молча кивнула.

— И, наверное, правильно делали, — сказала я и вздохнула. — Только теперь уже все равно.

— А что? Что такое? — испуганно спросила тетя Таня.

— Ваша дочь умерла, — проговорила я, понимая, что сколько ни тяни, а сообщать о смерти Алены придется.

Несчастная мать оперлась о стену прихожей, к ней сразу же подлетела Марина и, взяв под руки, увлекла Татьяну Анатольевну в комнату. Та, моментально осознав, что произошло, и как-то сразу смирившись с этим, тихо плакала по дороге, держась рукой за сердце. Марина усадила Татьяну Анатольевну на диван, а сама помчалась в кухню — видимо, за лекарством. Я несколько нерешительно прошла к дивану, но садиться не стала, осталась стоять. Вскоре прибежала Марина с каплями, напоила ими мать Алены, не переставая говорить что-то успокаивающее. Татьяна Анатольевна медленно приходила в себя и вскоре обратилась ко мне с вопросом:

— Как это случилось?

Я начала рассказывать все с самого начала, с момента обращения ко мне Святослава Груничева. Мать кивала, не перебивая, словно соглашалась со мной, что все должно было быть именно так и никак иначе. Мне показалось, что смерть дочери хоть и потрясла ее, но настоящей неожиданностью не явилась. Словно Татьяна Анатольевна чувствовала нечто подобное уже давно, может быть, на подсознательном уровне.

— Когда? Когда это случилось? — тихо спросила она наконец.

— Сегодня ее похоронили. Я не могла найти вас раньше, уж извините. Дело в том, что Святослав не знал, где вас искать. А Алена, видимо, не хотела, чтобы кто-то об этом знал. В ее записной книжке адрес мы не нашли.

Татьяна Анатольевна снова начала кивать, тихонько повторяя про себя: «Да-да».

— Тетя Таня, эта девушка — детектив, — вступила в разговор Марина. — Ее зовут так же, как вас, Татьяна. Она очень ищет того, кто убил Алену. Я уже рассказала ей все, что мне было известно, думаю, теперь вам нужно сделать то же самое. Ведь больше нет смысла ничего скрывать, правда? Наоборот, лучше рассказать все-все, может быть, тогда убийцу скорее найдут.

— Не знаю, — безжизненным голосом отозвалась Татьяна Анатольевна. — Уже и не знаю, кому верить. За все это время научилась жить, никому не доверяя и ни с кем не советуясь, ни с кем не делясь. Все скрывать привыкла.

— А что скрывать? — пожала плечами Марина. — Вы что, знали, что она замуж вышла?

— Знала, — кивнула женщина. — Только Алена опять просила никому не говорить. Никому! Я же говорю, что привыкла все скрывать. Не знаю уж, правильно ли она делала, что так пряталась да маскировалась, не знаю... Ничего уже не знаю.

— Откуда вы узнали, что Алена вышла замуж? — спросила я.

— Мне сестра письмо прислала полгода назад, — ровно ответила Татьяна Анатольевна. — Она в Тарасове живет. Написала, что муж Алены — хороший человек, с достатком. Сама, мол, она его не видела, но Алена расписала все здорово. Правда, строго-настрого запретила кому-либо говорить. Потому что связалась по глупости да по молодости с одним... — мать укоризненно посмотрела на Марину, и та вспыхнула. — Вместе же вы тогда ходили на танцы, по кафе по всяким! Доходились вот... Ты-то куда смотрела?

— А что я? — стала оправдываться Марина. — Она сама на него запала. Вернее, он сначала, а она уж следом. А я-то ей кто, надзиратель, что ли? — обиделась Марина.

Я поняла, что речь идет о Клименко. Но к личности бандита Тольки еще будет время вернуться, а пока нужно задавать другие вопросы.

— Татьяна Анатольевна, когда вы последний раз общались с сестрой?

— Ой, да это еще три года назад было, — махнула рукой Татьяна Анатольевна. — Раньше часто друг к другу в гости ездили, а сейчас не больно-то наездишься с нашими доходами. Письмо вон прислала, и все.

— Понятно, — кивнула я. — А ваша сестра в курсе того, что происходило вокруг Алены здесь? Она не была удивлена, что вы не приглашены на свадьбу, например? Что вы ни разу не приезжали к дочери?

— Свадьбы не было, сейчас молодые все по-другому решают. А приезжать... Да, наверное, при других обстоятельствах я бы обязательно съездила. Нет, Галина в курсе, ей Алена рассказала в общих чертах.

— Да боялась она! — снова вступила Марина. — Вы же знаете этого дурака.

— Не знаю я ничего, — снова поникла тетя Таня. — Этого дурака уже давно здесь нет. Чего было так скрываться? В конце концов, она замужняя женщина уже была, и муж все-таки, как я поняла, из крутых. Чего было ей бояться? Всю жизнь, что ли, собиралась от Тольки бегать? Вот, добегалась!

— Татьяна Анатольевна, а ведь сначала Алена уехала в Самару, — осторожно начала я, и женщина испуганно посмотрела на меня. — Вам что-нибудь известно об этом?

Мать Алены на некоторое время отвела взгляд, что-то соображая, потом все-таки ответила:

— Насчет Самары мне было известно, что дочка туда поехала, а больше ничего.

— А с кем она туда поехала и зачем? В смысле, как собиралась устраиваться там?

— Не знаю я, как она собиралась там устраиваться. Я того парня не видела, сказать про него ничего не могу — ни плохого, ни хорошего. А Алена тогда как потерянная ходила, у нее только одно было на уме — сбежать от Толяна. Она прямо так вот ходила по квартире и бормотала: «Сбежать от Толяна! Во что бы то ни стало сбежать от Толяна!» Я даже боялась, что она умом тронется.

— Ну а из Самары она давала о себе знать?

— Нет, — вздохнула Татьяна Анатольевна. — Маринке вон звонила, и все. А мне и позвонить нельзя, у меня телефона нету. И что к Галине она приехала, я только из письма узнала. Ахнула даже, когда прочитала, не думала, что она туда помчится. И что ей там, в Тарасове, делать? Почему домой не вернулась?

— Ну как почему, теть Тань! — воскликнула Марина. — Здесь же Толян! Неужели непонятно?

— Неужели этот Толян действительно такой монстр, — с сомнением спросила я, — чтобы из-за него годами скрываться?

— Ой, я уже и сама не знаю, от кого она там скрывалась! — с горечью сказала Татьяна Анатольевна. — Я же говорю: совсем перестала что-либо понимать. А что, и Галина не знает, что ее убили? — внезапно опомнилась она.

— Нет, не знает. Алена и ее адреса никому не сообщала и нигде его не записывала. А мы даже фамилии ее не знаем, может быть, у нее по мужу фамилия.

— Ой, господи! КГБ какое-то устроила! — всплеснула руками Татьяна Анатольевна. — Да адрес-то я вам скажу, только что теперь? Я ей и сама сообщу о смерти Алены, завтра с утра поеду в Тарасов на автобусе. На могилку-то дочкину хоть схожу...

И Татьяна Анатольевна, не сдержавшись, заплакала. После того как Марина вторично напоила ее успокоительным, мать Алены сквозь всхлипывания проговорила:

— И за что мне такое наказание? Я ее такой не воспитывала, не знаю, откуда у нее взялся этот... ну... авантюризм. Все время скрывалась, бегала, все на мужиков каких-то своих надеялась, а потом от них же и бегала. Ни учиться не смогла, ни ребенка не родила! Так, по городам моталась. В десятом классе вон в Москву автостопом поехала. Не знаю, откуда у нее это? А не к добру все. Она и сама уж, по-моему, не понимала, от кого она бегает! — подытожила тетя Таня.

Меня ее последние слова очень заинтересовали.

— Значит, она бегала не только от Толяна? — спросила я и поймала удивленный взгляд Марины.

— Думаю, не только. Потому что ее и другие начали искать. Видно, снова куда-то не туда сунулась, вот и заработала неприятности! — в сердцах проговорила Татьяна Анатольевна.

— Стоп-стоп! А такие сведения у вас откуда? — моментально насторожилась я, а Марина аж рот раскрыла от удивления.

— Так пришли ко мне, — с каким-то вызовом воскликнула тетя Таня, — на ночь глядя здоровенные такие три лба! Не то менты, не то бандиты, черт их поймет. Я документы у них не спрашивала. Не нужно было дверь открывать, а я, как дура, не спросила даже. А они наглые, оттерли меня и в квартиру сразу. Осматривать все начали, да так бесцеремонно! Под кровать даже залезли. Потом пристали — давай говори, мать, где твоя шалава! Прямо так и сказали. Я уж и так и сяк их убеждала: не знаю, мол, сама не знаю! А они — сейчас мы тебя паяльником, утюгом, еще чем!

— И вы ничего не сказали?

— Им? А чего я могла сказать, если сама ничего не знала? — занервничала Татьяна Анатольевна, как будто «три лба» опять присутствовали здесь. — Скажи спасибо, что я не сказала, что ты подруга ее лучшая, а то они бы и к тебе заявились! — обратилась она к Марине. — А если б твой папаша на них выпендрился, они бы его просто грохнули!

— И что же было дальше? — спросила нетерпеливая Марина.

— Я уж их спросила: если знаете, где дочка, так хоть расскажите, жива ли, здорова... А они мне — если, говорят, поймаем, значит, жива не будет! Я им —

почему? А они ржут только и не объясняют ничего. Один сказал, правда, что, мол, есть за что. Вот так!

— А откуда они приехали, кто они вообще такие? — уточнила я. — Они хоть что-то о себе говорили?

— Сказали, что из Самары прибыли, больше ничего. Я им милицией пригрозила, а они только сильнее ржать начали, что, мол, они сами милиция. Ну, посидели у меня — я всю ночь не спала! — к утру уехали. Обещали, что следить будут. И что если я наврала и скрываю Алену, то мне голову отвинтят. И чтоб молчала я про их визит, еще предупредили. А ты говоришь, почему не сказала!

Татьяна Анатольевна снова обиженно и укоризненно посмотрела на соседку.

— Значит, из Самары, — вслух констатировала я.

— А может, и не из Самары, — тут же возразила Татьяна Анатольевна. — Может, так просто сказали, на всякий случай. Может, их этот подослал, Толян окаянный, черт бы его подрал. На него похоже — такие фортеля выкидывать. Он выпьет — и пошел куролесить.

— Нет, я не думаю, что тут они просто так сказали, — покачала я головой, — если действительно ничего не знали про Алену. Татьяна Анатольевна, может быть, еще какие-то инциденты были?

— Нет, больше, слава богу, — ответила мать Алены, — никто не приезжал, не угрожал... О самой Алене тоже никто ничего не сообщал, я действительно о дочке ничего не знала, пока не пришло письмо от Галины.

— А Толян Клименко, он не появлялся?

— Давно уже не видно его, паразита. А вначале все нервы измотал. Как узнал, что Алена исчезла, каждый день здесь ошивался — и просил, и грозил, и умолял... Плакал даже, потом орать начинал. Псих ненормальный! Еле-еле отстал от нас с Маринкой.

— Я рассказывала об этом, — вставила Марина.

— Говорят, посадили его, бандюгу, — продолжала Татьяна Анатольевна. — Туда ему и дорога! Наверное, поэтому Алена и пожила хоть немного спокойно, пока он не освободился. Хотя какое там спокойно! — махнула она рукой. — А потом, видно, вышел и разыскивал ее. И убил... И живут же такие на свете!

— Ну, с ним мы разберемся, — пообещала я. — А про Самару, значит, ничего точно не знаете? Ни где Алена жила, ни где работала? Хотя бы примерно... Ну, что-то же она говорила до отъезда!

— Да ничего она толком не говорила! — прижав руки к груди, простонала Татьяна Анатольевна. — На парня этого надеялась. А я уж даже не помню, как его звали. Марин, ты помнишь, что ль?

— Вроде Сережа, а может, и Саша, не помню, — неуверенно проговорила Марина. — Да что толку? Фамилию-то мы все равно не знаем. Может, его уже и в Самаре нет давным-давно. Он появился здесь проездом, не помню даже, где Алена его подцепила. Один раз только я его и видела: они вдвоем пришли среди ночи, что-то им нужно было.

— Вот всегда так! — воскликнула Татьяна Анатольевна. — Среди ночи им что-то понадобилось... Дома надо по ночам сидеть, а не шляться. Она когда уезжала, так нервно собиралась, у меня прямо вся душа за нее изболелась. Как чувствовала я, что последний раз дочку вижу. Только-только успокоилась, когда письмо от Галины получила. А тут вот — на тебе!

И женщина снова заплакала. Я вздохнула, понимая, что ничего большего я здесь, увы, не узнаю. Хотя, конечно, глупо было рассчитывать, что Татьяна Анатольевна с ходу выложит мне имя убийцы дочери и представит тому железные доказательства. И так хорошо, я много нового узнала, про одного только Клименко вон сколько.

А что, такой неуравновешенный человек вполне мог совершить убийство. Тем более если он принадлежал к бандитской среде. По их понятиям он мог считать, что Алена его «кинула» и теперь он должен ей отомстить. Уж кого-кого, а знакомых у Клименко, таких, которые напасть и избить могут, а также и стрелять умеют, наверняка полно. Похоже, Алена кого-то из нападавших узнала — я вспомнила, что Груничев говорил о фразе «это они», произнесенной его женой во время одного из нападений.

По всей видимости, Алена скрывала от мужа свое прошлое, считая, что так будет лучше. Груничев действительно далеко не образец хладнокровия. Хотя, может быть, если бы она рассказала ему все, то, возможно, не было бы столь трагического финала.

Нападения на улице, скорее всего, служили предупреждением. Или попыткой поговорить, объясниться. И только потом, когда Алена своим поведением показала, что она совершенно не желает разговаривать со своим бывшим возлюбленным, он приказал нажать на курок. Версия логична. Остается выяснить, как Клименко напал на след. И почему не объявился сам? По идее, все должно было развиваться несколько иначе. Он заявился бы к Груничеву, растопырил пальцы и заявил: «Это моя женщина, а ты канай отсюда, козел!» Ну или что-то наподобие того.

Стоп! А может быть, он и заявлялся? Только разговаривал не с Груничевым, а с самой Аленой, и она, естественно, о его визите умолчала? Но... Судя по бешеному нраву Клименко, финал разговора, если бы он ему не понравился, должен был быть другим: куча синяков, скандал на весь дом, а то и «перо в бок» неверной возлюбленной. Да и не ограничился бы Толян разговором с Аленой, непременно попытался бы наехать на Святослава.

Так, так... Остается выяснить, в состоянии сам Клименко физически все это сделать или он находится в местах не столь отдаленных и просто пацанов своих послал мстить? Одним словом, версию необходимо проверить, потому что пока у меня только возникают новые вопросы.

Я уже поняла, что наступил момент, когда нужно заканчивать разговор с Татьяной Анатольевной и Мариной и отправляться дальше. Татьяна Анатольевна на прощание повторила, что завтра поедет в Тарасов к сестре, а потом на могилу дочери, и попросила меня дать адрес ее мужа, что я легко сделала.

Марина же, услышав, что я ухожу, засуетилась. Вспомнив, что за время нашего с ней знакомства — а прошло уже несколько часов — я ничего не ела, она никак не хотела меня отпускать, пока я не поужинаю. Девчонка пыталась снова затащить меня в свою квартиру, но я вежливо, хотя и решительно, отказалась, пообещав, что обязательно сообщу ей о том, что мне удалось выяснить. На всякий случай я оставила Марине свою визитку с номерами телефонов и попросила ее сообщить мне, если она вспомнит что-нибудь важное. На этом мы попрощались.

Глава 7

Сидя в машине после разговора с матерью Алены, который в плане получения информации оказался почти таким же продуктивным, как и разговор с Мариной, я размышляла, что мне делать дальше. Вариантов было два.

Первый такой: обратиться за помощью к пензенским ментам и попросить представить сведения об Анатолии Клименко, чтобы знать точно, где он находится. И здесь тоже было два пути: созвониться с тарасовскими приятелями-ментами и попросить их, в свою очередь, перезвонить пензенцам с просьбой помочь мне или же просто самой отправиться в ближайшее отделение милиции просто так, наудачу, надеясь на удостоверение частного детектива, а в первую очередь — на собственные молодость, обаяние и красоту.

Второй же вариант заключался в том, чтобы прямиком отправиться на квартиру к Клименко и приступать к важному разговору с ним, если, конечно, Анатолий окажется на месте. И только в случае, если там никого не будет, идти и баламутить местных ментов.

Поразмыслив, я остановилась на первом варианте, причем решила действовать сама, не заручаясь помощью и поддержкой кого-то из тарасовцев. Нечего их лишний раз тревожить без надобности. Собственно, информация, которая мне была нужна, не окутана такой уж таинственностью — мне нужны всего лишь более или менее подробные сведения об Анатолии Клименко и его теперешний адрес на случай, если он уже не живет в квартире, о которой говорила Марина.

Обратившись к одному из прохожих из окошка своей машины, я узнала, где находится ближайшее отделение милиции, и поехала туда. Никого конкретно я там, естественно, не знала, потому и обратилась к дежурному лейтенанту на вахте:

— Простите, я ищу одного человека, слышала, что он вроде бы был арестован несколько лет назад. К кому мне лучше обратиться по этому вопросу?

— А что за человек? — спросил дежурный.

— Анатолий Клименко, если это имя о чем-то вам говорит, — улыбнулась я.

Лейтенант внимательно посмотрел на меня, задумался, а потом ответил:

— Пройдите к капитану Аникееву в сто третий кабинет, я сейчас позвоню ему.

— Спасибо, — еще шире улыбнулась я и стала подниматься по лестнице.

Лейтенант все время смотрел мне вслед, пока набирал внутренний номер. Ну еще бы, это неудивительно! Из-под моей кожаной куртки виднелась струящаяся юбка с разрезом сзади, которая при ходьбе обнажала мои стройные ножки. Конечно же, ему было на что посмотреть. Но мне некогда было красоваться перед ним, я быстро поднялась и пошла по коридору в поисках кабинета номер сто три.

Капитан Аникеев оказался невысоким, плотного телосложения человеком, с коротко стриженными русыми волосами, заметно редеющими ото лба к макушке. Тем не менее он постоянно их приглаживал, как будто в этом была какая-то надобность. При входе в кабинет я увидела столь же заинтересованно обращенный на меня взгляд, что и у лейтенанта на вахте, и почувствовала некое самодовольство. Все-таки не зря я полагалась на свою красоту и обаяние! И не пришлось звонить ни Кирьянову, ни Папазяну в Тарасов, а потом выслушивать от них напоминания, сколь неоценимую услугу они мне оказали, а также причитания на тему их вечной занятости и моей черной неблагодарности.

— Здравствуйте, садитесь, — откашливаясь, пригласил меня Аникеев, кивая на стул напротив стола.

Я села, закинув ногу на ногу, и капитан пододвинул мне пепельницу.

— Курите, — хрипло предложил он и тут же закурил сам, шумно дуя на спичку. — Вы насчет Клименко?

— Да, — снова улыбнулась я. — Я хочу его найти.

— А зачем? — барабаня пальцами по столу, спросил капитан. — По личному вопросу, что ли?

— Можно сказать и так, — уклончиво ответила я.

Но Аникеев не удовлетворился моим ответом и спросил:

— А вы кто?

Пришлось представиться по полной программе — что я частный детектив из Тарасова и Клименко мне нужен в связи с делом, которое я сейчас расследую.

— Оно касается его бывшей подруги, — уточнила я.

Врать капитану и представляться кем-то другим, не тем, кем я на самом деле являюсь, я не стала. Мало ли что, может быть, мне придется еще раз обращаться к нему или вообще налаживать контакты с пензенской милицией. Зачем же начинать знакомство со лжи?

Аникеев, выслушав меня, удивленно поднял рыжие брови, почти незаметные на его красноватом лице.

— Частный детектив? По делу? Понятно... Только вряд ли дело-то у вас получится, — вдруг сказал он.

— Почему? — удивилась и нахмурилась я.

— Да потому что нету Клименко, — развел руками капитан.

— А где же он? Сидит?

— Не знаю, — натужно произнес Аникеев и снова закашлялся, на этот раз надолго. Видимо, он уже успел подхватить осеннюю простуду. Откашлявшись наконец, капитан продолжил: — Посадить его и впрямь собирались в свое время. Но... Доказать что-либо оказалось сложно. Хотели операцию провести, чтобы, как говорится, с поличным его взять, но Клименко словно почуял что-то и свалил из города. С тех пор на него рукой и махнули.

— А кто живет в его квартире? — разочарованная, спросила я.

— Не знаю, — пожал плечами Аникеев. — Мне это неважно.

— Но может быть, можно туда съездить и поговорить с новыми жильцами? Вдруг они знают, куда он переехал? — с надеждой спросила я.

— Попробуйте, — снова пожал плечами Аникеев. — Но мне это неважно совсем. Нет Клименко — нет и головной боли. Вот так.

Он замолчал и посмотрел на меня. Потом спросил:

— Вы вообще-то его знаете?

— Нет, никогда с ним не встречалась, — покачала я головой.

Мы снова помолчали оба, после чего я все-таки спросила:

— А по какому адресу он жил, вы не скажете? У меня есть сведения, что где-то в центре...

Аникеев наморщил лоб.

— Да, — наконец сказал он. — Где-то там. Точный адрес могу посмотреть, конечно.

— Посмотрите, пожалуйста, — попросила я.

Аникеев вздохнул и подошел к стоящему в углу кабинета компьютеру. Грузно опустившись на стул, он взял в свою широкую ладонь мышь и начал водить ею по коврику — курсор забегал по экрану. На поиски у капитана ушло около десяти минут.

— Вот, — наконец сказал он, — нашел, записывайте... Только вряд ли вы там что-то узнаете. Оставили бы вы этого Клименко в покое, послушайтесь моего совета. Мы вот про него забыли.

— И хотела бы, да не могу, — со вздохом ответила я. — Нужно хотя бы попытаться его найти. А вам спасибо за помощь.

— Не за что, не за что... — прохрипел Аникеев, махая рукой и доставая носовой платок.

— До свидания.

Я вышла из кабинета и направилась к выходу. Молодой лейтенант внизу снова проводил меня заинтересованным взглядом.

Сев в машину, я отправилась по уточненному адресу. Да, действительно, шансов найти в квартире кого-то, кто знает, где пребывает сейчас Клименко, очень мало, не говоря уже о том, чтобы застать там его самого. Но в данный момент другого варианта не просматривалось вообще. Может быть, снова попробовать обратиться к моим верным помощникам — «косточкам»?

Я потянулась правой рукой к заветному мешочку и высыпала двенадцатигранники на сиденье.

14+25+5 — «Неприятность от злых людей предвещают эти цифры».

Вот тебе и раз! Что за злые люди появятся на моем горизонте? До сих пор мне встречались только доброжелательные. Те, которых я встречу на бывшей квартире Клименко? Но что они мне могут сделать? Самое плохое — не сообщить ничего, но и к такому повороту событий я готова. Хорошо, за предупреждение, конечно, спасибо, я буду вести себя осторожнее, вот и все.

Подъехав к девятиэтажному дому, выстроенному не так недавно и представляющему из себя довольно оригинальную конструкцию, я вышла из машины и, поставив ее на сигнализацию, двинулась в подъезд. На всякий случай я приготовила газовый баллончик и теперь сжимала его левой рукой в кармане куртки.

На звонок в квартиру открыл мужчина лет тридцати—тридцати двух, высокий и худощавый, несколько расхлябанного вида. Дорогая рубашка его была распахнута на груди, в правой руке он держал чашку с кофе и отпивал из нее.

— Здравствуйте, — не вынимая левой руки из кармана, сказала я.

— Здравствуйте, — спокойно кивнул парень и сделал еще один глоток. — Вам кого?

— Я ищу Анатолия Клименко, — поведала я.

— А его нет, — с каким-то сожалением склонил голову набок парень, видимо, таким образом выражая мне свое сочувствие.

— А где он? — не отставала я.
— Он здесь давно не живет.
— Да, я слышала об этом, — кивнула я. — Но я подумала, может быть, вы знаете, куда он переехал?

— Откуда же я могу знать! — засмеялся парень. — Я просто купил у него эту квартиру, и все. Он ее продал, получил деньги и пошел себе своей дорогой.

— Спасибо, — расстроенно протянула я со вздохом. — И вы никого не знаете, кто с ним знаком? И сами не были с ним знакомы до сделки по поводу квартиры?

— Можно сказать, что нет. Нас свели через десятые руки, знакомые через знакомых и так далее. Я как раз квартиру собирался покупать, а он свою продавал. Продал ее, кстати, довольно дешево — такую-то квартиру! — иначе я просто не смог бы ее купить.

«Значит, Толян собирался уезжать, потому и торопился», — подумала я.

Вслух же попрощалась с мужчиной и стала спускаться вниз по лестнице. Сев в свою машину, я проанализировала ситуацию и пришла к выводу, что просто не знаю, что делать дальше. Где теперь искать этого Клименко? А ведь, если подумать, то, что я о нем узнала, вполне могло означать, что он и совершил убийство Алены Груничевой. Или по крайней мере организовал.

Он уехал из Пензы вскоре после ее отъезда, спешно продав квартиру. Возможно, Аникеев прав и он хотел избежать ареста. Но ведь никому не известно, куда Толян поехал и чем занимался эти годы. А раз его не посадили, значит, время и возможности найти свою вероломную возлюбленную у него были. Пласт его жизни после отъезда из Пензы неизвестен, как и у Алены. Так что же, мне остается распрощаться с Пензой и отправляться в Самару, надеясь там найти какие-то следы преступления?

Вздохнув, я снова полезла в замшевый мешочек, чтобы в очередной раз спросить совета у «костей».

26+3+14 — «Ваши противники делают все, чтобы добавить проблем в вашу жизнь».

Замечательно! Значит, кто-то за моей спиной строит мне козни? Но кто? Человек, виновный в смерти Алены? Тогда получается, что он в курсе, что я расследую ее смерть, а это, в свою очередь, означает, что я с ним уже должна была встречаться. Так-так... Что же за проблемы могут приготовить для меня мои противники?

Очень трудно ориентироваться в ситуации, когда не знаешь, от кого конкретно могут исходить неприятности. Подумав, я снова пришла к выводу, что нужно быть осторожнее, вот и все. Пока что ничто не предвещает какой-то опасности. Слежки я за собой по приезде в Пензу не замечала, встретиться мне удалось почти со всеми, с кем я хотела... И информацию я получила. Не стоит опускать руки и голову, нужно продолжать. И делать то, что собиралась, — ехать в Самару. Пусть без разговора с Клименко. Скорее всего, проблемы мне попытаются доставить именно там, в Самаре. А я буду к ним морально и физически готова.

Решительно повернув ключ в замке зажигания, я нажала на газ и стартанула с места.

Покидала я город Пензу с таким чувством, что чего-то здесь недоделала. Наверное, это было связано с неудачей в поисках Клименко и с тем, что мне не удалось с ним поговорить, но я не позволила пессимистическим мыслям отвлечь меня от цели и продолжала вести машину вперед. Уже выезжая на трассу, я достала сигарету и закурила. После трех затяжек я увидела впереди гаишника, поднявшего свой жезл. Пришлось остановиться и предъявить документы. Страж порядка с довольно равнодушным видом открыл мои права, всмотрелся в них и вдруг спросил:

— А это что?

— Где? — удивленная, я склонилась к своим «корочкам».

И тут же глаза мои застлала тьма, рот оказался зажат, а чьи-то сильные руки потащили меня неизвестно куда. Как я поняла, на голову мне набросили что-то, не пропускающее свет. Я попыталась применить известный прием правой ногой, довольно болезненный, но он не был успешным, а меня за попытку сопротивляться еще и стукнули по затылку. Не сильно, но ощутимо. Да, видимо, меня скрутили не последние лохи, с приемами они умеют справляться... Вот, началось! Предупреждали, ох предупреждали меня «кости», да так и не смогли уберечь от проблем. Ну что ж, по крайней мере теперь я, надеюсь, хотя бы узнаю, кто мой противник. Если, конечно, он соизволит показаться пред мои очи. А может быть, пред ними уже никто и ничто не покажется и меня сейчас просто отволокут в лесочек, да там и пристукнут?

Не успела я прикинуть столь безрадостные для

себя перспективы, как почувствовала, что меня запихивают в какую-то машину. Я оказалась на заднем сиденье, зажатая с обеих сторон плотными телами. У меня немного отлегло от сердца. Если бы хотели убить, то, наверное, не везли бы никуда, а расправились прямо на месте или, во всяком случае, невдалеке.

Так как видеть я не могла ничего, двигаться и говорить тоже, то мне оставалось только одно — думать. Гаишник, естественно, подставной. Непонятно, правда, откуда у него форма... Господи, что за чушь лезет мне в голову! Раздобыть эту дурацкую форму вообще не проблема, особенно для людей, склонных к криминалу! От неожиданности, что ли, я так поглупела?

Но это означает, что за мной все-таки следили... Странно, а я и не замечала ничего такого с момента приезда в Пензу. Неужели настолько ловкие профессионалы? Я пыталась запастись терпением и не ломать впустую голову, кто стоит за похитившими меня людьми и за всеми этими действиями, но совсем успокоиться у меня никак не получалось.

Господи, и я ведь никому не сказала, куда собираюсь, никто из друзей не знает о том, где я нахожусь и что мне угрожает опасность! Нет, нужно было все-таки позвонить в Тарасов, хоть Кирьянову, хоть Папазяну. Надо было наплевать на их дальнейшее нытье и гордое раздувание щек. Потерпела бы, не развалилась. По крайней мере кто-то бы сейчас знал, что я направляюсь в Самару, кто-то мог бы, обнаружив, что я пропала, прийти мне на помощь. А теперь ни на чью помощь рассчитывать не приходится. Да, за моей спиной нет никакой поддержки. И только чужой город, в котором я одна-одинешенька.

Наконец машина остановилась, меня вытащили из нее, не снимая мешка с головы, и, подхватив под руки с обеих сторон, повели вперед. Никто ничего не говорил, и я тоже не пыталась ничего сказать — тяжелая рука одного из конвоиров плотно припечаталась к моим губам. Потом мы поднимались куда-то по ступенькам, затем вошли в комнату, и с моей головы сняли наконец опостылевший мешок. Предварил это действие мужской голос, произнесший:

— Откройте ей лицо.

Голос показался мне знакомым, но кому он принадлежит, я пока не могла понять. Яркий свет брызнул мне в глаза, и я невольно зажмурилась, лишившись покрывала из мешка. Когда же я наконец открыла глаза, то обнаружила, что нахожусь в центре просторной квадратной комнаты с минимумом мебели и большим пушистым ковром на полу, что по бокам от меня стоят двое парней, один из которых — остановивший меня гаишник, а в креслах напротив сидят двое людей, каждый из которых мне знаком.

Первым был тот самый парень, что открыл дверь в квартире Анатолия Клименко и так мило со мной беседовал. Он был в той же дорогой белой рубашке, и она по-прежнему была распахнута, обнажая смуглую грудь. А рядом с ним сидел не кто иной, как капитан Аникеев, натужно покашливая в носовой платок. Я посмотрела ему прямо в глаза и криво усмехнулась. Аникеев закашлялся еще сильнее и закрыл лицо платком.

— Можете выйти, — кинул парень в белой рубашке парням, которые привезли меня. — А с тобой мы сейчас поговорим серьезно, — обратился он уже ко мне.

На губах парня появилась какая-то презрительная усмешка. Он встал с кресла, подошел ко мне и внимательно осмотрел со всех сторон. Я, пока еще не понимая, что им от меня нужно и какая между ними связь, предпочитала помалкивать.

— Так что же тебе нужно-то на самом деле, а? — почти ласково заглядывая мне в глаза и похлопав по щеке, спросил парень.

— Я же уже сказала, — спокойно ответила я. — Я ищу Анатолия Клименко.

— Мне то же самое говорила, — хрипло подал голос Аникеев. — Говорила, что насчет девчонки бывшей.

— Ну да, — пожала я плечами. — Я частный детектив, из Тарасова, Клименко нужен мне в связи с делом, которое я сейчас веду, — честно рассказывала я, не видя смысла что-то скрывать и по-прежнему не понимая, чем провинилась перед этими людьми.

— Какой еще частный детектив! — насмешливо посмотрел мне в глаза парень. — Не смеши!

— Я правду говорю, — твердо повторила я.

— Зачем тебе Клименко? — продолжал странно усмехаться парень.

— Хотела поговорить с ним насчет Алены, его бывшей подруги, — сказала я.

Выражение лица парня переменилось, по нему пробежала темная волна.

— Где Аленка? — резко спросил он меня.

Я набрала в легкие побольше воздуха.

— Послушайте, вы уж выслушайте меня внимательно, — обратилась я с просьбой. — Мне действительно нужен Клименко...

— Понятно-понятно, слышали, — перебил меня парень. — Я и есть Клименко.

Оп-па! Вот это да! Знаете, что это означает? Это означает, что вы, Татьяна Александровна, полная дура! Никуда Клименко из Пензы не уезжал, более того, он продолжал спокойно проживать в квартире, о которой мне говорила Марина. А капитан Аникеев, ясное дело, просто повязан с ним, ведь говорила же Марина про Толяна, что вся милиция у него кормится. Видимо, коррупция в рядах пензенских ментов продолжает процветать, и я стала ее жертвой. И молодой лейтенант на вахте в отделении, чей интерес я отнесла на счет собственной неотразимости, не зря отправил меня к этому сопливому, простуженному капитану. А я-то, дура, решила, что мне оказывают бескорыстную помощь! Привыкла, что в Тарасове у меня друзья среди ментов, и проявила такую неосмотрительность! Конечно, Аникеев, наврав мне с три короба, просто запудрил мне мозги, а сам после моего ухода позвонил Клименко и предупредил, что я к нему направляюсь. И Толян, естественно, подготовился к встрече. Сыграв свою роль не сведущего ни в чем человека, он отдал команду проследить за мной и тормознуть в подходящем месте. Но почему он так поступил? Для чего похитил? Зачем был нужен этот спектакль? Понял, что я могу его разоблачить, и захотел от меня избавиться? Но почему тогда сразу не убил, а приказал привезти меня сюда и ведет теперь со мной разговор?

Все эти мысли пролетели у меня в голове с бешеной скоростью, поскольку Анатолий времени на раздумья мне не давал.

— Так зачем я тебе понадобился, говори! — повысил он голос. — Где Аленка?

И я решила, что раз уж он хочет поговорить, то нужно попытаться наладить общение. Нужно все ему рассказать. А что еще делать? Судя по тому, как он расспрашивает об Алене, он не знает о ее смерти, если только это не очередной спектакль с целью выяснить, что я узнала в процессе расследования. Но так или иначе, нужно отвечать.

— Давайте поговорим спокойно, — четко выговаривая слова, сказала я. — Выслушайте меня внимательно, я не собираюсь вас обманывать. Во-первых, я действительно частный детектив. Вы можете в этом убедиться, посмотрев мои документы или позвонив в Тарасов, если предъявленного вам будет недостаточно. Во-вторых, Анатолий Клименко, то есть вы, — я перевела взгляд на парня в рубашке, — мне нужен по делу Алены Зубровой, впоследствии Груничевой. Дело в том, что Алену убили, и я расследую обстоятельства ее смерти.

Последнюю фразу я произнесла особенно четко, внимательно следя за реакцией Анатолия. Она оказалась весьма и весьма бурной. Сначала Клименко застыл, переваривая услышанное, затем резко вскинул голову, заглядывая мне в глаза. Я стойко выдержала его взгляд. Потом Анатолий начал медленно бледнеть, а затем из его груди вырвался целый шквал отборного мата. Глаза у парня разгорелись, и я даже испугалась, что с ним сейчас случится нервный припадок. К счастью, ничего подобного не произошло. Клименко, переведя дыхание, двинулся ко мне.

— Кто? — коротко выдохнул он мне в лицо. — Кто это сделал?

— Этого я не знаю. Только пока расследую дело как частный детектив, нанятый ее мужем, — продолжала я объяснять. — На Алену с мужем было совершено несколько покушений. Вначале все думали, что они направлены на мужа Алены, но убили в конце концов ее. Я пришла к выводу, что охотились именно за Аленой, и приехала сюда, чтобы поговорить с людьми, которые хорошо ее знали. Поэтому я и искала вас, — как можно убедительнее произнесла я. — Можете открыть мою сумку и посмотреть документы.

Я видела, что моя сумка лежит на полу возле кресла, в котором сидел Клименко. Анатолий машинально раскрыл ее и стал просматривать содержимое. Потом, ни слова не говоря, двинулся к бару в углу комнаты и резко распахнул дверцу. Все это время Аникеев с опаской поглядывал на него. Клименко достал из бара бутылку водки, налил себе полный стакан и залпом выпил, не говоря ничего и не предлагая никому присоединиться. Потом он вернулся в свое кресло.

— Садись, — указывая на свободное место, глухо обратился он ко мне. — Давай расклад, что там почем.

Мне пришлось, набрав воздуха, во всех подробностях рассказать о смерти Алены и о том, что этому предшествовало. Клименко мрачно слушал, не перебивая.

— Суки! — заключил он, когда я умолкла. — Поубиваю гадов! Найду и поубиваю!

Голос его звучал тихо, но жутко и многообещающе. Глядя на него в этот момент, я подумала, что он и впрямь захочет убить того, кто застрелил его бывшую возлюбленную. Или не бывшую? Может быть, он продолжал любить ее по сей день?

Анатолий тем временем выпил еще водки и закурил.

— Будешь? — спросил он у меня.

От водки я отказалась, но с удовольствием закурила, снимая нервное возбуждение. К тому же Анатолий, как и я, отдавал предпочтение «Мальборо», из его-то пачки я и угостилась, поскольку моя собственная осталась в машине. Боже мой, машина! Где она сейчас? Ведь ее бросили прямо посреди дороги! Неизвестно даже, заперта она или нет, про включение сигнализации я вообще не говорю. И ключ прямо в замке остался... Рассчитывать же в случае угона на помощь здешней милиции было крайней наивностью. Я на собственном опыте убедилась, что представляют собой местные менты. Однако задавать какие-либо вопросы относительно своей «девятки» пока остереглась.

— Короче, так, — заговорил тем временем Анатолий, закидывая ногу на ногу. — Аленка, конечно, нехорошо со мной поступила. Нормальные девчонки так не делают. Я бы сам ее убил, если бы встретил. Но... Коли так вышло, нужно искать эту суку и мочить. Отомстить за нее.

«Да уж, — усмехнулась я про себя, — логика железная. Я бы сам ее убил, но раз это сделал кто-то другой, нужно убить и его!» Однако вступать в дискуссию с Клименко я не стала и просто сказала:

— Я очень хочу, чтобы вы мне помогли докопаться до истины. Мне уже многое удалось выяснить. Скажите, как вы с Аленой расстались? Я знаю об этом только с чужих слов. И еще: виделись ли вы после того, как она уехала из Пензы?

Клименко помолчал, щелкая фирменной позолоченной зажигалкой. Потом небрежно швырнул ее на столик, откинулся на спинку кресла и сказал:

— Кинула она меня, сучка. Отплатила за доброту! Кормил-поил ее, в меха одевал, а она с каким-то сопляком от меня удрала. Ко-за!

— Она не предупреждала вас, что хочет разорвать отношения? — осторожно продолжала я.

— Да несла она там что-то, мол, ей надоело, ей мало ласки и нежности. Короче, туфту всякую.

— Вы ее били? — прямо спросила я.

— Это моя женщина! — отрезал Клименко, и глаза его нехорошо сверкнули.

Моментально все поняв, я оставила тему побоев.

— То есть о своем отъезде она не говорила? — терпеливо продолжала я, хотя знала ответ на этот вопрос.

— Нет, — мрачно буркнул Анатолий. — Я же говорю, собралась втихую и слиняла. И главное, удалось ведь ей, а! Никому ничего не сказала, удрала потихоньку, и все. Сколько я ни бился, у кого ни узнавал — без толку. Никто ничего не знает. Я и братанов своих подключил, и ментов, чтобы ее искали... Как в воду канула! Нигде не зарегистрирована, не прописана — вообще никаких следов. Провела меня сучка! Я, правда, все равно не успокаивался, искал ее. Все мечтал, когда найду, поговорить с ней по душам...

На лице Анатолия появилась злобная и одновременно мечтательная усмешка, и я невольно посочувствовала участи Алены, попади она в руки неуравновешенного бандита. Правда, то, что с ней случилось, тоже, мягко говоря, не подарок.

— Но вы ее так и не нашли, — сделала я заключение.

— Нет, не нашел, — помотал головой Анатолий. — Повезло ей... Так, значит, говоришь, в Тарасов она подалась?

— Да, — ответила я, не став упоминать про Самару. Одержимый жаждой мщения тип мог в ту же минуту сорваться туда и только испоганить мне все расследование.

Анатолий кивнул.

— Замуж, говоришь, вышла?

— Да, — подтвердила я.

Клименко продолжал кивать с каким-то удовлетворением, словно мысленно обещал кому-то скорую расправу. Я уже начала бояться, как бы он не принялся за Груничева. Не мешало бы предупредить клиента, чтобы был осторожнее.

«Предупредить! — передразнила я саму себя. — Тебе бы самой отсюда живой вырваться, от этого бандюгана. Черт его знает, что ему в голову взбредет при его неустойчивой нервной системе!»

— А муж что?

— В каком смысле «что»? — не поняла я.

— Чем по жизни занимается?

— В фирме одной работает, — быстро ответила я, не решаясь сообщать Анатолию подробности о Святославе. — А вы мне вот что еще скажите. Хоть к чему-то привели ваши поиски Алены? Может быть, уже потом, после обнаружился какой-то ее след?

— Нет, — с сожалением покачал головой Клименко. — Я ж говорю, никаких следов.

«Да поняла я уже, — подумала я. — Это я уж так болтаю, чтобы ты про Святослава забыл. Да только вряд ли ты замужество своей пассии окончательно забудешь».

— А что за сопляк, с которым она уехала? — вспомнила я. — Вы о нем что-нибудь знаете?

— Если б знал, давно бы ему башку отвернул, — просто ответил Клименко. — Его тоже не нашли. О нем я вообще ничего не знаю. Подцепила, сучка, какого-то козла, ноги перед ним раздвинула, вот он ее и взял с собой! Мне просто рассказали, что крутилась она с каким-то хреном последнее время, а что за хрен — никто не знает. Она не за него, случаем, замуж вышла?

— Нет, — поспешила я его разубедить. — С тем парнем Алена давно рассталась, по-моему, он ее бросил.

— Вот как? — протянул Анатолий, и на лице его появилось непонятное выражение.

Я не могла определить, поднял ему этот факт настроение или наоборот.

— И что, ее похоронили уже? — спросил Клименко.

— Да, — кивнула я. — Она даже от матери скрывала, где находится, и я только сегодня смогла сюда добраться и начать разыскивать ее родных и вас.

— На могилку, значит, съездить нужно будет, — начал строить планы Анатолий, кивая головой. — Проведать любимую...

Все время нашего разговора капитан Аникеев сидел абсолютно молча, только периодически откашливаясь и сморкаясь в платок.

— Ну так что, теперь вы верите, что наши с вами задачи совпадают? — спросила я у Клименко. — Вы хотите знать, кто убил Алену, а я как раз и занимаюсь установлением этого.

— Ну? — поднял он на меня глаза.

— Чем дольше вы меня тут держите, тем позже мы узнаем, кто убийца, — как можно убедительнее сказала я. — К тому же вы собираетесь ехать в Тарасов на могилу к Алене. У меня же иные планы, и чем скорее вы меня отпустите, тем быстрее они осуществятся. Данные мои у вас есть, так что, если я буду вам нужна, вы легко меня найдете.

— Сейчас, — мотнул головой Анатолий и позвал своих подручных.

Почти мгновенно в комнате появились те самые парни, что привезли меня сюда.

— Отвезете девушку обратно и посадите в машину, понятно? — тоном, не терпящим возражений, приказал он.

Парни дружно кивнули и разом повернулись ко мне.

— Я тебе позвоню, — кинул на прощание Анатолий. — Перебазарить нужно будет.

Я не стала возражать, и мы вышли из комнаты. На сей раз мешок мне на голову, слава богу, не накидывали. Я увидела, что находилась в двухэтажном доме, расположенном на большой поляне в лесу. От дороги дом был скрыт зарослями деревьев и вообще выглядел весьма замаскированным.

Парни посадили меня в свою машину и повезли туда, где я вынуждена была оставить свою «девятку». Всю дорогу у меня душа болела за нее. Однако, когда мы прибыли на место, я с радостным сердцем убедилась, что машина цела и невредима, стоит себе на месте, а неподалеку дежурит очередной гаишник с жезлом. Я только усмехнулась про себя и поскорее села в свою машину, сухо кивнув своим сопровождающим на прощание.

Покидала я Пензу с чувством глубокого облегчения. События последних нескольких часов напрочь убили во мне симпатию к этому городу, насквозь пропитанному коррупцией. Но зато ощущение незавершенности дел здесь исчезло. Теперь я поговорила с Клименко, хотя разговор и оказался совсем не таким, как я предполагала. Не знаю, получу ли я еще от Анатолия какую-нибудь помощь, но встреча с ним была полезной хотя бы потому, что теперь можно было с уверенностью сказать — он не убивал Алену.

Глава 8

Я отправлялась в Самару, имея на руках всего лишь номер телефона, данный мне Мариной. Помимо него, у меня не было ничего, что указывало бы на то, где следует искать следы Алены. Но я была уверена, что именно в Самаре найду разгадку тайны.

Уже в Пензе я узнала много нового о жизни Алены до того момента, когда она познакомилась в кафе со Святославом Груничевым. Жизнь у девушки была, оказывается, достаточно веселая. В кавычках, конечно... Любовник-бандюган, потом какой-то левый парень из Самары, который ее туда увез, а потом бросил. Какие-то амбалы, приезжавшие к бедной Татьяне Анатольевне выяснять, где Алена. Что за люди? Почему они были так злы на Алену?

Вообще-то я ведь наблюдала флирт Алены с москвичом Анатолием Сергеевичем. Не следует ли из этого сделать вывод, что она и Груничева могла «кинуть»? Была готова на это? Впрочем, нет... Конечно, нет! Жизнь ее со Святославом складывалась нормально. У нее была прописка, квартира. Как можно, такими вещами не шутят!

Шлейф прошлой жизни Алены, о которой Святослав Игоревич не знал, был значителен. Он представлял собой довольно жирную линию, а не просто пунктирчик, нанесенный чертежным карандашом. В этом самом шлейфе и заключается разгадка гибели Алены. Кстати, чтобы она побыстрее разгадалась, нужно кинуть «кости». Что я и сделала в очередной раз, сидя в салоне своей машины.

20+25+8 — «Не позволяйте себе забыть прошлое, иначе вы совершите ошибку еще раз».

Да мне уже и так понятно, что разгадка кроется в бурном и туманном прошлом Алены! А что-нибудь поконкретнее? И я снова бросила «кости». На сей раз они выдали такую комбинацию: 19+1+33 — «Увлечение делом. Живой интерес к нему не позволит лени проникнуть в вашу жизнь».

Да, видимо, ничего более конкретного «косточки» мне сейчас уже не скажут. Наверное, они посчитают, что я и так обладаю достаточной информацией. Что ж, вывод напрашивается только один — нужно ехать в Самару, а там уже разбираться на месте, по обстоятельствам.

Четыре часа я потратила на то, чтобы по стратегически важной российской автостраде доехать от Пензы до Самары. И пока продолжался путь, я не заметила ничего намекающего на то, что находится вблизи меня и прямо указывает мне путь к разгадке.

Я пока не имела четкого плана действий. Конечно, проще всего было позвонить по имевшемуся телефону, а дальше действовать по обстоятельствам.

Но Алена могла звонить от случайных знакомых, которые вряд ли теперь ее вспомнят. Другого выхода, однако, не было.

Въехав в Самару, я почувствовала, что проголодалась. Ехать в кафе? Наверняка кто-нибудь пристанет... Стоп, а что я, собственно, теряю? В Самаре у меня знакомых нет, следовательно, если кто и пристанет, то я только приобрету. Приобретаю новых знакомых — а это положительный момент! Я решительно остановила машину около яркой вывески «Кафе» и вышла.

До входа в кафе оставалось примерно десять метров. По обеим сторонам неширокого прохода тянулись рекламные стенды с объявлениями. Посреди прохода была огромная лужа, и мне пришлось сместиться к одному из стендов. Глаза невольно скользнули по объявлениям.

«Ночная луна»... «Ночная Самара»... «Соблазн»... Прямоугольнички розового и желтого цвета с телефонами привлекали внимание. Я остановилась и присмотрелась к ним. Некоторые были с дополнительными пояснениями для самых непонятливых: «Досуг, апартаменты, сауна». Мне, конечно, предлагавшиеся услуги были абсолютно ни к чему. И зачем читаю всю эту муру? Я было отвернулась и пошла дальше, как вдруг сообразила, что запомнила телефон с одной рекламки: 958-958. Идеальный номер для какой-нибудь важной и нужной службы или прямого эфира телепередачи. Но он мне знаком! Явно знаком...

Ну конечно же! Я поторопилась обогнуть лужу, чтобы не загораживать собой проход, потом вытащила из сумочки бумажку с телефоном, по которому Марине звонила из Самары Алена. Так точно — 958-958. «Кости» снова не обманули — разгадка действительно была очень близко.

Для полной уверенности я еще раз подошла к стенду и сверилась. Телефон был именно таким. Все сходилось. Тайна Алены, тайна ее самарского жития, оказалась довольно непривлекательной. Скорее всего, она была проституткой. «Вот так, Святослав Игоревич», — мысленно адресовала я обращение к Груничеву с каким-то непонятным злорадством. Впрочем, чувство это было мимолетным, и я постаралась тут же от него избавиться.

— Девушка, вы что-то ищете? — услышала я голос рядом с собой.

— Нет, спасибо, уже нашла, — ответила я, улыбнувшись симпатичному парню.

На завязывание знакомств в чужом городе у меня уже не было времени.

Я зашла в кафе и спокойно пообедала, не удостоившись на этот раз особого внимания со стороны самарских мужчин. Потом я попросила бармена разрешения позвонить. И он предоставил мне такую возможность тут же. Набрав 958-958, я услышала грудной женский голос:

— Алло!

— Здравствуйте, я по поводу трудоустройства, — несколько смущенно произнесла я.

— Перезвоните 586-586, — ответил голос, но тут же добавил: — Подождите... Он сейчас вообще-то здесь... Сережа, это к тебе.

Немного погодя трубку взял мужчина и своим выжидательным «алло» заставил меня снова произнести фразу о трудоустройстве.

— Понятно, — выдержав для солидности паузу, ответил Сережа. — А лет тебе сколько?

— Двадцать семь, — честно ответила я.

— Угу, — отреагировал Сережа, что-то, видимо, обдумывая. — Как у тебя со временем?

— Нормально, — ответила я, стараясь избегать заумностей.

— Давай на Самарской через час, — наконец выдал Сережа.

— Ой, вы знаете, я не местная, объясните, пожалуйста...

— Из деревни, что ли? — подозрительно осведомился сутенер.

— Нет, из другого города.

— Из какого?

«Как в ментовке, ей-богу! — внутренне выругалась я. — Сейчас попросит продиктовать место прописки и коротко обрисовать предыдущую биографию!»

— Из Тарасова, — вслух коротко сказала я.

Сережа протянул не то разочарованно, не то, наоборот, удовлетворенно «а-а-а!» и начал объяснять, где находится Самарская площадь. Я не очень разобралась в его сбивчивых объяснениях, но сказала, что поняла все и что через час буду на месте.

А о местонахождении Самарской площади мне великолепно рассказал бармен — его объяснения были гораздо более вразумительны. Он даже с некоей европейской вышколенностью потрудился взять ручку с бумагой и начертить на листке план улиц, по которым мне следовало ехать до нужного места.

Подъехав через полчаса к площади, я оставила машину на близлежащей стоянке, а сама прикинулась безлошадной дурочкой и, прогулявшись по округе, прибыла в центр сквера посреди площади. Именно там я стала ждать прибытия сутенера по имени Сергей. Он появился с пятиминутным опозданием. Это был плотный самец, со стандартной короткой прической и толстой шеей. Он посигналил мне из машины, и я подошла к открытому окну.

— Садись в машину, — критически оглядев меня и перевернув во рту жвачку, пригласил он.

Я обошла машину и села рядом с ним. Кроме Сергея, в салоне больше никого не было.

— Ну, рассказывай, кто ты, что ты, — начал Сергей.

— Татьяна меня зовут. Двадцать семь лет.

— Это я уже слышал, — прервал он меня. — Чего здесь оказалась? Парень, что ли, кинул?

— Нет, у меня другие проблемы...

— Накосорезила, что ли? — нахмурился сутенер.

— Нет. Мне просто очень деньги нужны, — опустив голову, призналась я. — А у себя не хочу светиться. Мало ли что — знакомые, расскажут... Ну, сами понимаете.

Сергей оглядел меня еще более внимательно, чем при самом первом знакомстве, и, ухмыльнувшись, спросил:

— Паспорт у тебя есть?

— Есть, — с готовностью ответила я и полезла в сумочку.

Сергей пристально, я бы сказала — с какой-то фээсбэшной дотошностью, просмотрел паспорт и вернул его мне. Видимо, он был удовлетворен.

— Ну что, у меня порядки жесткие, — перешел к делу сутенер. — Никакого воровства, никаких кидал, никаких косорезов. Все ясно?

Я молча кивнула.

— Зарплата утром. Стошка в час, — продолжил дальше нарубать фразы сутенер.

А я поняла, что пора открываться. Чего дальше волынку тянуть? Не ехать же с ним и в самом деле делать вид, что трудоустраиваюсь!

— В общем, Сергей, мы, конечно, можем поехать и к вам, но можно поговорить и здесь, — неожиданно изменила я тон.

Сергей вопросительно воззрился на меня и нахмурился. А я вытащила свое «хитрое» удостоверение, в котором говорилось, что я являюсь представителем правоохранительных органов. В критических ситуациях оно меня иногда выручает. Держу его специально для не очень разговорчивых субъектов типа этого Сережи. Сутенер довольно въедливо просмотрел удостоверение, не заметив, естественно, подвоха. Его редко кто замечал. А выписано оно на имя Ивановой Татьяны Александровны, и фотография там моя, и печати подлинные.

— Ну и что? — не переставая катать во рту жвачку, спросил Сергей, возвращая мне красные «корочки».

— Дело касается Алены Зубровой, — ответила я.

— А кто это такая?

— Работала у вас полтора года назад, а потом уехала к нам в Тарасов.

Сергей задумался. Было непонятно, о чем он в данный момент думает, но я почему-то сразу поняла, что Алену он знает. Иначе бы, наверное, состроил тупое лицо и стал бы все отрицать.

Наконец он решился. Но, видимо, решил все-таки подойти к делу осторожно:

— Ну, может, и была Алена, я не помню. Девчонки иногда имена меняют, потом попробуй разберись, кто они на самом деле, — хмыкнул Сергей. — У вас фотография есть?

— Вы же паспорт спрашиваете при приеме на работу, — усмехнулась я. — Но это неважно. Фотография у меня есть. Вот она.

Я вынула из сумочки фотографию Алены и протянула ее сутенеру. Сергей взял фотку и начал вглядываться. Снова потянулись секунды. Видимо, сутенер имел оперское прошлое или вообще по натуре был человеком педантичным — осмотр документов, людей, вещей он производил медленно и аккуратно.

— Ну, а ко мне-то какие претензии? Вы ведь из Тарасова...

— Да, в этом я вас не обманула. Да я практически ни в чем вас не обманула. Только в самом начале, сказав, что хочу у вас работать. И претензий у нас к вам пока что нет. Дело в том, что эту самую Алену убили, и у нас насчет нее есть информация, что она работала у вас, перед тем как переехать в Тарасов.

Сергей снова помедлил, потом отвернулся, посмотрел в окно и забарабанил пальцами по рулю.

— Я нашим, местным, вообще-то все тогда рассказал. И ко мне никаких вопросов больше не возникало, — попробовал он снова отвертеться общими фразами.

— Возникли сейчас, — невозмутимо парировала я. — Сами понимаете, человека убили.

— Значит, было за что, — хмуро ответил Сергей. — От меня-то вы чего хотите?

— Рассказать то, что говорили моим коллегам, — во-первых. И рассказать то, что, возможно, не говорили, — во-вторых.

Сутенер ухмыльнулся. Откинувшись на своем водительском кресле, он неохотно начал рассказывать:

— Ну, работала она у нас где-то с полгода. Нормально все было, клиенты были довольны. Работала хорошо, сам проверял... А тут звонит клиент, просит привезти девочек, выбирает Алену. Берет на два часа. Ну, я забираю деньги, как положено, и уезжаю. Через два часа возвращаюсь забирать Алену — дверь открыта, Алены нет, в квартире труп.

— Труп клиента? — уточнила я.

— Да, — коротко ответил Сергей. — Я быстренько разворачиваюсь — и ходу оттуда! А потом звоню из автомата в милицию — мол, так и так, мокрое дело нарисовалось... Самому мне, конечно, на фиг не нужно было связываться. Но меня менты нашли. Не знаю уж как, но нашли. Приперли к стенке. Я им все рассказал. Меня крутили и так, и эдак, но ничего у них не получилось. Оружие у меня есть, но официально зарегистрировано, и выстрел не из него был сделан. Потом врачи установили время смерти — мужика застрелили где-то через час после того, как я привез Алену, и за час до моего появления. То есть в середине заказа. А в это время меня видели совсем в другом месте. А потом братки приехали...

— Какие братки?

— «Крыша» наша. Они сказали, что с них требуют адрес Алены.

— Между прочим, куда Алена делась?

— Не знаю, я ее больше никогда не видел, — замотал головой Сергей.

— И что же, вы дали адрес? Тот, что был у нее в паспорте?

— Ну, да.

— А кому он был нужен? Вашей «крыше»?

— Вряд ли... Скорее всего, у них там в блатном мире своя связь. Попросили их другие какие-то братки. Мне эти дела не положено знать, да не очень и хочется. Вот, собственно, и все, — подытожил Сергей свой не очень многословный рассказ. — Коллеги ваши от меня отстали, братки тоже больше о себе не напоминали. Девчонок, знаю, спрашивали: кто с ней дружил, куда она могла податься. Но... Алена скрытная была, в общем, можно сказать, для бабы весьма неглупая. Другие как деньги получат, так сразу бухать или косорезить начинают. А эта нет... Квартиру сняла с бабулькой какой-то, все старалась одна, дружбы особой не водила ни с кем. В общем, исчезла она, и все.

— В Пензу от вас никто разбираться не ездил?

— От меня — нет, — усмехнулся Сергей. — Те, кому надо было, тот и ездил, наверное...

— Давайте теперь об убитом. Кто он?

— Начальник охранного агентства. Собственно, поэтому, наверное, такой кипеж и поднялся.

— Все подозрения пали на Алену, — продолжила я догадываться.

— Да, но... — Сергей неопределенно повертел рукой в воздухе. — Потом мне менты знакомые говорили, что дело закрыли. Потому что других дел полно, а Алену эту — ищи-свищи. В общем, не нашел ее никто. Ограбления, кстати, там не было. Я думаю, вряд ли в убийстве Алена виновата.

— Пожалуй, что да, — согласилась я. — А сбежала она, видимо, потому, что видела убийцу, наверное.

— Может быть... — задумчиво протянул сутенер. — Но мне это, извините, неинтересно. Я вам все рассказал. А убийство Алены на меня вы не повесите, я все время был здесь, в Самаре. Так, на всякий случай, сообщаю.

Сергей многозначительно посмотрел на меня.

— Да успокойтесь вы, — по-свойски улыбнулась я. — Никто вас обвинять в убийстве Алены и не собирается. Скажите лучше, как найти родственников или знакомых того самого начальника охранного агентства.

Сергей присвистнул.

— Откуда же я вам их возьму? Самара — это вам не деревня. Побольше вашего Тарасова, между прочим, раза в два.

— Наличие метрополитена — весомый аргумент, — съязвила я.

Сергей ничего не ответил.

— Ну а на место преступления хотя бы отвезти меня сможете? — спросила я.

— Смогу, — кивнул сутенер.

— Так заводите машину, поехали!

* * *

Мы расстались с Сергеем вполне доброжелательно. Хотя он и был недоволен тем, что ему пришлось потерять полтора часа времени на общение со мной. И еще я была уверена, что он пожалел о том, что Татьяна Иванова — представитель официальных структур, а не просто девчонка, которой нужны деньги. Двадцать семь — возраст, конечно, по его меркам, более чем зрелый, но еще и не пенсионный. Взгляд его при нашем прощании выразил легкую грусть по поводу того, что я не буду работать у него, а следовательно, не принесу ему прибыли и у него не будет возможности проверить мою работоспособность лично.

А Алена-то, хороша птичка! В который уже раз за последние дни я убеждалась в том, насколько обманчивым может оказаться первое впечатление о человеке. Насколько, однако, насыщенной была жизнь у внешне добропорядочной и немного ленивой женушки преуспевающего бизнесмена!

Впрочем, я стояла на пороге новых открытий, новых знакомств. Я стояла перед дверью, за которой когда-то побывала и Алена. За этой дверью произошло убийство. А потом Алена исчезла. Здесь закончилось ее бурное прошлое. Она уехала к тетке в Тарасов, а потом благополучно вышла замуж за Груничева, скрывшись из поля зрения самарских ментов и братков. Но кто-то из этого ее прошлого все же достал ее в Тарасове выстрелом из «ТТ». Кто?

Я нажала кнопку звонка. Спустя некоторое время на пороге появилась женщина средних лет с наложенной на лицо маской. Лицо ее было удлиненным и чем-то напомнило мне лошадиную морду. Ну, или если сказать чуть более ласково, то антилопью.

— Здравствуйте, что вы хотели? — энергично спросила она.

Вместо ответа я протянула удостоверение, которое сегодня уже сослужило мне службу. По одной первой фразе я сделала вывод, что женщина, по всей видимости, принадлежит к породе жестких и стервозных особ и для разговора с ней необходимо официальное прикрытие.

— Что случилось? — Взлет тонких бровей и сухой, слегка нервный вопрос подтвердили мои догадки.

Просто так эта женщина разговаривать не станет. Она будет корчить из себя деловую особу, хотя и дел-то у нее, кроме как нанесения на лицо питательных масок, может не оказаться вовсе. Но она будет стараться выдерживать стиль. Мне нужно было действовать, что называется, параллельным курсом.

— Я по поводу вашего мужа, — наугад сказала я.
— Но его же... — несколько растерялась хозяйка. — А что, неужели нашли того, кто его убил?
— Может быть, — уклончиво ответила я. — Вы позволите пройти? И давайте познакомимся.

Вскоре я уже знала, что хозяйку довольно роскошно обставленной квартиры зовут Кристина, что ее убитого мужа звали Александр Николаевич Сукристов и что следствие ее в данный момент не очень интересует, потому что она собирается выходить замуж вторично. Но ради приличия, разумеется, выслушает меня и мои вопросы.

— Итак, вы нашли подозреваемого? В Тарасове? — спросила Кристина.

— Подозреваемый убит, — ответила я. — Вернее, подозреваемая... Алена Груничева, двадцать пять лет. Вам знакомо это имя?

— Нет, — брезгливо оттопырила губу Кристина. — Я так понимаю, что она проститутка.

— То есть вы в курсе...

— Милиция установила, что в день своей смерти муж вызывал проститутку, — решительно перебила меня Кристина. — В тот самый момент, когда я дежурила в больнице у постели больного отца! Представляете?! Здесь нашли визитку этой конторы... как ее? — Вдова нахмурила брови и тут же махнула рукой: — А, ладно, неважно. Но главное, что не нашли того, кто убил!

Я сочувственно кивнула. Разумеется, Александр Николаевич поступил некрасиво. Оказаться на месте Кристины я бы, например, никоим образом не желала.

Но, как выяснилось несколько позднее, Сукристов поступил еще и опрометчиво, поскольку это привело его к гибели. А почему, собственно, привело? А может быть, его поступок вовсе не имеет значения? Вызвал он проститутку или нет, убил-то его, скорее всего, другой, не она, а проститутка просто оказалась свидетельницей. Или сообщницей? Стоп-стоп, все гипотезы потом, сейчас нужно расспрашивать вдову.

— Кристина, я, может быть, буду задавать вам вопросы, на которые вы уже в свое время отвечали, но поймите, что так нужно... — начала я.

— Задавайте, — нервно дернулась Кристина.

— С кем у вашего мужа были конфликты перед гибелью?

— У него со всеми были конфликты, в том числе и со мной, — отрезала вдова. — Но это же не значит, что и меня нужно подозревать. У него такой характер был — извиняюсь, дерьмовый. Другого слова не подберешь.

— А все же...

— Не знаю, — махнула рукой Кристина. — Я старалась не лезть в его бизнес, потому что мне неприятны были люди, с которыми он работал, бандиты настоящие... У меня отец директором завода был, вот мы с его заместителем потом фирму открыли, с милицией договорились, и никаких проблем. А у Шурика вечно — клички, феня, наезды, стрелки...

— То есть нецивилизованный бизнес?

— А где ему взяться тогда было, цивилизованному? — вдруг повысила голос Кристина. — Дело в другом. В том, что Шурик на кого-то там наехал, причем, как я поняла, неоправданно. Иногда он упирался как баран, когда гибкость нужно было проявить.

— На кого наехал?

— Не знаю, не знаю! — повторила Кристина. — У меня как раз тогда свой бизнес начинался, отец в больницу попал, мне не до проблем мужа было!.. А... та девушка, Алена... Ее что, убили?

— Да, совсем недавно, у нас в городе. И я расследую дело. Мы полагаем, что все это связано с убийством вашего мужа. Как вы думаете, кто-нибудь мог за него отомстить?

Кристина задумалась, но всего лишь на секунду.

— Могли, конечно, отомстить, — ответила она. — Но вряд ли стали бы... Тем более сейчас, когда уже все забылось, когда даже охранного агентства нет. Все это сейчас уже никому не нужно.

— А почему агентства нет, Кристина? — поинтересовалась я.

— Оно вообще-то есть, но там другие люди. Я, как наследница, и партнеры мужа продали предприятие.

— Почему? — не отставала я.

— Потому что мы так захотели. Вернее, захотели они, а я не стала противиться. С ними и разговаривайте... — в Кристине заговорил стержень стервозной «железной леди».

— А как с ними связаться?

Кристина порывистым движением достала записную книжку и продиктовала мне адрес и два телефона некоего Дениса Михайловича Валеева.

— Он, правда, очень занятой человек, помощник депутата областной думы. Но для милиции, может быть, сделает исключение.

— Понятно, спасибо вам большое, Кристина, — сказала я и поднялась со стула.

Я решила больше не надоедать вдове Сукристова своими вопросами. Тем более что, надо отдать ей должное, практически на все мои вопросы она ответила.

* * *

Помощник депутата областной думы внешне выглядел почти так же, как и сутенер Сергей. Такой же типаж — спортивное телосложение, короткий ежик. Только тачка и прикид у него были покруче. Да и манеры отличались в лучшую сторону.

— Здравствуйте, что вы хотели? — улыбнулся он.

— Обнаружилось старое дело, связанное с вашим бывшим партнером Александром Сукристовым.

— Да, помню, — помрачнел Валеев как по заказу. — Ужасная история, вспомнить страшно.

Так обычно серьезнеют и хмурятся на глазах приближенные какого-нибудь большого начальника, если замечают изменившееся настроение шефа. Или тогда, когда это нужно по тем или иным политическим причинам: скажем, затронет шеф в своем выступлении тему криминальности, помощи обездоленным, социальной поддержки — надо посерьезнеть. Хотя на самом деле этим людям, скорее всего, наплевать на все названные проблемы. Вот такой же лицемерной мне показалась мрачность Валеева по поводу смерти бывшего компаньона.

— Я хочу, чтобы вы рассказали мне о сути вашего бизнеса, о взаимоотношениях с конкурентами, властями. Словом, со всеми, кто мог желать зла Сукристову.

Валеев, прямо как сутенер Сергей, поразмыслил, помолчал, побарабанил по рулю своего «БМВ», а потом спросил:

— А что случилось?

— Убили девушку, которую подозревали в том, что она причастна к смерти вашего компаньона, — заявила я.

— Вот как? — слегка удивился Валеев.

— Да. Но мы считаем, что ее убили только потому, что она была свидетелем его убийства.

— Почему вы так решили? — спокойно спросил Валеев.

— Потому что многое на это указывает, — сухо ответила я. — А от вас я все-таки хочу услышать ответы на поставленные мною вопросы.

Валеев усмехнулся:

— Ваши вопросы, дорогая девушка, слишком общи. К тому же я в свое время на подобные вопросы уже отвечал. Можете обратиться к своим коллегам в нашем городе, полистать архивы.

— Вы не хотите мне помочь? — напрямую спросила я.

— Я хочу, чтобы все было по букве закона. Давайте повестку, я приеду на беседу, со своим адвокатом, разумеется. А так получается неофициальная беседа. Вы приехали из чужого города, мы с вами встретились, можно сказать, почти что в интимной обстановке, за тонированными стеклами...

Слушая его чиновничью, безупречно-политкорректную болтовню, я подумала: а ведь ему абсолютно неинтересно дело об убийстве Сукристова. Может быть, даже более того — ему совершенно невыгодно ворошить прошлое, потому что он сам в чем-то неблаговидном замешан. И вообще, столкнувшись сначала с сутенером Сергеем, потом с вдовой Сукристова и вот теперь с помощником депутата, я вдруг поняла, что никто из них просто не хочет искать настоящего убийцу. Это не значит, конечно, что они все виновны в убийстве. Это значит, что есть кто-то влиятельный, кто в тот момент был заинтересован в устранении Сукристова, и этот сейчас означенный «кто-то» одним своим существованием затыкает всем рты.

— Чем занималась ваша фирма? На такой вопрос вы хотя бы можете ответить? — дождавшись конца одной из обтекаемых фраз господина Валеева, спросила я.

— Могу, — тут же кивнул Денис Михайлович. — Охранное агентство. Обеспечение безопасности. Сопровождение грузов, офисная охрана, электронные системы безопасности. Вот неполный перечень услуг, которые оказывала наша фирма. Сейчас я этим, правда, не занимаюсь, но профиль в целом сохранил...

Валеев добродушно улыбнулся.

— Отвечаю за безопасность депутата думы, — пояснил он.

— Понятно, следовательно, вы — телохранитель.

— Можно сказать, что и так.

— А кто возглавляет сейчас ваше бывшее агентство?

— Даже не знаю, — равнодушным тоном ответил

Валеев, — ведь это уже не мой бизнес. Адрес агентства вы можете найти в справочнике, если захотите туда пойти. Называется оно «Страж». А вот захотят ли там с вами разговаривать — другой вопрос. Я пока что не заметил признаков вашего взаимодействия с нашей милицией. А все нужно делать официально. Может быть, у вас в Тарасове принято по-другому, а у нас все происходит цивилизованно.

Похоже, с этим напыщенным получинушей-полубодигардом дальше продолжать разговор было бессмысленно. Передо мной находился явный экс-бандюган, поднаторевший в номенклатурной демагогии и явно повысивший уровень своей юридической образованности. К тому же он ощущал поддержку своего невидимого мне шефа. Я же для него хоть и представляла сейчас милицию, но из чужого города, и в его глазах обладала не бог весть какими полномочиями.

— Ну ладно, попробуем поступить официально, послушаемся вашего совета, — примиряюще сказала я и попрощалась с представителем службы безопасности.

Я вышла из сверкающего «БМВ» и пошла на стоянку, где находилась моя не столь сверкающая, но преданная и надежная бежевая «девятка».

«Безопасность»... Это слово меня преследует в последние дни слишком часто. Везде сплошные службы и системы безопасности! Груничев, с которого все началось, здесь убитый Сукристов, Валеев... Алена, кстати, выстроила над своим прошлым почти кагэбэшную систему, что, признаться, не очень свойственно женщинам, которые так и норовят сначала придумать тайну, потом о ней проболтаться, а затем ломать голову, как все это скрыть. Но у нее все было продумано достаточно четко и последовательно. Правда, Алена сама себе находила приключения, а потом из них выбиралась, но это был другой вопрос. А мне предстояло ответить на вопрос, где у нее произошел сбой. И в первую очередь я решила спросить об этом у своих гадальных «костей», которые я, естественно, взяла с собой. Несколько секунд, и передо мной очередная комбинация: 28+5+19 — «Сейчас не принимайтесь ни за какое новое дело, вы можете попасть впросак».

То есть «косточки» мои хотят сказать, чтобы я не переключалась ни на что другое, пока не отработаю свою версию? Что ж, значит, я на правильном пути. Но у меня, по сути дела, нет сейчас версии! Нет, это слишком общее толкование, нужно попробовать кинуть «кости» еще раз. И я с легкостью снова рассыпала их на сиденье. На сей раз вышло следующее: 17+1+30 — «Расположение планет указывает на присутствие не очень искренних поклонников».

Господи, да я о поклонниках в последнее время даже не вспоминала! А если начать перечислять прошлых, то там найдется куча как искренних, так и не очень. При чем здесь они? А кто, кстати, последний раз проявлял ко мне знаки внимания? Самое интересное, что из фигурантов дела практически никто, если не включать в их число сутенера Сергея. Но у того интерес был скорее профессиональный. Косарев, Горелов... Марк Иосифович? Перевалов? Сучков? Двое последних скорее выразили мне свое презрение. Ну, на них обижаться грех — у этих старых мухоморов уже все в прошлом. Так, Груничев ничего такого не выражал, а из имеющих к нему хоть какое-то отношение людей на меня обращал внимание разве что «телохранитель» Кирилл, который вовсе не телохранитель, конечно, а тоже бизнесмен в сфере систем безопасности. Опять системы безопасности!

Кстати, а ведь Кирилл-то приезжал, помнится, из Самары, вместе с «профессором» Петром Игнатьевичем. И ведь он действительно пытался за мной ухаживать! Но что сие может означать? Какая связь с Аленой? Он приезжал по делам фирмы к Груничеву, а не к его жене. А с Аленой даже и не общался. Я воспроизвела в памяти события вечеринки в «Ротонде» и вспомнила, что Кирилл с Аленой и парой фраз не перебросились. Вспомнилось единственное: захмелевшая Алена с москвичом шли танцевать и задели Кирилла. Алена тут же извинилась и пошла дальше. Извинилась, правда, как мне сейчас кажется, преувеличенно громко. И как-то неестественно, даже с вызовом. Как будто нарочно его толкнула. Детский сад какой-то! Но это как посмотреть...

Размышляла я не слишком долго. Пора было проверять возникшую спонтанно версию. Я вытащила мобильник и набрала тарасовский номер Груничева.

— Святослав Игоревич? Это Татьяна, я из Самары, — начала я. — Мне нужны координаты вашего партнера, Кирилла. К сожалению, не знаю его фамилии.

— Кирилла? — искренне удивился Груничев. — А он-то вам зачем?

— Вы мне дайте координаты, я вам перезвоню через час.

Груничев просопел что-то непонятное и полез, видимо, в органайзер.

— Охранное объединение «Самара», главный менеджер, — читал он на визитке. — Архипов Кирилл Максимович. Есть телефоны...

И он продиктовал мне номера. Я поблагодарила и тут же отключила связь. Потом завела машину и поехала по уже известному мне адресу, где проживала вдова убитого Сукристова. К двери она подошла далеко не сразу, да еще и предварительно недовольным тоном осведомилась, кто пожаловал. Я назвала себя, и хозяйка со вздохом открыла. Кристина предстала в халате, надетом, по всей видимости, на голое тело. По присутствию мужской одежды и обуви в прихожей я сделала вывод, что оторвала женщину от приятных занятий в мужском обществе.

— У меня только один вопрос, — быстро начала я. — Извините, не догадалась спросить ваш телефон, а то бы просто позвонила.

— И какой же вопрос? — осведомилась Кристина.

— Вам знаком некто Кирилл Архипов?

Кристина застыла в позе мыслителя, отчего ее удлиненное лицо еще более вытянулось. Внезапно она вспомнила и тут же сделала энергичный жест.

— Помню! Это какой-то конкурент Шурика. Он, по-моему, даже был у нас здесь. Такой плечистый, словно шкаф. Видимо, тоже бандит, — категорично заключила она.

— Да нет, он сейчас главный менеджер фирмы.

— Барабан ему на шею! — фыркнула Кристина. — Так это все, что вы хотели узнать?

— Ну если уж вы его вспомнили, может быть, вспомните, какие у него были отношения с вашим мужем?

— Конфликтные, — коротко ответила Кристина. — Я же говорю, они были конкурентами. Впрочем, у Шурика в конкурентах был весь город.

— Почему?

— Потому что характер у него был такой! Я же говорила, — напомнила Кристина.

— Ну что ж, понятно, спасибо. Вы мне очень помогли, — поспешила поблагодарить я вдову.

— Если еще что-нибудь будет нужно, лучше звоните, — она сунула мне свою визитку.

Я быстренько удалилась.

Глава 9

Из машины я сделала несколько звонков. Дело, похоже, подходило к завершению. Я звонила Груничеву и Мельникову. И обоих просила приехать в Самару. Первого — для опознания, второго — для следственных действий. Чтобы все, что я задумала, стало реальностью, необходимо было многое подготовить.

Я переночевала в гостинице и утром встречала в ее холле не выспавшегося в поезде и поэтому смурного и неприветливого Мельникова. Рядом с ним стоял незнакомый мне оперативник в штатском. Когда я объяснила ситуацию, Андрей помрачнел еще больше.

— Выходит, придется и против местных ментов действовать? — вынужден он был констатировать.

— Скорее не против, а без них. Потому что, по-моему, здесь довольно плотно все схвачено.

Мельников махнул рукой, зевнул и произнес:

— Ладно, говори адрес агентства, мы поехали.

К Мельникову и милиционеру в штатском добавился Груничев, который приехал в Самару на собственной машине. Он был крайне недоволен и по максимуму осложнил мне жизнь своими вопросами, оправданными и не очень. Я не стала вдаваться в подробности, просто объявила ему, что в его бедах, скорее всего, виноват партнер из Самары Кирилл. Импульсивный Святослав Игоревич все никак не мог понять почему и требовал от меня аргументов.

Слава богу, на мою сторону встал Мельников. Он с присущей ему милицейской прямотой жестко обрубил вопросы Груничева и сказал, что если тот хочет найти убийцу своей жены, то должен немедленно сесть в машину и ехать туда, куда ему скажут. А там сидеть тихо и смотреть в оба, стараясь среди людей, входящих в офис «Самары», опознать тех, кто напал на них с Аленой в первый и во второй раз. А если он не хочет, чтобы убийца был задержан, то пускай забирает заявление, оплачивает мои услуги, отправляется домой в Тарасов и больше не напоминает о себе и своих проблемах. Груничев, повозмущавшись еще немного, поутих и, нахохлившись, сел в машину. Вскоре они все поехали в «Самару», оставив меня дожидаться результатов.

Звонка от них мне пришлось ждать часа три. Но ожидание того стоило, потому что Мельников сообщил, что один из «хулиганов», напавших на чету Груничевых, опознан и задержан. Я не стала уточнять, каким образом задержан, понимая, что Мельников действует не совсем официально. Но это и не главное, важнее сейчас припереть к стенке Кирилла.

И я позвонила Кириллу Архипову. Он не слишком удивился, когда я ему представилась, и совсем не удивился, когда попросила о встрече. Назначила я ее в том самом кафе, где недавно бармен рисовал мне план улиц, объясняя, как добраться до Самарской площади.

Кирилл прибыл на встречу один. Все пока что шло так, как я и предполагала. Он явился главным образом для того, чтобы узнать, что мне нужно.

Разговор начался с моего монолога. Я постаралась выражать свои мысли предельно конкретно и четко.

— Так вот, Кирилл, улик против вас много. Летом прошлого года вы застрелили своего конкурента Сукристова, а свидетелем убийства стала проститутка Алена, тогда еще Зуброва. Она проявила неожиданную ловкость и сумела избежать вашей пули. А потом, через год, случайно встретив ее в Тарасове, когда она уже стала добропорядочной мадам Груничевой, вы решили довести дело до конца, использовали своих людей и с их помощью устранили нежелательного свидетеля. Такова вкратце история ваших злых дел. А вот подробности я бы хотела выяснить у вас.

Поведение Кирилла, выражение его лица оказались очень предсказуемыми. Весь его облик говорил: «Ну что за бред приходится слушать?!» Собственно, я ожидала такой реакции, поэтому жестко выложила:

— Парней, которых вы наняли для покушений на Алену, уже взяли. И раскололи. Они стали давать показания против вас. Готовы рассказать абсолютно все. Ну как? Как вам такие свидетели?

— Никак, — пожал плечами Кирилл. — Никакие это не свидетели. Наговорить можно с три короба. Даже если то, что вы говорите, правда, то еще неизвестно, что они запоют позже. Думаю, что к моменту суда, если он состоится, они откажутся от своих первоначальных показаний, да еще покажут, что их из них выбили, то есть получили незаконным путем. Повторяю — это не свидетели. Так что бояться мне нечего, и если вы пришли мне угрожать, то совершенно напрасно, — покачал он головой.

— Я пришла не угрожать, — возразила я, — а объяснить вам, что вероятность посадить вас в тюрьму очень велика.

— Да нет, — улыбнулся Кирилл. — Поймите, наговаривать на себя я не буду. Я все буду отрицать. У меня есть интересы, в том числе и касающиеся Груничева. А вы меня подозреваете, даже обвиняете в убийстве его жены. Да вы просто наезжаете на мой бизнес! Скажите просто, что у вас больше нет версий.

— У меня действительно больше нет версий, — подтвердила я. — Просто потому, что их и не может быть. Я пришла к однозначному выводу и постараюсь его доказать.

— Доказывайте, — пожал плечами Кирилл. — Только ведь я не буду мириться с тем, что какой-то частный детектив, пускай даже и симпатичный, ставит мне палки в колеса.

— Теперь вы мне угрожаете? — улыбнулась я.

— Я адекватно отвечаю, — поправил меня Кирилл. — Вообще вы мне казались более милой девушкой, но... первое впечатление не всегда подтверждается жизнью.

Я уже поняла, что Кирилл, к сожалению, не станет делать чистосердечное признание. В милиции не станет. Но мне нужно было самой знать все подробности этого дела. Тогда потом, поразмыслив, можно будет что-нибудь придумать.

— Послушайте, давайте оставим наше с вами впечатление друг о друге в покое, — сказала я. — Оно не имеет никакого значения. Не хотите признаваться — не надо. Но просто рассказать мне, как все было, вы можете?

— А зачем? — усмехнулся Кирилл.

— Не волнуйтесь, я не пытаюсь вас подловить. У меня нет диктофона, и вы можете это проверить. Так что то, о чем вы мне поведаете, останется между нами. А в милицию мне просто не с чем будет идти.

В качестве доказательства я положила свою сумку на стол, предоставив Кириллу возможность просмотреть ее содержимое.

— Можете проверить также стол, — добавила я. — Здесь тоже нет никакого подслушивающего и записывающего устройства. А что касается Святослава Груничева, то вы должны понимать, что он так и так разорвет с вами все деловые отношения, даже без железных доказательств вашей вины в убийстве его супруги.

— Ну это не факт, — покачал головой Кирилл. — По двум причинам. Во-первых, не он главный во всей системе, люди из Москвы решают, с кем иметь дело, а с кем нет. А во-вторых, он наконец-то узнает о тайной жизни своей жены. Ведь вы должны будете и об этом ему поведать? И в таком случае неизвестно, как он отреагирует. Может, он возненавидит ее даже после смерти и будет благодарен мне, что я избавил его от нее?

Кирилл вел себя достаточно хладнокровно, и, в общем, его аргументы можно было принять. Но у меня были другие задачи.

— Повторяю, я не заставляю вас подписывать чистосердечное признание, — сказала я. — Просто расскажите мне. Причем с тем, что случилось в Тарасове, мне практически все ясно. Стреляли, конечно же, не вы. Тот, кто стрелял, и расскажет. Меня интересует, что произошло в Самаре в прошлом году.

— Вас что, праздное любопытство одолело? По-моему, Груничев не заказывал расследование того, что произошло там.

— Оба события неразрывно связаны, — возразила я.

— А все-таки зачем вам это? — спросил Архипов.

— Для того, чтобы я могла спать относительно спокойно, не ломая голову и не придумывая вариантов, как там все произошло. Например, вы умышленно убили Сукристова или, может быть, это получилось случайно, в процессе, скажем, ссоры. Или, может быть, вы выстрелили, обороняясь? Мне просто интересно это знать.

Кирилл вздохнул, о чем-то подумал и в конце концов пожал плечами:

— Ладно, расскажу. Просто Шурик действительно достал. Все вроде бы поделили, разграничили, нет, нужно ему было лезть на рожон, что называется, захватывать новые рынки. Серьезные люди были его действиями очень недовольны.

— А вы, значит, выполняли волю этих самых серьезных людей?

— Не совсем. Мне он очень мешал в моем бизнесе, прямо как вы сейчас. У меня была тогда маленькая фирма электронных систем безопасности. Шурика я едва знал. И вот он заявляется и говорит — давай присоединяйся к нам, будешь под нами. А я ему, естественно, — с какой стати, у меня своя «крыша» имеется. Тогда он говорит — это все ерунда, потому что скоро будет номер один в городе по охране. Ну, бредовые идеи мирового господства толкает, короче, — усмехнулся Кирилл. — Я, конечно же, отказался и постарался довольно вежливо его послать. Но он не понял. Вернее, понял так, что я его обидел, наехал на него и прочее. Я по своим каналам в администрации прощупал — там Шуриком недовольны и жалеть о нем не станут. Менты вроде есть для прикрытия. Ну, я как-то пришел к нему в гости неожиданно — мириться. Мол, я все понял, давай объединяться, планы есть по расширению. Шурик обрадовался. Классно, говорит, я своих парней пошлю тогда к тебе на учебу по электронике. Меня аж передернуло, когда я представил, что придут его братки с тупыми рожами, будут тыкаться во все и спрашивать.

Я критически оглядела самого Кирилла, который внешне весьма напоминал описанных им братков. Тот поймал мой взгляд и ответил:

— Я давно, уже с девяносто шестого года, ни в каких таких делах участия не принимаю. Чего вы меня с ними сравниваете? Вы просто Шурика не знали! Его все равно кто-нибудь убрал бы. Он был сложно обучаемый и сложно управляемый тип. Такие, как правило, долго не живут.

— Хорошо, а в тот день как дело-то все же было?

— А как ты говоришь, так и было, — усмехнулся Кирилл, вдруг переходя на «ты».

— Вы приехали к Сукристову без звонка?

— А он простой парень, к нему можно было и без звонка. Тем более что незадолго до того я к нему типа мириться приезжал. Ну вот, открыл он дверь — нервозный какой-то, спрашивает, мол, чего приперся, дела у меня. Я только потом понял, что за дела у него... по квартире... в голом виде расхаживают. А сначала подумал, что в очередной раз у него что-то в башке замкнуло и сейчас он скажет, мол, давай оформляй свою фирму на меня или что-нибудь в таком роде. И решил, что пора с ним завязывать. Прямо сейчас и завязывать. Вот и все...

— И завязали? — уточнила я.

Кирилл ничего не ответил, только насмешливо на меня посмотрел. Действительно, Сукристов мертв, и ответ на мой вопрос вполне ясен.

— А Алена-то при чем оказалась? Она-то чем помешала? — выслушав эту часть рассказа Кирилла, спросила я.

— Нет, без вопросов, ее присутствие было очень даже к месту. А что — разве я Шурика грохнул? — задал риторический вопрос Кирилл. — Нет, Алена. Потому что меня никто не видел, а Алену — многие. Я сразу выяснил, кто она и что она. Визитка там валялась у Шурика с телефоном. Потом ребята подъехали в ее контору, разобрались с сутенером, тот адрес дал ее пензенский. Но там...

— Что было там, я знаю, — отрубила я.

— Короче, перекрылась она. Ну, в общем-то, и слава богу.

— Конечно, вас такой поворот устраивал, — согласилась я. — Подозреваемая есть, но в бегах. Прекрасно! Остальные автоматически отпадают.

Кирилл отмахнулся, глядя на часы.

— Так что, у вас больше нет ко мне вопросов?

— Но вы обещали рассказать все подробно, — напомнила я, надеясь за время рассказа что-нибудь придумать.

Кирилл вздохнул, посмотрел на меня так, словно хотел сказать «да на фига тебе эти подробности?», но тем не менее начал говорить...

* * *

Кирилл вынашивал решение устранить Сукристова в течение недели. За это время он успел узнать, что жена Александра Николаевича через ночь дежурит в больнице у отца, у которого случился инфаркт. Следовательно, Сукристов остается дома один.

Кирилл не хотел разбирательств с Сукристовым на бандитском уровне. «Забивать стрелу» означало, что о встрече будут знать очень многие. А он задумал провернуть дело так, чтобы исключить участие подручных Шурика. И никого из своих «шестерок» Кирилл подключать тоже не планировал. Решил все сделать сам. Недоброжелателей у Сукристова хватало, так что Кирилл не был единственным и неповторимым кандидатом на роль убийцы. Бандиты могут заподозрить в убийстве кого угодно. А с ментами все будет в порядке — в этом Архипов был уверен.

Стояла тихая летняя ночь. Кирилл припарковал машину недалеко от дома и вошел в подъезд. На его звонок дверь открыли не сразу. Сукристов выглядел слегка подвыпившим и вместе с тем нервным.

— Чего? — встретил он Кирилла недружелюбным вопросом.

— Да у меня там... проблемы кое-какие... — неопределенно ответил Архипов. — Обсудить бы. Причем срочно. Пройти-то можно к тебе?

Сукристов слегка помялся.

— Только ненадолго. А то у меня дела, — согласился наконец он.

Кирилл пошел в комнату. Он хотел достать пистолет сейчас и выстрелить Сукристову в затылок. Но Шурик пропустил его вперед и только после этого вошел сам. В комнате Сукристов сел в кресло, закурил и небрежным жестом указал Кириллу на диван напротив себя.

— Садись. Так, что за базар?

Кирилл принялся описывать несуществующие проблемы с «крышей» из администрации. Что там якобы узнали о его делах с Сукристовым и очень недовольны. Шурик нахмурился. С одной стороны, было видно, что он не доверяет Кириллу. А с другой, если сложилось все так, как тот говорил, то надо что-то делать, кого-то подключать.

— Ну, и чего ты хочешь? — выжидательно спросил Сукристов.

— Тебе надо самому поехать и разрулить с чинушами.

— Разрулить, говоришь? — снова нахмурился Шурик. — Ну ладно, поедем разрулим, не вопрос.

Он смотрел на Кирилла в упор пронзающим, почти гипнотическим взглядом. Архипов даже подумал, что Сукристов догадался о его намерениях. Сейчас достать пистолет было, конечно, можно, но Сукристов успеет среагировать. Кто его знает, что у него спрятано в карманах халата? Может, тоже оружие.

— С кем там говорить?

Кирилл назвал фамилию. Сукристов, по своему обыкновению, снисходительно хмыкнул.

— Завтра... Позвоню, устрою. Ладно, — Сукристов поднялся с кресла и проявил легкомыслие, стоившее ему жизни.

— Слышь, ты за рулем, что ли? — спросил он.
— За рулем, а что?
— Выпить не хочешь?
— Давай чуть-чуть, у меня в ментуре все схвачено, — махнул рукой Архипов. — Если и остановят, отбазарюсь.

Сукристов снова ухмыльнулся, словно говоря: «Ну, ты и жук, Архипов, все-то у тебя схвачено, а с проблемами к Шурику пришел!» И тут он повернулся к бару, и, открыв его, начал копаться внутри.

Кирилл, не мешкая, вынул пистолет, быстренько привинтил глушитель и нажал на курок. Сукристов сначала замер, а потом стал медленно валиться на пол, задевая уже не слушающимися руками за близлежащие предметы.

Архипов произвел контрольный выстрел и направился в прихожую. А здесь его ожидал сюрприз. Он увидел, что из ванной высунулось миловидное женское личико. Девушка, в накинутой на голое тело легкой одежде, смотрела на него в упор. Затем взгляд ее упал на труп. Глаза девушки расширились, в них отразился страх. Она сразу все поняла. Ее появления Кирилл совершенно не ожидал, поэтому впал в некое оцепенение. Чего нельзя было сказать о девушке. Она быстро метнулась к входной двери, на ходу подхватив свою сумочку с тумбочки в прихожей.

Кирилл опомнился и шагнул вперед, но было поздно: девушка уже скрылась, шаги ее раздавались где-то внизу. Расстояние от ванной до того места, где он стоял, было довольно большим, поэтому она и успела, быстро сообразив, что произошло, ускользнуть от Архипова. Преследовать ее на улице он не решился, понимая, что она тут же поднимет визг на всю округу и станет кричать о трупе в квартире. Он выглянул в окно и увидел, что девушка бежит по двору, прижимая к груди сумку. Сейчас она впрыгнет в первую попавшуюся машину и умчится прочь.

Кирилл быстро прикинул обстановку. Девчонка, скорее всего, обыкновенная проститутка. Задерживаться ему в квартире небезопасно, нужно сматываться отсюда поскорее. Взгляд его упал на стол. Там, возле телефонного аппарата, лежала визитка досуговой конторы «Ночная луна».

Вот и след отыскался, обрадовался Архипов. Девчонка работает, скорее всего, именно в этой конторе. Значит, есть шанс ее найти. Кирилл чуть успокоился, оставил визитку на столе и вышел из квартиры Сукристова, продолжив размышлять уже сидя в своей машине.

Итак, если девчонка никому ничего не станет рассказывать, то можно рассчитывать, что все обойдется. А если она, наоборот, поднимет шум по глупости? Если за ней в скором времени приедет сутенер и увидит труп, что тогда? Скорее всего, подумают, что проститутка Сукристова и грохнула. Непонятно, правда, зачем. Труп в квартире никуда не денешь. Если девчонку найдут и припрут к стенке, она, конечно, взахлеб будет твердить о нем, о Кирилле, описывая его как можно подробнее.

Значит, побыстрее нужно посылать ребят в досуговую контору для конкретного разговора. Это и было сделано. Так Кирилл узнал, что девчонка пропала неизвестно куда, что когда за ней приехал сутенер, то, кроме трупа хозяина квартиры, больше никого не обнаружил.

Вскоре Кирилл по своим каналам узнал, что милиция вовсю трясет «Ночную луну» — сработала визитка на столе, — и успокоился совсем. Его парнишки навестили Пензу, но по месту прописки девчонку не нашли. Ее мать даже не знала, где она и что с ней. Братки пасли квартиру, но так ничего и не выпасли. Кирилл решил, что девчонка и впрямь надежно куда-то скрылась. По крайней мере свистеть о происшествии она не собирается.

Постепенно он совсем успокоился и даже стал забывать о случившемся. Менты, воспользовавшись ситуацией, перетрясли бригаду Сукристова и половину его бандитов-охранников замели за те или иные прегрешения. Охранное агентство перешло в собственность людей, более устраивавших власть. В общем, наступила тишь да гладь.

* * *

— Тишь да гладь продолжалась до того момента, пока вы не приехали в Тарасов и не встретились со Святославом Груничевым, — продолжила я. — Точнее, пока не увидели Алену.

— Ну да, — кивнул Кирилл. — Я сразу ее узнал, хотя в первый раз видел всего несколько секунд. У нее лицо запоминающееся. Узнал, удивился, подумал, что ошибаюсь, но тут же убедился — это она. Потому что она испугалась. Она меня тоже узнала. Страх на ее лице был таким очевидным, что, по-моему, даже ее муж в тот момент как-то косо посмотрел. Она произнесла какую-то ерунду, и он успокоился. Потом я, естественно, попробовал с ней поговорить, но она сбежала моментально. Я ничего не знал о ней. Если бы она сказала, что обо всем забыла и не собирается ничего предпринимать против меня, я бы махнул рукой. Не собирался я убивать ее. И не убивал, — добавил он.

— А что же в ее поведении заставило вас натравить своих подручных? Ведь это они устраивали эти дурацкие нападения на Груничевых?

— Она повела себя как дура! Я только подошел, хотел поговорить, а она как заорет: «Не трогайте меня, отойдите, я все расскажу мужу!» Ну, я и отошел, чтобы шум не поднимать. А потом решил прощупать, что у нее на уме. Позвонил ребятам, они приехали, я объяснил, что нужно просто пугнуть, а потом проследить за ней, что делать станет. А она в ментовку отправилась.

— Вот как? — подняла я брови. Это явилось новостью для меня.

— Ну да. Ребята говорят, вышла из дому, пошла пешком, к крыльцу отделения подошла прямо... Они уже хотели остановить ее там, но она развернулась и обратно пошла.

— Не решилась, значит, — констатировала я.

— Да. Но меня это насторожило. Не решилась раз, могла решиться во второй. И тут уже стало не до экспериментов, не до выяснений, что у нее на уме. Я-то хотел, чтобы она, испугавшись, притихла, а она наоборот.

— Ну, кстати, можно было сразу же припугнуть ее тем, что расскажете мужу о ее «боевом» прошлом, — заметила я.

— Конечно! Но я же говорю, что мне не удалось с ней нормально поговорить! Тогда, при первой встрече на неофициальном мероприятии, я по ее поведению понял, что она меня и слушать не хочет. А если б послушала, все в порядке было бы. Я ей хотел сказать, что мне тоже лишние разговоры не нужны. Мол, ты молчишь про Сукристова, а я в ответ — про контору «Ночная луна». И все! Нет, крик подняла...

— Вам не кажется, что нападение на Груничевых в сквере было уже чересчур для того, чтобы просто припугнуть? — спросила я. — Ничего себе припугнуть, муж чудом в живых остался! Немудрено, что она перепугалась и хотела пойти в милицию.

Кирилл как-то снисходительно посмотрел на меня.

— Это было уже не предупреждение, — пояснил он. — Это было всерьез.

— То есть вы хотели убить Алену уже тогда? — догадалась я.

— Ну конечно, придумано было неплохо. Мужа избили до полусмерти, а ее кинули в машину и увезли неизвестно куда. Для ментов все бы выглядело как нападение неизвестных хулиганов или маньяков. Никому бы и в голову не пришло, что на нее специально охотились, потому что она в чем-то замешана в прошлом. Но не получилось, — с сожалением вздохнул он.

Что ж, мне все стало понятно. Не знала я только подробностей убийства Алены, но они мне были и не нужны. И так ясно: кто-то из парней Кирилла вооружился по его приказу пистолетом, а дальше все оказалось совсем просто. Место проведения презентации было известно заранее, о том, что там будет Алена, Кирилл тоже знал. Он обладал полной информацией, так как общался с Груничевым. А во время преступления он был среди гостей. Алиби железное.

Кирилл закончил свой рассказ и теперь спокойно смотрел на меня, словно хотел спросить: «Ну что, теперь ты довольна?»

Я была не совсем довольна, и в первую очередь собой. Ничего, что могло бы помочь доказать вину Архипова, я так и не придумала. За убийство Сукристова его не привлечь — никаких доказательств его вины нет, свидетельница мертва. Поэтому никто не станет извлекать дело из архива. С убийством Алены все еще сложнее. Даже если Груничев опознает остальных братков, они могут сказать, что просто похулиганили, и все. Но не убивали ни в коем случае. Скорее всего, так и скажут. И вряд ли дадут показания против Архипова.

В общем, дело представлялось весьма сомнительным в плане торжества справедливости и наказания виновных. Правда, лично я свою задачу выполнила — нашла заказчика убийства, хоть и без доказательств. Но для Груничева, по-моему, это не принципиальный момент. Так что гонорар свой я отработала.

Но душа у меня все равно была не на месте. И когда я возвращалась домой в Тарасов, меня постоянно грызло чувство неудовлетворенности. Незадолго до того мне позвонил Мельников и сообщил:

— Мы уезжаем в Тарасов.

— Кто «мы»? — уточнила я.

— Мы — я с помощником, Груничев твой и этот, кого Груничев опознал. Неофициально он уже раскололся, теперь надо его поскорее к нам в отделение доставить, и пусть уже официально показания дает, по протоколу. Сдает дружков своих и заказчика. Только после этого уже можно будет выделить ребят и снова ехать в Самару — забирать всех остальных.

Сообщение Андрея немного прибавило мне оптимизма, но не настолько, чтобы я уверилась в том, что Кирилла ждет заслуженное наказание. Как бы там ни было, домой возвращаться нужно было и мне. Дальнейшее пребывание в Самаре все равно ничего не давало.

В Тарасове я, приведя себя в порядок, приняв душ и отдохнув, позвонила Груничеву. Пора было представить ему отчет о проделанной работе. Разговор предстоял не из легких.

Встретились мы у Святослава дома, и там постоянно чувствовалось напряжение, вызываемое присутствием в квартире Ирины Александровны. Мать постоянно влезала в наш разговор, обращаясь к Святославу то с одним, то с другим. Но я взяла себя в руки и рассказывала по порядку всю правду об Алене, начиная с ее легкомысленного романа с бандитом Анатолием Клименко.

Выслушав меня, Груничев долго не мог прийти в себя. Особенно, разумеется, ему оказалась неприятна самарская часть биографии жены. Но я не стала его жалеть и выложила все. Состояние Святослава после этого можно было охарактеризовать как полный сумбур. Эмоции так и выплескивались из него, одни сменяли другие, и он никак не мог четко определить, что чувствует и что собирается делать. То он собирался идти разбираться с Кириллом, то сыпал ругательствами в адрес покойной жены, а в конце концов добился того, что в комнату вплыла Ирина Александровна и поинтересовалась, что происходит.

— Мать, закрой дверь! — нервно потребовал Святослав.

— Господи! Что же, я не могу поинтересоваться, что выяснила девушка? — обиженно спросила Ирина Александровна. — На кого ты так ругаешься?

— Тебя не касается, — с трудом сдерживался Святослав.

— Как это меня не касается? — продолжала недоумевать его мать. — А если тебя, не дай бог, убьют завтра — меня тоже не будет касаться?

— Да нет, уже не убьют, — успокоила я ее. — Все выяснилось... Виноват деловой партнер Святослава из Самары.

— Партнер? — недоверчиво переспросила Ирина Александровна и повернулась к сыну. — Вот, я тебе всегда говорила, что нужно быть осмотрительнее! Смотреть же на людей надо! А ты такой доверчивый.

Она покачала головой, а потом снова обратилась ко мне:

— Он что же, хотел убить Алену? Но зачем? Чем она ему помешала?

Я молчала, не зная, что сказать. Не хотелось брать на себя ответственность и рассказывать пожилой женщине то, что ее сын мог и не посчитать нужным говорить. Но тут вмешался сам Святослав:

— Ничем она ему не мешала. Он меня хотел убить, меня, понятно? Просто промахнулся.

— Но его посадили? — продолжала допытываться Ирина Александровна.

— Увы, нет, — развела руками я. — Но надеюсь, он все-таки понесет наказание.

— Это прямо удивительно! — поджала губы она. — Убил человека, чуть не убил моего сына — и на свободе? Что такое творится на белом свете?

Я не стала отвечать на ее риторический вопрос, мне предстояло договорить со Святославом и решить оставшиеся проблемы. Он понял это и посмотрел на мать:

— Мама, дай нам поговорить спокойно! Тем более что главное ты уже знаешь — больше волноваться не из-за чего.

Ирина Александровна развела руками, покачала головой, но вышла из комнаты, аккуратно прикрыв за собой дверь.

— Я, конечно, не думал, что так получится, — заговорил Груничев после того, как мы остались вдвоем. — Про Алену уж никак не мог такого подумать. Не знаю, как я теперь буду к ней относиться, что чувствовать. В общем, время покажет. Но вам я все равно благодарен за работу и должен рассчитаться до конца.

— Да мы с вами, собственно, в расчете, — пожала я плечами. — Ежедневные мои услуги вы оплачивали, текущие расходы тоже, а дополнительную премию я беру только тогда, когда дело разрешается весьма удачно для клиента. А у вас, мне кажется, не тот случай...

Груничев вздохнул, и его вздох лучше всего показал, что я права. На этом, собственно, нам предстояло распрощаться, а дальше действительно все расставит по местам время. Я была рада, что Святослав ни за что не затаил на меня обиды.

И когда ехала в своей «девятке» домой, настроение у меня было более-менее приподнятым. Но тут раздался писк мобильника. Я приложила трубку к уху, и в первый момент растерялась, не зная, радоваться мне или хмуриться. На связи был Анатолий Клименко.

— Привет, я в Тарасове. Ну что, есть новости? — с ходу спросил он.

Я немного помедлила и наконец сказала:
— Да.
— Так что же молчишь? Куда подъехать?

Я подумала и назвала находившееся неподалеку кафе «Сказка». Клименко уточнил, где это, и сказал, что будет через десять минут. К тому времени, когда я подъехала, он уже сидел за столиком, потягивая какой-то коктейль.

— Привет, — еще раз сказал он, когда я села рядом. — Ну как? Нашла этого?
— Нашла, — коротко ответила я.
— И что?
— И ничего, — вздохнула я и принялась рассказывать всё по порядку.

Клименко слушал, чуть прищурившись и что-то прикидывая в уме.

— Так что посадить его вряд ли удастся. А если получится, то очень ненадолго, — закончила я.

— Ну и что? — искренне удивился Анатолий. — Кто вообще говорит про «посадить»? Ты что же, думаешь, других способов нет рассчитаться?

— И как же я с ним должна рассчитываться?

— А никак. Это другие сделают. А тебе спасибо за наколку.

Клименко протянул мне руку, я машинально пожала ее, думая, что теперь Кириллу трудненько придется. Клименковские ребята не дадут ему жить спокойно.

Анатолий же после разговора явно повеселел. Он сидел, покручивая на пальце ключи от машины, посвистывал и о чем-то размышлял. Потом он спросил:

— Ну а где живет этот-то? Муж Аленкин?

Вот уж чего мне сообщать Толяну совсем не хотелось! Я понимала, что Святослав вряд ли будет рад встрече с ним, да и неизвестно, чем для него закончится. Клименко — парень неуправляемый, мало ли как у него в мозгах может переклинить. Поэтому я тут же сказала:

— А что ты хочешь? Узнать, где находится могила Алены? Я сама могу тебе объяснить. К тетке можешь съездить. А мужа Алениного все равно в городе нет, он в командировку уехал, я только что с его автоответчиком говорила.

— К тетке, говоришь? — барабаня пальцами по столу, сдвинул брови Анатолий. — Можно и к тетке... Давай адрес.

Я продиктовала адрес тетки, который мне дала

Татьяна Анатольевна, после чего Анатолий поднялся и сказал:

— Ладно, пока. Пора мне.

— Удачи, — коротко откликнулась я.

Эпилог

Через пару дней после завершения этого расследования напомнил о себе Мельников. Я уже и сама собиралась позвонить ему и спросить, что там с тем парнем Кирилла, которого взяли в Самаре и привезли в Тарасов. И что вообще предпринято дальше.

— Ну что, даже не знаю, обрадую тебя или нет, — начал Андрей. — В общем, приятелей своих парень сдал. И имя заказчика назвал — некто Архипов, как ты и предполагала. Осталось только поехать и забрать их всех скопом в Самаре. Ну, поехали наши ребята. Бандюганов взяли без проблем, а вот с Архиповым накладка вышла...

— Какая накладка? Он сбежал? Нанял дорогого адвоката и обезопасил себя? Нашел каких-то левых свидетелей? — забросала я Мельникова вопросами.

— Погоди, погоди, — остановил меня Андрей. — Ну каких свидетелей, что ты говоришь! Просто убили его...

Ах, вот оно что... Значит, все-таки случилось... И так скоро.

— Расскажи мне, как там все произошло, — попросила я Андрея.

— Ну что... Кирилл Архипов был застрелен из пистолета при выходе из подъезда собственного дома, — спокойно отрапортовал Мельников и добавил: — Как это часто у них, братков, водится.

— Понятно, — проговорила я. — Киллера, конечно же, не взяли.

— Почему же? — даже как-то обиделся Мельников. — Очень даже взяли. Его, собственно, и брать-то не пришлось — он рядом с Архиповым лежал.

— Как это? — воскликнула я.

— А так. Архипов не сразу умер. Во-первых, стрелявший киллером-профессионалом не был, а во-вторых, пьян был здорово, экспертиза показала. Так вот, Архипов сумел достать из кармана пистолет и выстрелил прямо в лицо нападавшему — тот зачем-то подошел к нему, нагнулся... Проверял, может быть.

— А личность его установили? — спросила я, уже предвидя ответ.

— Да, — ответил Мельников. — Личность, кстати, в определенных кругах известная. Некто Анатолий Клименко, бывший криминальный авторитет. Так что можно радоваться — нам работы меньше по делу Груничевой. Будем крутить тех, что в Самаре взяли, приятель-то их во всем сознался. Они и ответят. А Архипов... Сама понимаешь, там доказать что-то сложно было. Он же сам не стрелял. А тот, кто стрелял, теперь у нас сидит.

— Да, — сказала я. — Тебя, значит, можно поздравить. В том, что дело будет успешно завершено, я теперь не сомневаюсь.

— Ну, тебе тоже горевать нечего, — отозвался Мельников. — Ты свое дело уже успешно завершила.

И, еще раз поздравив друг друга, мы распрощались с Андреем. Он, видимо, побежал, почесывая руки от нетерпения, раскручивать самарских братков, а я, присев в кресло, задумалась.

Нет, Клименко не промазал случайно. Он нарочно стрелял так, чтобы Кирилл еще какое-то время после выстрела жил. Совсем недолго, только чтобы времени хватило на короткий разговор с ним. И подошел он к Архипову не случайно. Хотел посмотреть в глаза убийце своей бывшей девушки, хотел что-то сказать ему — наверное, объяснить, за что тот погибает, за что расплачивается. Но... расплата так или иначе настигает каждого. Вот и Анатолий, взявший на себя убийство, получил пулю. Все закономерно.

У меня, в отличие от Мельникова, настроение было не столь приподнятое. Много неприятного оказалось в этом деле, особенно все тайны прошлого, затронувшие многих людей.

Но как бы там ни было, а дело завершено, виновные наказаны. Все, в общем-то, так, как я и хотела. И я запретила себе всяческие переживания на эту тему. Каждый выбирает свой путь и должен предвидеть, куда он может привести.

Охотник на знаменитостей

ПОВЕСТЬ

Глава 1

Я вертела в руках приглашение, в котором компьютерным способом были напечатаны следующие слова:

«Юбилей заслуженного артиста России Александра Пономаренко. Праздничное мероприятие состоится 20 октября в 17.00 в здании оперного театра».

Внизу была приписка собственной рукой юбиляра: «Таня, приходи пораньше, поболтаем».

Я не возражала насчет того, чтобы поболтать. С Александром Ивановичем мы не виделись уже почти год, даже странно, что он вспомнил обо мне и пригласил на праздник.

Если быть скрупулезной, как дятел, то день рождения великого тенора выпадал на пятнадцатое сентября (надеюсь, память мне не изменяет). Однако торжества по этому поводу продолжались, и как раз сегодня представители городских учреждений культуры и общественности чествуют юбиляра. Вечер будет состоять из двух частей: торжественной и развлекательной. В течение первого часа чиновники разных рангов будут заверять Александра Ивановича в том, что он гениальный артист и гордость России, что культурная жизнь города невозможна без звучания его голоса и что пятьдесят лет — это не возраст и жизнь только начинается. Затем состоится премьера нового музыкального спектакля с известным названием — «Ромео и Джульетта», где Пономаренко будет исполнять партию брата Лоренцо. Для тех, кто уже забыл, в чем суть, напомню: брат Лоренцо был монахом, который покровительствовал двум влюбленным и стремился помочь им воссоединиться для вечной любви. Только организовано это было не слишком тщательно, в результате чего Ромео отравился, а Джульетта покончила с собой при помощи холодного оружия. В общем, уже несколько столетий народ льет слезы по двум несчастным, которые погибли так глупо.

С Пономаренко я познакомилась года три назад на презентации, которую устроил супермаркет «Золотое руно», где Александр Иванович должен был тешить гостей исполнением арий из опер. Я так и не оценила бзик, втемяшившийся в серое вещество устроителей вечеринки. Обычно на подобные мероприятия приглашают какую-нибудь поп-команду, девушек из кабаре с голыми лоснящимися ногами, растущими прямо из-под мышек, или местного Жванецкого, но не человека, который всю свою сознательную жизнь академическим голосом пел арии из опер. Получилось так, как и должно было быть: народ скучал, взирая на сияющее лицо человека, который был уверен в том, что доставляет несравненную радость господам, которые не могли отличить ноту ля от выражения про «твою мать». Все облегченно вздохнули, когда Пономаренко закончил свое выступление под жиденькие поносные аплодисменты, и с оживлением беглых гладиаторов под предводительством Спартака ринулись к столу. Александра Ивановича сие отношение совершенно не смутило, он с радостью опустил во внутренний карман черного фрака конверт со стодолларовой бумажкой и присоединился к участникам банкета. Мы очутились рядом за столом, и вскоре завязался самый непринужденный разговор. Пономаренко оказался жизнерадостным и словоохотливым мужичком, который тут же признался в том, что не устоял перед моими совершенными формами и благородным профилем принцессы Дианы. Честно говоря, я не думаю, что чем-то похожа на ее высочество, но сравнение мне польстило. Артист предложил продлить наши дружеские отношения на этой же неделе, что заставило меня рассмеяться на весь зал, и это немедленно приковало к нам внимание. Лица манекенов в дорогих вечерних костюмах словно по команде повернулись в нашу сторону, заставив виновников инцидента краснеть и хлопать глазами. Это продолжалось недолго. Александр Иванович вскоре продолжил упражнения в своих шуточках, и, надо признаться, мне было весело.

Мы много танцевали и пили шампанское. Вернее, пила я, потому что Пономаренко сослался на слабое сердце и старательно воздерживался от спиртного. К концу вечера актер и детектив обменялись телефонами и пообещали радовать иногда друг друга своим присутствием.

— Здравствуйте, — услышала я голос, прозвучавший совсем близко.

Ко мне подскочил кругленький человечек с заметным брюшком и в очках, похожих на иллюминаторы морского лайнера. Представительская карточка доверительно сообщала, что со мной разговаривает не кто иной, как администратор театра Федор Иванович Федоров. Интересно получилось — Федор Федоров. Бывает же такое!

— Как мне пройти к Александру Ивановичу? — спросила я. — Он должен меня ждать.

— Пономаренко у себя! Готовится к мероприятию... Если вы хотите пройти к нему в гримуборную...

Комната, принадлежащая Пономаренко, находилась по правой лестнице, в глубине коридора, заставленного элементами декораций к различным спектаклям. Среди многочисленных нагромождений можно было потеряться и блуждать много дней, как Гензель и Гретель в колдовском лесу.

В последнее время директор предлагал Александру Ивановичу занять другую комнату, но тот отказывался, уверяя, что за долгие годы работы в театре привык к этой гримуборной. Тяжело расставаться со старыми друзьями.

Я с трудом дефилировала по темному тесному коридору, задевая плечами фанерные заготовки для декораций, рискуя безнадежно испортить светло-коричневый костюм, надетый специально по случаю большого праздника. Если сюда нагрянут пожарники с инспекцией, то администрации не избежать крупного штрафа.

Я постучалась.

— Входите!

Александр Иванович сидел перед старинным дубовым столом и рассматривал себя в зеркале. Полное лицо со слегка отвисшими щеками, гладко выбритое. Серые глаза с набухшими веками серьезно оценивали собственную внешность. Гримерная была небольшого размера, примерно два с половиной на два метра. У дальней стены примостился стол с трехстворчатым зеркалом, над которым, словно хищная птица, нависала лампа подобие настольной. Еще выше висела старая истрепанная афиша, на которой Пономаренко был изображен в роли короля Лира. Рядом на гвоздике поместилась когда-то белоснежно-белая маска смеющегося паяца с грязноватыми пятнами по краям.

— Танечка! — обрадованно воскликнул тенор, излишне торопливо вскакивая со стула и бросаясь ко мне с воодушевлением пятилетнего ребенка. — Как я рад тебя видеть, ты даже не представляешь!

Мы чмокнули друг друга в губы. Пахнуло одеколоном «Спартак» и губной помадой.

— Проходи... Вот моя святая святых — гримерная, в которой я готовлюсь к спектаклям в течение почти двадцати лет. Сколько грима я наложил на свои щеки — ты даже не представляешь, — несколько бочек! Как ты думаешь, мне загримироваться сейчас или непосредственно перед спектаклем?

Я пожала плечами.

— А как положено?

— Так черт его знает, как быть сегодня. Думаю, в первом отделении мне еще можно побыть самим собой. Затем будет перерыв минут двадцать или тридцать, и, мне кажется, я успею наложить грим.

— Да, пожалуй, так будет лучше, — сказала я. — Кого будете развлекать сегодня?

Пономаренко махнул пухлой рукой.

— Директор решил собрать весь город. Отдел культуры будет в полном составе. Новый мэр, губернатор. Хорошо, что из Москвы никто не приехал, с ними хлопот не оберешься. Потом будет банкет. Не забудь, ты сидишь рядом со мной.

Вот жук. При живой-то жене!

— Что по этому поводу скажет ваша супруга? — усмехнулась я.

Александр Иванович игриво подмигнул мне.

— Ничего не скажет. Она немного приболела и прийти не сможет, я же не собираюсь устраивать откровенный флирт на публике. Просто мне приятно твое общество, к тому же увереннее себя чувствуешь, когда рядом настоящий частный детектив.

Снаружи послышался какой-то грохот, словно при съемках фильма «Назад в будущее» рухнуло фанерное здание городского суда. Проходящий по коридору человек задел плечом кусок декорации. В дверь гримерной осторожно постучали.

— Можно! — крикнул Пономаренко.

Снаружи молчали.

— Танечка, миленькая, посмотрите, кого там ангелы принесли на своих крыльях.

Я подошла к двери, откинула тяжелую бязевую портьеру, прикрывавшую дверной проем, и взялась за массивную ручку времен Екатерины Великой.

В полутемном коридоре виднелась фигура Федора Ивановича Федорова. Он держал в руке букет цветов.

— Заходи, Федор! — кивнул Пономаренко.

Администратор шагнул через порог.

— Букет от губернатора. Извиняется, что не может быть на празднике — срочные дела.

Цветы легли на стол.

— Слава богу, одним меньше! — весело провозгласил тенор. — Однако не ожидал от первого мужика в губернии такой галантности.

— Как ваше самочувствие? — осведомился Федор Иванович.

— Ты что имеешь в виду, старый жук? Я запасся всем необходимым: валидолом, корвалолом, нитроглицерином — всего вдоволь. Пономаренко еще споет для вас! Два инфаркта — это ерунда. Это еще не показатель!

— Если серьезно, как ваше сердце? — встревоженно спросила я. Вот будет номер, если юбиляру станет плохо. Я, конечно, понимаю, что настоящий артист должен умереть прямо на сцене, но не в такой же день.

— Нормально! — весело махнул рукой Александр Иванович. — С утра хорошее настроение, только от выпивки мне придется воздержаться. Ничего страшного, главное — чтобы гости были довольны.

Я запустила руку в сумочку и извлекла на свет гадальные кости.

— Хотите, я вам погадаю?

— О! Знаменитые кубики госпожи Ивановой! Охотно послушаю, о чем они сообщат! — жизнерадостности Пономаренко не было предела.

Гримерный столик был таких небольших размеров, что на нем не уместилась бы даже пачка сигарет «Прима». Я сдвинула в сторону продолговатую коробочку с гримом и бросила кубики.

13+30+8. «Внимание! Рядом неизбежное горе, и оно не заставит себя долго ждать».

Я растерянно смотрела на кости, не решаясь сообщить о результате броска.

— Что? Что там выпало? — весело задергал подбородком Александр Иванович.

Я облизнула верхнюю губу и проговорила:

— Ничего особенного...

Признаться, я растерялась. Выложить все это моему собеседнику — значит испортить ему настроение. В конце концов, неведение — это благо. Отсутствие плохих новостей — само по себе хорошая новость.

— Ну что?! Что это все значит?! — теребил меня за рукав Пономаренко. — Не томите, Танечка! Вы же знаете, как я хочу узнать о своей судьбе!

Я кивнула.

— Все в порядке... Только вам надо будет последить за своим здоровьем. Обязательно. Вы меня поняли?

Александр Иванович не раздумывая вручил мне свою судьбу.

— Конечно! Я сделаю все, как вы скажете! Где тут мой валидол?

Висящий на стене динамик, смотревший на нас

своими белесыми решеточками, покрытыми слоем пыли, зашипел, и я услышала голос:

— Александр Иванович! Приглашаем в зал — пора встречать гостей!

— Пора... Пошли, Танечка, надо спешить соблюсти этикет.

Выходя из комнаты, я провела рукой по свисающей портьере. Зачем она здесь? Вся гримерная завешана бязью. Пылесборник, да и только.

Торжественная часть началась на седьмой минуте шестого часа. Как объяснил мне когда-то Александр Иванович, такова была примета.

Зал аплодировал Александру Пономаренко, когда он вышел на сцену и долго раскланивался перед собравшимися.

Затем он занял место в кресле польского производства, обшитом коричневым гобеленом в цветочек, и приготовился слушать приветственные слова.

Я сидела в двадцать первом ряду с самого края, рядом с солидным дядей в костюме в мелкую клеточку. Содержание речей можно было предсказать заранее, для этого совсем не обязательно быть пророком.

Открыл торжественную часть директор театра Марк Израилевич Финдельман, плотный мужчина в очках в тонкой итальянской оправе. Он был краток, объяснив присутствующим причину собрания, о которой те вряд ли догадывались, и почти тут же передав слово гостям.

Умно поступил. Я не особенно вслушивалась в слова, больше разглядывая обстановку, но с усердием девочки-первоклассницы принимая участие в аплодисментах.

Больше всего мне понравился момент, когда мэр города после краткой речи почти незаметно вручил юбиляру конверт, о содержании которого было нетрудно догадаться.

Деньги — это замечательно. Только почему это проделано так стыдливо? Наверное, не слишком достойная сумма для такого человека, как Пономаренко.

Александр Иванович переминался с ноги на ногу, не зная, куда деть этот самый конверт. Наконец засунул его во внутренний карман фрака и успокоился.

Впрочем, добрая половина собравшихся едва ли поняла, что произошло.

Торжественная часть закончилась длительными рукоплесканиями. Они так долго не смолкали, что пришлось вмешаться директору театра.

— Господа! Простите, друзья... — игриво начал Марк Израилевич.

Смех в зале.

— Нас ждет спектакль! Премьера! Давайте позволим нашему дорогому юбиляру отправиться в гримерную и приготовиться к действию. Все остальные актеры уже готовы. Просим отпустить Александра Ивановича. Мы встретимся минут через двадцать. Антракт.

Публика поднялась с мест и отправилась на коллективный перекур. Я встала с места, чтобы пропустить выходящих. При ближайшем рассмотрении можно было понять, что среди присутствующих в зале людей истинных ценителей оперного искусства было немного. Большая часть оказалась в театре, повинуясь моде присутствовать на престижных мероприятиях города.

Я снова уселась на свое место и продолжала разглядывать обстановку.

Перерыв подходил к концу.

Я взглянула на часы: восемнадцать двадцать. Сейчас зазвучит увертюра и начнется спектакль.

Странно, но дирижер вовсе не торопился взмахивать своей палочкой.

Я снова взглянула на часы: девятнадцать тридцать. Почему задержка?

Директор театра Марк Финдельман сидел в третьем ряду с края. Я увидела, что к нему подскочил Федор Иванович Федоров и что-то проговорил прямо в ухо. Директор поднялся и поспешил к выходу из зала. Я проводила его взглядом, затем тоже встала и пошла следом.

Возле гримерной комнаты Александра Пономаренко собралась кучка народа. Собравшиеся перешептывались друг с другом, вытягивая шеи.

Это мне совершенно не понравилось. Я бесцеремонно растолкала тех, кто стоял на моем пути, и ступила на порог гримерной комнаты.

— Не входите сюда! — предупредил Марк Финдельман. — Федор Иванович, вызывайте милицию...

Я не послушалась. Подойдя ближе, я увидела сидящего на стуле Александра Ивановича Пономаренко, на лицо которого была надета маска улыбающегося паяца. Она была выполнена из папье-маше и изображала смеющуюся рожицу.

Правая рука тенора безжизненно свисала вниз.

Глава 2

Я схватила руку Александра Ивановича и попробовала нащупать пульс.

— У него мог быть сердечный приступ! — сказала я. — Пульс не прощупывается!

В комнату, расталкивая собравшихся, ворвался Федоров.

— Мы вызвали «Скорую помощь», милицию! Что будем делать со спектаклем?

Директор театра покачал головой:

— Наверное, придется отменять. Премьера провалилась.

— Надо же, столько зрителей собралось.

— Забудьте про спектакль. Человек умер, — мрачно произнес Финдельман.

Я сдернула с лица Пономаренко смеющуюся маску. Глаза Александра Ивановича были безжизненны. Я снова попыталась нащупать пульс. Может быть, ему еще можно помочь? Чудес не бывает, но если попробовать?

— Помогите мне...

Трое мужчин осторожно сняли тело со стула и уложили на пол.

— Надо подложить что-нибудь под плечи.

Федоров беспомощно завертел головой.

— Сдергивай портьеру! — кивнул Марк Израилевич.

Администратор потянул на себя ткань, украшавшую стену гримерной. Послышался звук разрываемой материи, и огромный кусок оказался в его руках. Воздух наполнился удушливой пылью, сохранившейся еще с девятнадцатого века.

— Откройте же окно! — рявкнул директор.

Федоров тут же бросился исполнять.

Вскоре свернутый валик был подложен под плечи Александра Ивановича, голова повернута набок.

Я сложила руки ладонь на ладонь и принялась делать ритмичные нажимы на грудную клетку. Собравшиеся внимательно наблюдали за этой процедурой.

Прошло минут десять. Я вся взмокла, но Пономаренко не подавал признаков жизни.

— Приехала бригада «Скорой помощи»!

В гримерную в сопровождении администратора Федорова вошли два врача в белых халатах. В руках одного из них был квадратный черный чемоданчик, другой с трудом нес какой-то замысловатый аппарат.

Врач нагнулся над телом и принялся прощупывать пульс.

— Какие-нибудь меры принимали?
— Пытались сделать массаж. Или как это называется...
— Прошу всех выйти!

Толпясь и натыкаясь друг на друга, собравшиеся стали выбираться из гримерной. Я не торопилась уходить. Бросив взгляд на гримерный стол, я увидела лежавшую на его поверхности газету бесплатных объявлений, сложенную вдвое. По-моему, до начала мероприятия ее не было! Или я ошибаюсь? Да нет, точно. Я бросала кубики на столе, и никаких газет не лежало.

Я схватила газету со стола, словно это была моя собственность, к тому же представлявшая большую ценность.

— Скорее! Выходите!

Дверь закрылась.

— Скоро милиция прибудет? — спросил Финдельман.
— Мы позвонили. Ждем.

Показался Федоров. Он успел побывать в зрительном зале.

— Что делать будем? Публика уже волнуется.
— Отменять. Принесем свои извинения и вернем билеты.

Дверь в гримерную открылась, и показался врач.

— Милицию вызывали?
— Что...
— Он мертв.

Следственная группа приехала через несколько минут. Что делали молодые ребята в штатском в гримерной Пономаренко, увидеть не пришлось. Тело увезли в отделение судмедэкспертизы, а комнату опечатали.

* * *

Вернувшись домой, я развернула на столе газету, которую обнаружила в гримерной комнате Александра Ивановича.

Она была датирована четвертым октября и вышла за две недели и два дня до сегодняшних событий. Если бы у меня было время осмотреть гримерную, то наверняка появились бы какие-нибудь мысли. Но нет! Вездесущая милиция уже сделала это за меня, не поставив в известность о положении дел. Могли бы и поделиться информацией.

Хотя почему я так страдаю? У меня есть Расторгуев, который не даст пропасть в трудную минуту. А в прокуратуре работает Андрей Мельников. Если уж он не поможет — тогда, что называется, намыливай веревку.

Однако вернемся к печатному изданию.

Первая страница изобиловала рекламой товаров, представляемой супермаркетами и просто магазинами. Вторая была немного скромнее. На ней-то я и увидела объявление о юбилейном вечере Александра Пономаренко в помещении оперного театра. Оно почему-то было обведено красным фломастером. Интересно, зачем?

Я продолжала внимательно всматриваться в страницу. Ну к чему, позвольте вас спросить, Александру Ивановичу нужно было выделять это объявление? Подобные сообщения печатались во всех городских изданиях. Почему именно газета бесплатных объявлений? Непонятно.

«Лопушок» был обведен очень старательно. Линии были прямыми и четкими. Как-то по-женски.

Чушь какая-то.

Я листала страницу за страницей, поплевывая на указательный палец правой руки.

Что такое?

На пол слетел какой-то листок, затаившийся между страниц и случайно выпавший.

Я нагнулась и подняла его.

Купон бесплатного объявления. Почему-то не отправленный в газету.

Сообщение предназначалось для рубрики «Послания» и выглядело очень странно:

«ПЕВЦУ:

Забудешь про триумф крылатый,

Когда настанет час расплаты.

ТОТ, КТО ТРЕБУЕТ ОТВЕТА».

Я снова представила себе сидящий на стуле труп со смеющейся маской на лице. Что это была за маска? Она не имела отношения к спектаклю. И потом, эта поза. Когда у человека случается сердечный приступ, он опускается на диван, на кровать, на пол, в конце концов. Ему удобнее лечь, чем сидеть, полусогнувшись, на стуле. Такое впечатление, что тело усадили и придали ему устойчивое положение.

К тому же эта жуткая маска. Именно она не давала мне покоя.

Труп смеется тебе в лицо. Это сделано с умыслом? Или нет?

Трудно представить, что Пономаренко почувствовал сердечный приступ, надел на себя маску паяца и тихо скончался, сидя на стуле.

ТОТ, КТО ТРЕБУЕТ ОТВЕТА.

Какого ответа? Что это значит?

Я снова и снова перечитывала послание. Почему его не отправили в газету? Забыли? Не было времени? Что это за игра такая?

Я извлекла на свет гадальные кости.

Бросок. 13+30+4. «Вы раздосадованы невозможностью схватить то, что было близко от вас и что так неожиданно отдалилось».

Раздосадована — не то слово! Я просто вне себя от бешенства. Мое предыдущее предсказание сбылось так скоропалительно, что у меня просто слов нет — одни буквы. И почему я вдруг успокоилась, сидя в зрительном зале? Что мне стоило сопроводить Пономаренко в гримерную и проследить за тем, как он будет готовиться к спектаклю? Может быть, ничего не случилось бы?!

Я тут же вспомнила об одном лекарстве, в котором нуждается целый ряд больных, даже те, которые страдают отнюдь не сердечной болезнью. Применяется оно в виде аэрозоля. Пшикни такой препарат сердечнику, и это спровоцирует инфаркт. А там и до летального исхода недолго лететь. Отсюда вывод — смерть Пономаренко могла быть не случайна. Это не просто сердечный приступ, это...

...Убийство?!

И кто же таинственный «ТОТ, КТО ТРЕБУЕТ ОТВЕТА»?

Глава 3

Входной звонок прервал мои размышления. Я подошла к двери, посмотрела в «глазок» и, не колеблясь, открыла.

— Танька, привет!

Воздушное пространство коридора тут же наполнилось сладковатым запахом духов «Анаис». Из всех моих знакомых их использовала для привлечения мужских особей только одна женщина — Светлана Савельева.

В течение последних двух лет Светка была, что называется, богатой невестой. Еще бы, обладательница такой антикварной редкости, как талисман, некогда принадлежавший царю Дарию, вполне заслуживала титула Мисс Состояние.

Честно говоря, Светлане пора было подумать о замужестве, потому что годы, как вы знаете, летят и некогда нам оглянуться назад. Поэтому спустя год моя подруга стала потихоньку прислушиваться к предложениям и подумывать о том, чтобы передать свое тело в надежные руки. С этим важным вопросом она почему-то стала обращаться ко мне.

Вот и на этот раз она переступила порог моей квартиры в неизменной норковой шубке и сделала очередное заявление:

— Таня, я хочу познакомить тебя с одним хорошим человеком.

Началось, подумала я про себя.

— И кто же этот счастливчик? — спросила я.

— Его зовут Павел, он работает в акционерном обществе «Доходный дом».

И как эти молодчики находят такие шикарные места?

— И что требуется от меня?

— Нас с тобой приглашают на ужин в ресторан. Посидим, поговорим, а я прошу тебя присмотреться поближе к Павлику и сказать свое мнение.

Надо же, мое мнение, оказывается, кого-то еще интересует.

— И когда наступит этот счастливый момент?

— Все зависит от твоих возможностей. Когда у тебя свободный вечер?..

Глава 4

Прощание с Александром Пономаренко было назначено на двадцать третье октября. Гроб, обитый черным бархатом, привезли в театр и установили в фойе. В три часа дня подъедет бригада, которая организует похороны, и процессия отправится на кладбище.

С десяти утра жители города приходили в театр, чтобы попрощаться со знаменитостью. Цветы и венки благоговейно укладывались у ног артиста, люди всматривались в изменившееся лицо, вздыхали и отходили в сторону.

Я припарковала машину на платной стоянке в ста метрах от оперного, заплатила пять рублей и направилась в театр, где торжественно возложила букет черных роз. С самого утра я специально искала по торговым точкам именно черные розы, и мне повезло.

Я огляделась. Народу было море. Поискав глазами, я увидела супругу покойного Татьяну Николаевну, стоящую поодаль в черной вуали в крупную клеточку, прикрывавшей половину лица. Она принимала соболезнования знакомых, изредка приподнимала краешек вуали и промокала глаза белоснежным платочком.

Татьяна Николаевна была красивой женщиной, с чертами лица, как у королевы Марго. Под левым краем нижней губы виднелась родинка размером с просяное зернышко.

Мы не были лично знакомы с супругой Александра Ивановича, счастье знать о существовании друг друга выпало лишь на мою долю. Это случилось потому, что частный детектив не мог позволить себе быть в неведении о близком окружении знаменитого тенора.

— Здравствуйте, Татьяна Николаевна, — я как бы случайно оказалась рядом. Женщина кивнула, ее губы едва шевельнулись. Мне не терпелось узнать о медицинском заключении, то есть что именно написали эксперты в бумажке, которая в народе именуется справкой. — Меня зовут Татьяна. Мы были знакомы с вашим мужем, в смысле — иногда общались по вопросам культуры и искусства.

Ничего другого мне в голову не пришло.

— Татьяна Иванова, частный детектив? Александр рассказывал мне про вас.

Надо же. И когда успел...

— Каковы результаты экспертизы? — спросила я.

— Ишемическая болезнь сердца.

— И все? — В моем голосе слышалось разочарование народа реформами демократов.

— А что еще? — Глаза женщины смотрели недоуменно.

Действительно, что еще...

Я покачала головой.

— Все не так просто. Мне кажется, его смерть была не случайной.

— Но заключение экспертизы! Согласно ему мой муж умер от сердечного приступа.

— Слишком странный приступ. Человек почувствовал себя плохо, напялил на лицо маску паяца, уселся на стул, чтобы не свалиться, и тихо скончался. Так не бывает.

О странном объявлении в газету я не стала говорить. Рано обнародовать тайны, которые еще не раскрыты.

— Что вы хотите сказать? — с настороженностью пугливого котенка спросила вдова.

— Мне кажется, произошло убийство...

Татьяна Николаевна молчала, обдумывая мои слова. Зерно сомнения было посеяно, надо ждать всходов.

— Вы уверены в этом?

Честно говоря, половина на половину. Но вслух я этого произносить не стала.

— Конечно, уверена! Слишком странные обстоятельства, вам это не кажется? Нам с вами будет полезно знать правду. Что вы думаете по этому поводу?

— Какую правду? — устало произнесла женщина. — Нужна ли она, эта правда?

Я поняла, что сейчас не самый подходящий момент, чтобы давить на свидетеля, и решила отпустить поводья.

— Мне хотелось бы поговорить с вами вечером. Сегодня это можно будет сделать?

Татьяна Николаевна покачала головой:

— Н-нет... Сегодня не стоит.

— Тогда завтра?!

Можно подумать, что мне больше всех надо.

— Пожалуй, завтра...

— Часиков в семь?

— Д-да, приходите.

— Огромное вам спасибо, — закивала я. — Значит, завтра в семь я буду у вас.

— Запишите адрес. Улица Ново...

— Не надо. — Было бы непростительно детективу не знать маленькие тайны больших людей. — У меня уже все записано.

Сквозь вуаль на меня внимательно смотрели два карих глаза. Не надо быть Нострадамусом, чтобы понять, что вдова была в шоке от моей наглости. Однако вслух она ничего не стала говорить. И это правильно.

Я обернулась, почувствовав, что за мной наблюдают. Называйте это женской интуицией, шестым чувством, паранормальным явлением, бзиком и так далее, но я вам скажу, что уже давно научилась чувствовать кожей, откуда исходит опасность. Правда, это срабатывает не всегда. Почему-то.

На меня пристально смотрела молодая женщина лет двадцати восьми. Я давно уже научилась определять возраст на вид. Что значит квалификация!.. Скоро буду с точностью до одного часа вычислять дату рождения по форме ушей.

Во внешности особы было что-то знакомое. Что именно, я не поняла. Наверное, мы где-то встречались, только не помню, где, зачем и при каких обстоятельствах. За мою уже довольно солидную практику частного детектива я повидала столько людей, таких разных, что можно садиться за труд по психологии.

Девушка тут же отвела глаза, повернулась и пошла к выходу. Я проводила ее взглядом, отметив про себя спортивную походку, развитую фигуру и походный стиль одежды. На незнакомке были джинсы фирмы «Levi's», серый шерстяной свитер и когда-то белоснежные кроссовки. В руках ничего не было, кроме свернутого легкого плаща, слегка забрызганного грязью.

Глава 5

Ровно в семь часов вечера я звонила в дверь квартиры номер двадцать в доме по улице Новокузнецкой.

Дверь открыла Татьяна Николаевна. Она была одета в вечерний костюм, будто собиралась на светский раут. Светло-каштановые волосы рассыпались по плечам.

Я поняла, что этот стиль одежды предназначался для меня, и стало немного неловко за свои несколько потертые джинсы и легкий пуловер. Ну и что такого, в конце концов? Не в смокинге же ездить по городу в машине.

— Входите...

Я уселась на диванчик, поверхность которого просела под моей тяжестью. Мне тут же захотелось попрыгать на нем, хохоча от радости, но пришлось взять себя в руки. Обшивка была основательно вытерта, причем в одном месте. Там, где чаще всего садились.

— О чем вы хотели поговорить? — спросила Татьяна Николаевна.

— Я не верю, что Александр Иванович умер от сердечного приступа.

— Но заключение экспертизы...

Я не сдержалась и раздраженно махнула рукой. Уже и нервы ни к черту.

— Смерть от сердечного приступа можно вызвать искусственным способом. Спровоцировать. Секреты этого знают профессиональные киллеры и врачи. Впрочем, в настоящее время об этом может узнать любой, кто только захочет. Если, конечно, постарается.

— Что же вы хотите от меня?

— Вспомните, может быть, с Александром Ивановичем что-то странное происходило в последнее время. Кто-нибудь преследовал его, домогался чего-нибудь?

Татьяна Николаевна покачала головой.

— Нет, не припомню... Все как обычно. Мы жили спокойно, запросов больших не было, старались быть внимательными друг к другу. В общем, ничего такого.

— Александр Иванович был старше вас?

— Да, на восемь лет. Я работаю в филармонии, там мы и познакомились. Александру Ивановичу было тридцать, мне — двадцать два, когда мы поженились.

— Такой видный мужчина — и женился только в тридцать лет?

Женщина пожала плечами.

— Я мало что знаю о его прошлом. До нашей встречи, конечно. Знаю, что он пел в театре в Белогорске. Затем приехал сюда. Мы познакомились и создали семью.

Все очень просто. Пришел, увидел, победил. Тоска на ушах. Только почему-то люди умирают и — самое главное — не по своей воле.

— А почему он ничего не рассказывал о том, что было до вашей женитьбы? — спросила я.

— Наверное, не о чем было говорить...

Так уж и не о чем. При мне Пономаренко так и сыпал фактами из жизни, рот не закрывался. И вообще мне не нравится, что из вдовы каждое слово надо тянуть клещами. Как на пытке в подвалах НКВД.

— Вы хоть что-нибудь расскажите мне об Александре Ивановиче. — Еще немного, и я стану бушевать, как дядька Черномор. — Где он учился, например?

— Там же, в Белогорске. После окончания поступил в театр, стал петь.

— И все? — Черт знает что и думать об их отношениях.

— А больше он ни о чем не рассказывал. Отмалчивался. Или переводил разговор в другое русло.

Странное дело, у человека были секреты от своей жены. Хотя столько лет прошло... И тем не менее здесь кроется какая-то тайна, не будет же человек старательно скрывать прошлое, словно он шпион какой-то. Пора заканчивать этот бестолковый разговор и спросить о самом главном:

— Я берусь за это дело? Как частный детектив.

Ну же, девушка, поддавайся на уговоры, и побыстрее.

— Мне надо подумать, — произнесла Татьяна Николаевна. — Ваши услуги стоят денег.

Сейчас все стоит денег, чтоб ты знала. Скоро чихнуть нельзя будет без того, чтобы не отстегнуть рубль кому-нибудь.

— Бывают случаи, когда я работаю бесплатно, — с видом дворника, полгода не получающего зарплату, сказала я. — Если вы возьмете на себя некоторые расходы, то мы договоримся. В конце концов, склонность к благотворительности не чужда и нам, частным детективам.

Иногда приходится воспитывать взрослых людей.

— Хорошо, — вздохнула вдова. — Я согласна. У меня остались некоторые сбережения после Александра, давайте возьмем этот фактор в расчет.

Без проблем.

С сожалением я поднялась с диванчика и направилась к выходу. Накинув куртку, извлекла из сумочки визитную карточку и протянула Татьяне Николаевне:

— Звоните в любое время, работаем круглосуточно.

Я вышла из подъезда, поравнялась с машиной и стала отпирать дверцу. Уже стемнело, и почти не было видно прохожих. К тому же улочка была не из центральных.

Черт!

Прямо на меня на полной скорости мчался автомобиль, совершенно не собирающийся сворачивать в сторону. Кто-то явно собирался сделать из меня труп!

Словно мартовская кошка, за которой одновременно гонятся сто изголодавшихся котов, я прыгнула на капот машины и перекатилась на другую сторону, умудрившись спружинить на ноги.

Автомобиль-убийца вспышкой электросварки пронесся мимо, чиркнув по корпусу моей машины. Я забежала вперед и увидела широкую белесую полосу на дверце! Сволочь! Мудила грешный! Теперь ремонт придется делать из-за какого-то козла. Нет уж, тебе придется ответить!

Я прыгнула на сиденье машины и запустила двигатель, вытянув на себя ручку акселератора. С резвостью гонщика-самоубийцы вырулила на проезжую часть, с досадой смотря вслед автомобилю, который почти исчез из виду. Хоть бы запомнить номер!

Я мчалась по улицам Тарасова со скоростью восемьдесят километров в час, пытаясь настигнуть убийцу. Не хватало еще, чтобы какой-то дегенерат покушался на мою жизнь.

Несмотря на все усилия, расстояние между нами сокращалось медленно. У меня было такое чувство, что водитель неизвестного транспортного средства не слишком хорошо ориентируется в нашем городе и бросает автомобиль то вправо, то влево, как придет на ум. Я пыталась не отставать, хотя это было не так просто: неизвестный злоумышленник мог запросто исчезнуть в лабиринте улочек.

Я присмотрелась и вроде бы определила, что убийца владеет автомобилем «Жигули» шестой модели непонятно какого цвета: то ли белого, то ли бежевого, то ли светло-серого. Ночью, как говорится, «хвосты у всех кошек на одно лицо». Я поняла, почему невозможно было определить цвет: машина была в грязи по кончик антенны. По этой же причине не было никакого толку в том, чтобы попробовать разглядеть да еще запомнить номер. Он был старательно замазан той же субстанцией.

Не повезло.

Оставалось одно: схватить злоумышленника за задницу и стукнуть пару раз носом об капот, как это делают американские полицейские перед тем, как зачитать права. Я нажала носком ботинка на педаль газа и увеличила скорость до восьмидесяти восьми кэмэ в час. Еще немного — и я перемещусь во времени и окажусь в другом столетии, среди крепостных крестьян.

Раскатала губенки, да не про то.

Совершенно неожиданно я услышала вопли сирены одновременно с приказом остановиться. Пришлось подчиниться, чтобы не нажить себе еще больших неприятностей. Я сбавила скорость и прижалась к обочине. Рядом остановилась «десятка» «ВАЗ», оборудованная мигалками и надписью «ГИБДД». Из машины выскочили двое гаишников в кожанках.

— Ваши документы! — рявкнул высокий парень с тонкими усиками под курносым носом.

Я протянула свое водительское удостоверение.

— Выходите из машины!

— Пожалуйста...

Напарник, который был на две головы ниже и у которого ноги напоминали сплющенное велосипедное колесо, молча рассматривал меня, не говоря ни слова. По всей видимости, он не слишком хорошо владел русским языком.

— Тебе жить надоело? — рявкнул номер первый. — С какой скоростью вела машину?

— Признаюсь, что превысила ее значительно, — с сожалением в голосе произнесла я. — Готова понести справедливое наказание.

Номер второй зачем-то снова полез в служебный автомобиль и предстал передо мной со стеклянной трубочкой в руке.

— Проба на алкоголь!

— Э, нет! — твердо произнесла я. — Во-первых, вы должны вскрыть трубочку при мне, а во-вторых — где понятые? Их должно быть двое, не меньше. Так что бросайте ваш спектакль, номер не пройдет.

— Я тебе дам — не пройдет! — хриплым медвежьим голосом проревел высокий. — Проба на алкоголь!

Я медленно покачала головой.

— Признаю, что превысила скорость, на это у меня была веская причина. Составляйте протокол, и дело с концом. Завтра же я оплачу штраф.

— И какая же причина была в том, чтобы ехать по городу со скоростью девяносто километров в час?

Рассказать или нет? В конце концов, почему я одна должна отвечать за чужие грехи?

— На меня чуть не наехал водитель автомобиля «Жигули», который скрылся. Я хотела догнать его и разобраться.

Милиционеры не поверили.

— Мы видели только одну машину — твою, тебе и отвечать.

Я сдалась.

— Сколько с меня?..

Глава 6

Итак, на сцену вышел еще один персонаж, о котором я ничего не знаю. Вернее, знаю то, что он владеет автомобилем «ВАЗ» шестой модели непонятно какого цвета и довольно неплохо его водит. И что прикажете мне делать? Проверять одного за другим всех владельцев «шестерок»? На это у меня полжизни уйдет, если не больше.

Послание в газету бесплатных объявлений тоже не велика улика. Хотя...

Я достала из мешочка гадальные кости. Пора получить бесплатную консультацию по интересующим меня вопросам.

Бросок. 13+30+12 — «Удача в начинаниях».

Это мне уже нравится. Значит, пора начинать ходить какой-нибудь фигурой, пусть даже самой незначительной, вроде короля.

Итак, что мы имеем на сегодняшний день, кроме газеты бесплатных объявлений?

Стоп!

Если мои начинания будет преследовать удача,

тогда, может быть, попробуем сделать ответный ход? Воспользоваться тем же оружием, что и нападающий? Смерть неверным?

Я еще раз просмотрела купон.

«ПЕВЦУ:

Забудешь про триумф крылатый,
Когда настанет час расплаты.

ТОТ, КТО ТРЕБУЕТ ОТВЕТА».

На сей раз ответ буду требовать я!

* * *

Редакция газеты бесплатных объявлений помещалась на третьем этаже пятиэтажного здания по улице Первомайской. Я постояла у входа, рассматривая табличку-указатель, и начала уверенно подниматься вверх по лестнице.

— Хочу опубликовать объявление, вернее, послание, — заявила я женщине старше сорока лет с узлом крашенных в каштановый цвет волос на затылке, которая зябко куталась в шаль. В помещении до сих пор не включили отопление, хотя был конец октября.

— Кладите на стол. Что у вас? Объявление?

— Нет, — произнесла я, держа в руке заклеенный конверт без подписи, — у меня послание. Можно поместить его в номер, выходящий на этой неделе?

— Можно, — кивнула женщина. — С объявлением пришлось бы подождать, а послания выходят быстро.

Я бережно водрузила конверт на указанное место.

— Еще вопрос... — осторожно произнесла я.

— Да, пожалуйста!

— Как можно узнать, кто передал для печати тот или иной материал? Их передают лично или?.. Возможны варианты?

Женщина внимательно посмотрела на посетительницу. Такой же взгляд был у Мюллера, когда он допрашивал английских парашютистов.

— Бывает, что послания приносят, как вы сегодня. Обычно же их присылают по почте.
— Спасибо. Не забудьте, на этой неделе...
Я выскользнула в дверь.

* * *

Послание действительно вышло точно в назначенный срок, меня не обманули.

Целый вечер я мусолила листок бумаги, напрягая мозги, чтобы сочинить ответ для ТОГО, КТО (видите ли) ТРЕБУЕТ ОТВЕТА. Это оказалось потруднее, чем толковать цифровые комбинации гадальных костей. В искусстве поэзии я оказалась далеко не так сильна, как по части частного сыска. Придется пойти на курсы поэтов и писателей, если таковые, конечно, существуют.

И вот что у меня наконец получилось:
«ТОМУ, КТО ТРЕБУЕТ ОТВЕТА:
На краю бездонного колодца
Ответ тебе держать придется.
ДЕТЕКТИВ».

Почему разборка будет происходить именно на краю бездонного колодца, я и сама не имею ни малейшего понятия. Просто подобралась рифма: «придется» — «колодца». Я начала сочинять с конца, а потом придумала начало. По-другому просто не сумела. В принципе в этих строках есть свой кайф: ставишь преступника на край дыры в бетоне и требуешь от него ответа. И ничего тому не остается, как взять и сразу расколоться. И это будет на краю колодца!

Все, пошел процесс стихосложения.

Кстати, после получения ответа можно сбросить злоумышленника на дно. Пусть, пока летит, подумает над своим поведением и осознает, насколько нехорошо он поступил с ни в чем не повинными людьми. Гад!

Теперь оставалось ждать ответа. Если игра будет принята, то появится пусть маленькая, но зацепка.

Жалко, что это случится не сразу. Газету сначала надо получить (или купить), затем найти послание, удивиться тому, что оно опубликовано, и бросаться сочинять ответ. Сколько времени уйдет на это? Неделя, две?

Две.

С самого утра я помчалась в ближайший киоск «Роспечати».

— Пожалуйста, газету бесплатных объявлений!

Я тут же, на месте, как говорится, не отходя от кассы, пролистала все тридцать шесть страниц, пока не нашла рубрику «Послания». Быстро пробежала глазами все, что граждане, имеющие избыток свободного времени, выплеснули на страницу тридцать два, и...

...и ничего не обнаружила!

Ответа не было!

Не может быть! Неужели моя теория не сработала?

Стоп! Спокойно. Надо взять себя в руки и внимательно просмотреть весь материал от первой строчки до последней.

Есть!

Ответ был напечатан в верхней части тридцать третьей страницы, на что я поначалу не обратила внимания.

И вот что я прочла:

«ДЕТЕКТИВУ:
Пусть смерть его для вас утрата,
Имею право на ответ.
Ведь у меня он отнял то,
Чего дороже не было и нет.
ТОТ, КТО ТРЕБУЕТ ОТВЕТА».

Я прониклась невольным уважением к человеку,

который может так писать. Пусть даже он пытался сделать из меня мокрое место на асфальте, но в таланте ему не откажешь. Творческий человек, он к любому делу подойдет профессионально, даже полы вымоет так, что залюбуешься. Наверняка у товарища есть образование не хуже, чем у самого Пономаренко.

Я поднялась к себе домой и стала перечитывать послание, чтобы понять, что из него можно выжать, какую именно информацию. Итак, что мы имеем на сегодняшний день, кроме того, что мой оппонент требует сатисфакции? Получается, что Пономаренко отнял у него что-то очень дорогое. Что же это?

Деньги?

Если быть честным до конца, то деньги не самое дорогое на этом свете. Или я ошибаюсь? Правда, в основном убивают как раз из-за денег. Ты должен и не отдаешь, за это тебя — чик по горлу. Или еще по какому-нибудь более пикантному месту.

В этом случае нужно искать кредитора. Раз.

Что дальше?

Честь? Я вздохнула, как слон на водопое. Жидковата версия. Не выдерживает критики, потому что сейчас не девятнадцатый век, на дуэль не вызывают, а предпочитают всадить нож в спину.

Допустим, Пономаренко кому-то перешел дорогу?

Тоже мыльный пузырь. Кому может перейти дорогу тенор, который работает в театре, получает не слишком большие деньги и к тому же вскоре свалит на пенсию? Вот если бы это был крупный шоу-бизнес, тогда понятно. Там конкуренция большая и бывает так, что гибнут люди.

Короче, ни одна мысль мне не понравилась. И все-таки здесь какая-то тайна, и она касается далекого прошлого Пономаренко. Что этот человек делал в прошлом? Учился? Женился? Играл в карты? Делал деньги?

Ерунда какая-то. Ничего не остается, как обратиться за помощью к гадальным костям.

Первый бросок. 36+20+1. «Приготовьтесь к долгому и утомительному путешествию».

Куда ехать, я уже знаю — в Белогорск! Там Пономаренко учился, там начинал работать, оттуда он сбежал. Почему? Это надо выяснить. И что это за большое несчастье? Самое страшное, чего я не переживу, — прокол колеса на пустынной дороге и отсутствие запасного. Крушение планов меня тоже не устраивает, нет смысла затевать эту самую поездку.

Так что же делать? Ехать или нет?

Не поеду...

Глава 7

14 ноября погода была хмурой и морозной. Машина мчалась по трассе на Белогорск, которая с самого утра покрылась тонким ледяным налетом. Впереди несколько часов непрерывной езды по жутким дорогам, состояние которых было словно после землетрясения.

Около часа дня показался пост ГАИ перед въездом в столицу края. Суровый инспектор проверил документы, осмотрел автомобиль и тронул козырек: проезжайте.

Здание консерватории, где учился в свое время Пономаренко, найти было нетрудно. Кажется, даже младенец, родившийся в этом городе, знал, где находится это учреждение. Первый встречный дяденька весьма доходчиво объяснил мне, что консерватория находится на улице Чешской, по которой можно только ходить пешком, поэтому целесообразнее будет завернуть на улицу Радонежа и то с обратной стороны, потому что там одностороннее движение. Место для парковки придется поискать, но это не составит больших проблем.

Наконец, колеся по улочкам города, я добралась до здания, в котором учились будущие звезды российской культуры. Я вышла из машины и ахнула. Тарасов такого не видал. Здание было выполнено в духе немецких построек с башенкой в готическом стиле и остроконечными окошечками. Пожалуй, это была красивейшая постройка в городе и, к сожалению, не исконно русская.

Пономаренко в этом учреждении знали и весьма высоко ценили. Я заявилась прямо к ректору и долго говорила с ним о роли культуры в деле воспитания российского гражданина, после чего получила адрес старенького профессора, который преподавал в то время, когда учился Пономаренко.

Пришлось ехать на улицу Чернышевского и искать дом под номером сто двадцать.

Дверь открыл старичок невысокого роста в очках с толстыми стеклами.

— Простите, я могу видеть Бориса Ивановича Миловидова?

Старичок мотнул головой с редкими седыми волосами:

— Это я. Чем могу служить?
— Разрешите?

Хозяин квартиры отступил в сторону:

— Пожалуйста.

Квартирка была так себе, малогабаритка. Развернуться особенно было негде, если учесть, что посреди комнаты стоял рояль размером с тихоокеанского кита, заставлявший посетителей двигаться по стенке.

Мне была предложена старенькая табуретка, на которую я с удовольствием опустилась.

— Не знаю, насколько важным покажется вам мой вопрос, — рискнула начать я, слегка раскачиваясь на том самом предмете мебели, который был предложен обходительным хозяином. — Вы преподавали вокал в шестидесятых годах...

— И не только, — с готовностью отозвался Борис Иванович, — но и в семидесятых, восьмидесятых и даже в девяностых. Последние пять лет я не преподаю, пора и честь знать. Молодые пришли на смену нам, старикам. Наступают на пятки, так сказать.

А на пятках жуткого имиджа мозоли, подумала я про себя.

— Вы знали Пономаренко Александра Ивановича?
— Он поет в оперном театре в...
— Совершенно верно.
— Как поживает знаменитость?
— Он умер...

Я решила разрубить узел сразу. Молчание заполнило собой окружающее пространство.

Старичок сложил сухие губы бантиком.

— Вот ведь как... Ай, как жалко, хороший был человек.

— Борис Иванович, припомните, не было ли у Пономаренко завистников или откровенных врагов? Пожалуйста, это очень важно.

Старичок пожал плечами.

— Давно было дело, но я помню. На том курсе было двое ребят — Пономаренко Александр и Войнович Геннадий. Остальные все — девчонки. Как раз для их выпуска в нашем оперном театре была одна вакансия, нужен был актер. Вот они и спорили между собой — и тому и другому хотелось попасть в театр. Однажды они даже подрались друг с другом. Громкая история была, чуть не выгнали обоих взашей — и это перед самым-то выпуском! Виноват, конечно, был Войнович, уж очень он любил попетушиться. А в театр взяли все-таки Пономаренко. У Геннадия больно вспыльчивый характер был, не хотелось такого бузотера принимать на работу. Ох и обиделся Войнович. Пил целую неделю, мотался под окнами, орал непотребное.

Моему заду стало тепло, очевидно, я приближалась к разгадке. Бывший однокашник Пономаренко, вне всякого сомнения, был человеком образованным. Он вполне сумел бы написать пару стихотворных строк, посвященных своему давнему недругу. Кстати, газета бесплатных объявлений выходит одновременно в нескольких городах, включая Белогорск! Это я выяснила абсолютно точно, справившись в киоске «Роспечати».

— Борис Иванович, какими были отношения у Пономаренко с девушками?

— С девицами-то? Санька видным парнем был. Статным, красивым, девчонки его любили.

— Женился он поздновато, в тридцать лет. Уж очень странно, как вы думаете?

— Разве? — Мутноватые глаза старичка забегали туда-сюда, как тараканы при внезапно включенном электричестве. — Вот об этом я, простите старика, не знаю. Не помню... Только мне кажется, он вроде бы женился вскоре после окончания консы... или я ошибаюсь...

— После окончания чего?..

Старик явно устал, заговариваться начал.

— Я сказал «консы»? — Борис Иванович улыбнулся. — Так наши студенты называют консерваторию — «конса».

Мой словарный запас пополнился еще одним словом. Спасибо клиентам, выручают.

— А где сейчас этот Войнович?

— Где он сейчас — не знаю... А после окончания ушел в музыкальное училище преподавать.

— Отчество его не помните?

— Войновича? Нет, не помню... Генка — и все.

Хорошо еще, что фамилию помню, в моем возрасте пора от склероза страдать.

В общем-то я выяснила все, что смогла. Пора искать этого самого Войновича и поговорить с ним с глазу на глаз, как Болек и Лелек.

Я распрощалась с гостеприимным старичком и поспешила на улицу.

* * *

— Нет, Войнович здесь больше не работает.

Я разговаривала с завучем, пожилой женщиной со стянутым на затылке пучком волос.

— Давно?

— Лет пятнадцать. Мы с облегчением вздохнули, когда он ушел.

— Были проблемы?

— С ним невозможно было работать. Грубый, вспыльчивый, приходил на работу, как бы это сказать, с жуткого похмелья. И было это почти каждый день.

— Как мне найти его? Дайте адрес.

— Ничем не могу помочь. Никаких данных не сохранилось.

— Может быть, вы посмотрите? — с надеждой спросила я.

— Нет-нет! Я знаю, что говорю! — уверенно заявила женщина. — По-моему, он ушел работать в подростковый клуб. Здесь неподалеку, может быть, до сих пор там работает...

Подросткового клуба уже не существовало. Помещение выкупили коммерсанты и устроили обыкновенный магазин с водкой, колбасой и шоколадом «в ассортименте».

Мне удалось выяснить, кому, в свою очередь, принадлежал тот самый клуб несколько лет назад, нашла эту самую организацию, которая оказалась баннопрачечным трестом, и нанесла визит в отдел кадров. Там мне повезло больше, потому что информация на всех работников, даже бывших, сохранялась в банке данных.

* * *

Дом номер двенадцать по улице Жуковского имел четыре этажа. Мне предстояло подняться на третий и позвонить в квартиру двадцать пять.

Я оказалась перед нужной дверью и протянула было руку к звонку, когда заметила, что та приоткрыта. Что бы это значило? Вход свободный или в квартире лежит труп?

Однако, стоя перед дверью, этого не узнаешь. Рискнем?

Я натянула на кулак рукав плаща, обезопасив себя от соприкосновения с обшарпанной поверхностью, покрашенной половой краской лет двадцать назад, и осторожно толкнула дверь. Та приоткрылась, издав звук, похожий на звучание симфонического оркестра, когда он настраивается перед концертом.

Я вошла в чужую квартиру. Было тихо.

Озираясь по сторонам, я чуть ли не на цыпочках прошла до жилой комнаты.

И вдруг! Совершенно внезапно я услышала душераздирающий крик. Какой-то болван налетел на меня сбоку и свалил на пол, вцепившись костлявыми руками в горло.

Глава 8

Если бы я ожидала нападения, неизвестный злоумышленник вряд ли сумел бы сбить меня с ног, поэтому пришлось несколько секунд повозиться спиной по полу. Человек стискивал жилистыми руками мое горло, затрудняя дыхание, к тому же невыносимо пахло спиртным. Неизвестный рычал, навалившись на меня всем телом.

Пора кончать этот боевик.

Я высвободила правую руку и ударила нападавшего в ребро кулаком правой руки, выставив фалангу большого пальца.

Сработало.

Человек обмяк и ослабил свою хватку. Еще сильнее запахло спиртным: этот придурок рыгнул мне прямо в лицо и часто задышал, ловя ртом воздух.

Рывком я скинула с себя тело, которое уже не пыталось встать на ноги.

Пришлось помочь. Я схватила товарища, подняла с пола и приставила к обшарпанной стене. Тот качнулся и в беспамятстве свалился снова на замусоленный кусок дорожки, постеленной в коридоре.

Чего доброго, невменяемое существо умрет тут же, на месте, не поведав мне о том, как избавлялось от своего давнего недруга.

Пришлось затащить его в комнату и прощупать пульс. Почувствовав едва ощутимое биение, я успокоилась. Теперь надо было привести несчастного в то состояние, при котором можно будет вести разговор.

Я включила свет в ванной комнате, отметив про себя, что это помещение знавало лучшие дни. Ванна была покрыта желтыми пятнами. Кафельная плитка на стенах кое-где отбита. Трубы покрыты темно-коричневыми струпьями.

Я открыла кран с холодной водой и стала наполнять ванну. Затем затащила бесчувственного человека внутрь и перевалила через край. Тот плюхнулся в прохладную воду прямо в одежде.

При свете неяркой лампочки наконец можно было

рассмотреть того, кто покушался на мою драгоценную жизнь.

Портрет негостеприимного хозяина как бы принадлежал кисти Иеронима ван Босха: худое землистое лицо, длинные седые волосы, спутанные донельзя, крючковатый нос и синюшные губы.

Я открыла душ и принялась поливать его холодной водой. Тот очнулся и стал мычать что-то нечленораздельное, отбиваясь руками.

Я продолжала приводить двойника Дракулы в чувство, подавляя попытки к сопротивлению.

Наконец человек открыл глаза и закричал:

— Мне холодно! Уберите воду!

Я тут же перекрыла кран, схватила жертву запоя за грудки и прокричала прямо в лицо:

— Войнович Геннадий Леонидович — это вы?!

Отчество я узнала в отделе кадров банно-прачечного треста.

Тот тяжело дышал, размазывая по лицу стекающие с грязных волос струйки воды.

— Это вы или нет?!

Человек зажмурил глаза и тряхнул косматой головой.

— Я — Войнович... Ты кто такая? — Он открыл глаза и попытался вылезти из ванны.

Спорю на рубль, что этот человек ненадолго пришел в себя.

— Я приехала, чтобы поговорить с вами.
— О чем?

Войнович стоял на замызганном полу, вытирая лицо серым полотенцем, протертым в нескольких местах. На полу образовалась грязная лужица.

— Давайте переоденемся и поговорим в спокойной обстановке, — предложила я. — Вернее, вы наденете сухую одежду, а я подожду... где-нибудь.

Тот вышел из ванной комнаты и скрылся в глубине квартиры.

Я заглянула на кухню. Белый когда-то стол был завален объедками: корки хлеба, картофельная кожура, рыбьи кости... Мойка загромождена грязной посудой. Пустые бутылки из-под дешевого вина стояли повсюду: на столе, под столом, на подоконнике, на холодильнике. Налет грязи покрывал желтый линолеум, разрисованный под паркет.

Вдоволь насладившись натюрмортом, я побрела разыскивать хозяина дома. Тот успел скинуть мокрую одежду, сбросив ее в угол, и натянул на себя голубое тонкое трико с дырочкой на правой коленке и серый свитер, напоминавший кусок стекловаты.

— Мне надо выпить... — произнес Войнович и направился к кухне.

— Погодите! — Я схватила его за костлявую желтую руку. — Давайте сначала поговорим. Мне нужно услышать всего лишь два слова, и я оставлю вас в покое.

Тот резко высвободился.

— Не знаю, кто ты такая, только не вздумай мне мешать. Не то выкину тебя за дверь.

Последняя фраза была произнесена неуверенным голосом.

Даже не знаю, как поступить. В конце концов, алкоголик должен успокоить себя дозой спиртного, иначе разговора просто не получится.

Черт с ним, в конце концов, он пьет не за мой счет.

Войнович побрел на кухню. Подойдя к окну и рассматривая вечернюю улицу, я слышала, как он звенит посудой.

Этот опустившийся человек не подходил на роль убийцы. У него даже не могло быть денег, чтобы приехать в другой город. К тому же появление в театре этакого экземпляра сразу же обратило бы на себя внимание. Машины у него наверняка тоже нет, владельцам «шестерок» некогда заниматься беспробудным пьянством. Поэтому Войнович никак не мог преследовать меня в тот вечер, когда я наносила деловой визит вдове Пономаренко.

Однако поговорить надо. Может быть, в разговоре всплывет какой-нибудь намек на события, имевшие место в прошлом, но повлиявшие на судьбу ныне погибшего человека.

— Что же ты без бутылочки пришла?!

Я обернулась.

В дверном проеме стоял Войнович. Его мутные глазки осоловело смотрели мимо меня.

— Простите, Геннадий Леонидович... не учла...

Войнович хмыкнул:

— Геннадий Леонидович!.. Ты сама-то кто такая?

— Зовите меня Татьяной. Я приехала поговорить о Пономаренко, помните такого?

Войнович задумался.

— Вот оно что... — сердито проговорил хозяин дома. — А в чем, собственно, дело?

— Он умер...

Войнович хмыкнул:

— Это для меня новость. Настигла его все-таки кара божья.

Я насторожилась:

— Что вы имеете в виду?

— Он мне испортил всю жизнь, гнида... Все эти годы у меня было только одно желание — добраться до него и задушить своими руками.

— Как только что вы хотели поступить со мной?

— Нечего врываться в чужой дом без разрешения. Это — моя собственность! — выкрикнул Войнович. — Ружья у меня нет, а то бы стрелял в каждого, кто будет покушаться на мою собственность.

Можно подумать, он успел приватизировать квартиру. Да у такого алкаша не хватит денег даже на то, чтобы доехать до бюро.

— Давайте вернемся к Пономаренко, — нетерпеливо произнесла я, вконец измученная бредом Войновича. — Почему вы его так ненавидите?

— Это мое личное дело.

— Он вам жизнь испортил...

— Не только мне!

Показался конец ниточки.

— Кому еще?

Войнович хитро посмотрел на меня.

— Эта информация будет дорого стоить...

— Что за информация?

— Есть одна тайна...

Я пожала плечами, выказывая полное безразличие ко всякого рода секретам. На самом деле я от всей души желала, чтобы он проговорился.

— Вы преувеличиваете, — бесцветным голосом произнесла я.

— Ничуть! — Голос Войновича был пьяным. — Я расскажу, что было в прошлом этой гниды! Но только за деньги! На другие условия я не согласен.

Я стала терять терпение.

— Сколько вы хотите?

Тот задумался.

— Тысячу долларов!

Однако раскатал губенки.

— Вы уверены, что ваша информация стоит того?

Пьяный кивок головой.

— У-уверен...

— Пятьсот долларов.

— Что?!

— Я приехала из другого города, и у меня с собой нет таких денег.

— Будут доллары — приезжай.

Вот дьявол несговорчивый! Неужели его информация и в самом деле стоит баксов? На что они алкашу? А что, если пойти традиционным путем?

Я вздохнула, будто узнав о том, что придется рожать восьмого подряд ребенка, и произнесла:

— Хорошо, давайте встретимся завтра и попробуем обо всем поговорить. Прямо с утра. Я куплю водки, закуски, и мы мило побеседуем о том, когда я смогу привезти вам деньги.

Войнович переваривал информацию со скоростью российского парламента, принимающего бюджет страны в первом чтении.

— Г-годится...

— Значит, завтра? Вы будете дома? На работу не уйдете?

Тот замотал головой:

— Мне некуда т-торопиться...

— Тогда до встречи. Заприте за мной дверь, чтобы никто не вошел в квартиру.

Войнович икнул.

— Я не запираюсь. У меня брать нечего.

Это было видно даже с завязанными глазами.

— Но к вам может кто-нибудь зайти! Незваный гость!

— Н-нет... Ко мне никто не заходит, — бывший преподаватель по вокалу был упрямее дворняги, роющейся в помойке. Ну и придурок! Среди пяти миллиардов человек, обитающих на планете Земля, нашелся один оригинал, который живет, не запирая дверь на ночь.

— Но в чем дело? — Меня заинтересовал подобный образ жизни.

— У меня к-клаустрофобия... Или как это называется, не знаю, только я не могу находиться в запертом помещении.

Еще один прикол.

Я направилась к двери. Может быть, запереть Войновича в квартире? От греха.

— Значит, завтра... — плелся следом хозяин. — Будут деньги — будет информация. Я не тороплюсь.

— Хорошо.

В двери ключей не было. Наверное, странноватый хозяин квартиры уже давно с ними распрощался и похоронил где-нибудь в водосточной канаве.

Попрощавшись с хозяином, я вышла на лестничную площадку и плотно прикрыла за собой дверь. Затем прислушалась. Где-то в отдалении послышался звон стакана.

Я вытащила из сумочки отмычки и стала подбирать нужную комбинацию, стараясь не слишком громко звякать.

Дверь была заперта. Можно было не опасаться того, что кто-то зайдет в квартиру к Войновичу или, наоборот, хозяин дома отправится в «путешествие». И то и другое нежелательно.

Я села в машину и открыла записную книжечку с адресами. К кому из здешних знакомых я могу поехать в гости с тем условием, чтобы переночевать? Давай-ка посмотрим.

Вместо того чтобы сделать необходимый выбор, мои мысли перекочевали совершенно в другое русло и плавно потекли по реке размышлений.

Итак, что мы имеем на нынешний момент.

Мы обнаружили если не подозреваемого в убийстве, то человека, который может пролить свет на прошлое Александра Пономаренко.

В прошлом Пономаренко есть какая-то тайна. За нее Войнович требует тысячу долларов. Пока мы сошлись на пятистах, но торг будем продолжать до того момента, пока он не согласится на пузырек «Московской» и банку килек в томате. Расход даже в сто долларов мне оплатят с трудом, поэтому не стоит шиковать.

И вообще пора подумать о ночлеге. Есть у меня один адресок...

Глава 9

Перед отъездом в Белогорск я побывала в ресторане, в который меня пригласила Светлана и ее потенциальный супруг.

Встреча глав государств состоялась в местечке, именуемом «Аревик». В небольшом зале на двадцать столиков угощали восточной едой, согласно рецептам, собранным со всех закавказских республик вместе взятых. Павел заказал для нас хинкали, розеточку с икрой, варенье из инжира и бутылку коньяка «Арарат» для начала.

Сидя за столом, я преимущественно занималась тем, что рассматривала Павла, который оказался высоким парнем с серо-голубыми глазами, темно-русыми волосами, зачесанными назад, и гладко выбритым подбородком. Мохнатые брови срослись на переносице, придавая лицу мужественное выражение.

Прежде чем отправиться на встречу, я решила навести справки о джентльмене, который вздумал приударить за моей подругой, и подняла для этого все свои связи.

Я выяснила, что Павел Аркадьевич Бочков, тысяча девятьсот семьдесят пятого года рождения, имеет высшее экономическое образование, исполняет должность старшего экономиста в АО «Доходный дом», с криминальными структурами связей не имеет, не привлекался, не баллотировался, не сидел, не женат, внебрачных детей не имеет.

Характеристика вполне положительная, в принципе этому человеку вполне можно доверять.

— Ну что, девушки? По рюмочке? — скромным голоском пропел Павел, разливая коньяк. — Выпьем за знакомство с Татьяной, которая осчастливила нас сегодня своим присутствием.

Татьяна не возражала. В конце концов, какая разница, за кого пить, если все равно нужно опрокинуть в себя некоторое количество алкоголя. А уж за уважаемого человека!..

— За знакомство! — произнес молодой человек, преданно глядя нам в глаза, причем делал он это по очереди, переводя взгляд от одной дамы к другой.

— Поддерживаем! — отозвалась Светлана, приподнимая рюмку и чокаясь с нами.

Я произнесла что-то вроде «спасибо» и пригубила напиток. Коньяк был неплохой, он тут же согрел горло и добавил настроения.

После этого несколько хинкали отправились в наши желудки и открыли тем самым процесс пищеварения.

— Чем же занимается наша прелестная Татьяна? — спросил жених, глядя на мои бриллиантовые серьги.

— Она зарабатывает на жизнь репетиторством! — торопливо проговорила Светлана, потому как мы заранее условились, что не будем пугать Павла моей настоящей профессией. Она испугалась, как бы я не забыла об этом, и решила первой ответить на вопрос молодого человека.

— Да? — восхитился Павел. — И какой же предмет вы преподаете?

— Английский язык, — ответила я, стараясь сделать это как можно проще.

— Замечательно! — Жених начал проникаться ко мне уважением. — И как работается в школе?

Я понятия не имела, как работается в школе, поэтому ответила, что занимаюсь своим делом как частное лицо.

— Платите налоги? — осведомился Павел.

— Естественно, — ответила я. — Двенадцать процентов — подоходный и двадцать с половиной — в Пенсионный фонд. Плюс пять процентов — налог с продаж. Хотя ничего не продаю.

Жених кивнул, его удовлетворил мой ответ.

— How long have you worked as a teacher? — спросил он внезапно.

Я была готова ко всему, поэтому, не задумываясь, ответила:

— All my life I've been having to teach anybody.

Павел задумался, мой философский ответ заставил его поломать голову над тем, что я сказала.

— Ну хорошо, давайте по второй... — произнес он, решив, что не будет больше пытаться ловить меня на мелочах.

Неизвестно, кто за кем наблюдал — я за женихом Светланы или он за мной.

На невысоком подиуме послышалась возня. Собравшиеся музыканты настраивали инструменты, состав был небольшой — «Yamaha», гитара, бас и небольшая ритм-машина размером с коробочку.

Хитом сезона, конечно же, была песня «My Heart Will Go On» из фильма «Титаник», ее попытался исполнить высокий парень из ансамбля, безбожно перевиравший слова.

Зазвучало вступление песни.

— Разрешите вас пригласить?..

Вопрос адресовался почему-то мне. Я удивленно взглянула на Светлану, та пожала плечами, и мне ничего не оставалось, как ответить на приглашение Павла.

Мы вышли на середину зала, я водрузила руки на плечи молодого человека, почувствовав ответное прикосновение вокруг моей талии.

— Вы близкая подруга Светланы? — спросил Павел.

Так, начались вопросы.

— В общем, да, — уклончиво ответила я.

— Вы давно знакомы?

Будем вспоминать...

— Около десяти лет, — сказала я, быстренько прикинув в уме.

Молчание. Видимо, парень соображал, много это или мало — хорошо или плохо.

Солист вконец достал меня своим отвратительным английским. Я тихонько высвободилась из объятий партнера:

— Минуточку...

Подойдя к подиуму, я сделала характерный жест, и ансамбль потихоньку сбавил обороты.

— Послушайте, ребята, дайте-ка я спою эту песню! Клянусь, что не подведу!

Парни быстренько посовещались и решили доверить мне микрофон. Они начали играть с самого начала, а я дождалась, пока можно будет вступать.

> Every night in my dreams
> I see you, I feel you,
> That is how I know you go on
> Far across the distance
> And spaces between us
> You have come to show you go on...

Павел стоял, открыв рот. Ему ничего не оставалось, как пригласить на танец Светлану.

Конечно же, я тянула гласные совсем не так, как Селин Дион, но старалась вовсю. Через минуту все столики были пусты, потому что народ двигал бедрами, пока «мое сердце билось».

Когда песня закончилась и я собралась спрыгнуть с подиума, ко мне подскочил дядька в очках, с плешивой головой, зато в костюме чуть ли не от Кардена.

— Девушка! Спой еще, ту же самую!

И протянул мне пятидесятирублевую бумажку.

Я оторопела:

— Что вы! Я не пою за деньги!

Но мужик настаивал, да и все, кто стоял вокруг, стали громко хлопать, уговаривая меня спеть еще:

— Ну же! Девушка!

К моим ногам полетела еще одна пятидесятирублевая бумажка, потом еще и еще. Мне ничего не оставалось, как подобрать их, потому что «народ» бы этого не простил.

Не поверите, но я пела эту песню девять раз подряд! К концу этой пытки в моих карманах было полторы тысячи рублей, и, самое интересное, музыканты не претендовали на свою долю!

К концу девятого раза, когда звучал финал, я под шумок вывалила на стол музыкантов все деньги, которые скопились в карманах костюма, спрыгнула с подиума и подскочила к Светлане с Павлом, которые принимали участие в танцах.

— Бежим скорее! — зашипела я и бросилась к выходу.

Моя подруга последовала за мной, а Павел задержался, чтобы оставить деньги за ужин на столе.

Выскочив на улицу, я долго не могла отдышаться.

— Черт бы вас побрал с вашим ужином в ресторане! Вы нарочно это придумали? — бушевала я.

Светлана прыснула со смеху, за ней начал ржать Павел, и мне ничего другого не оставалось, как согнуться пополам в истерике.

Товарищи, отдыхайте в ресторанах! Это полезно для вашего творческого развития.

* * *

«Московской» водки я в белогорских магазинах не обнаружила, зато купила две бутылки «Белсар» производства местного монополиста. Я думаю, что сгодится. К водке я добавила полкило «Украинской» колбасы, состоящей преимущественно из наперченного сала, и парочку соленых селедок.

На часах было девять утра.

Уложив драгоценность в пакет, который рекламировал достижения «Kodak», я направилась на улицу Жуковского.

Вскоре показался дом номер двенадцать.

Подъезжаем...

Я остановилась у тротуара, но затем прикинула, что лучше будет припарковаться во дворе. Неизвестно, сколько времени мне придется пробыть у Войновича.

Я вывернула на узкую дорожку, ведущую во двор дома.

Что за черт?

Во дворе собралась толпа народу и стояла машина милиции.

Я вышла из автомобиля и подняла голову. Одно из окон на третьем этаже было распахнуто.

Внизу суетились ребята в милицейской форме. Я подошла поближе и протиснулась сквозь толпу старушек.

На холодном асфальте лежал Войнович, раскинув руки в стороны. Спутанные седые волосы сбились на лицо, прикрывая безжизненные глаза, смотрящие в хмурое ноябрьское небо. Под головой несчастного расплылась черная лужица крови.

У старика, по всей видимости, кончилось спиртное. Выйти из квартиры он не мог и в припадке белой горячки выбросился из окна.

Вот тебе и клаустрофобия.

Я почувствовала себя опустошенной. Ниточка оборвалась, едва я прикоснулась к ней, и теперь уже поздно было о чем-либо сожалеть.

Я повернулась и выбралась из толпы.

Глава 10

Не оставалось ничего другого, как продолжить игру в послания.

На этот раз я решила немного ликвидировать свою безграмотность в стихосложении и от души начиталась Пушкина. Быть может, творения профессионала вдохновят меня на великие свершения?

Одолев полтора тома «огоньковского» издания тысяча девятьсот шестьдесят восьмого года, я исполнилась вдохновения и решила попробовать силы в создании маленьких шедевров.

Мое очередное послание имело следующее содержание:

«ТОМУ, КТО ТРЕБУЕТ ОТВЕТА:
Конечно, зависть лет былых порочна.
Певца соперник невиновен. Это точно.
ДЕТЕКТИВ».

Ну чем не Александр Сергеевич? Классно получилось, что скажете?

Я не была уверена, что мой оппонент был осведомлен о том, что в жизни Александра Пономаренко был некий Войнович. Тем не менее я просто обязана была упомянуть об этом. Вдруг убийца-игрок выдаст себя невольным отрицанием или, наоборот, подтверждением того, что свершилось.

Через неделю был получен ответ.

«ДЕТЕКТИВУ:
«Что жизнь людей: из плоти — в тени.
А я люблю величье денег.
ТОТ, КОТОРЫЙ ТРЕБУЕТ ДЕНЬГИ».

Я прочитала послание, и внезапная мысль ударила ниже пояса. Деньги!

Я вспомнила про конверт, который вручали Пономаренко на сцене и о котором никто никогда больше не упоминал.

Судьбу конверта с деньгами может знать только один человек — Татьяна Николаевна Пономаренко, законная наследница баксов Александра Ивановича.

Я набрала номер телефона.

— Татьяна Николаевна? Звонит Иванова.
— Здравствуйте, Танечка. Какие новости?
— Я хочу спросить про деньги.
— Сколько я вам должна?

Я чуть было не выматерилась прямо в трубку телефона.

— Я спрашиваю про те деньги, которые подарили Александру Ивановичу на сцене театра!
— Кто подарил?
— Мэр города!

Молчание. Затем Татьяна Николаевна произнесла дрожащим голосом:

— Я об этом ничего не знаю, вы можете пояснить?

Я попыталась взять себя в руки.

— Мэр города вручил Пономаренко конверт, прямо на сцене! Вам его не передавали?
— Нет...
— Не может быть!

Вот так, товарищи, происходит в нашей стране. Кто-то заныкал конвертик с баксами и таким образом смягчил свой финансовый кризис.

— Таня, я в самом деле ничего не знаю про деньги! Что мне делать?
— Звонить в милицию!

* * *

Следственная бригада работала в театре в течение трех дней. Трясли всех подряд, начиная с директора Финдельмана и кончая дежурным вахтером. Не забыли, кстати, и про бригаду «Скорой помощи», а также оперативников, выехавших на место происшествия в тот день.

Результата пока не было. Тем не менее я была уверена, что сработал кто-то из своих, слишком гладко все получилось. Хотя не исключено, что действовал опытный уголовник и провернул дело по высшему разряду. Тогда концов не найти и денег тоже. Мне же нужны были не столько деньги, сколько убийца, который пока что злит меня своими посланиями, а сам затаился в норе на другом конце вселенной.

Сумма была ничтожной — всего пятьсот долларов. Возраст Пономаренко, умноженный на десять. Кто позарился на эти деньги, милиция так и не узнала.

* * *

Я почтила своим присутствием кабинет Бориса Расторгуева на четвертый день после того, как следственная бригада начала трясти оперный театр и всех, кто имел отношение к злополучному юбилею.

— Привет, Иванова! Ждем тебя, как богиню Афродиту, нераскрытых дел просто воз и маленькая тележка.

Я не поняла, при чем здесь Афродита. Насколько я знаю мифологию, она нераскрытыми делами просто не занималась и, по имеющимся сведениям, не собиралась делать это в ближайшем будущем.

— Борис, нужна твоя помощь.

Расторгуев даже обрадовался. Он уже чувствовал, что вскоре я буду ему гораздо полезнее.

— Всегда готов!

Вот подхалим.

— Мысль, конечно, шальная, но, может быть, это сработает. У вас все бандюги на учете?

Борис радостно кивнул:

— В принципе все. Стараемся держать в поле зрения даже тех, кто пока еще не решился на крупное преступление.

— Мне нужны портреты тех, кто сейчас находится в городе.

— Профиль?

— Воры-домушники или что-то вроде этого.

Борис подмигнул.

— Желаешь самостоятельно проводить расследование? Почему бы не доверить это милиции?

— Нужно будет, обращусь. Ты меня знаешь.

Вскоре на руках у меня была целая пачка фотографий с соответствующими пометками. Я пересмотрела их от первой до последней, наслаждаясь омерзительными рожами.

Вооружившись этой портретной галереей, я принялась обходить работников оперного театра, предъявляя фотографии уголовников. Меня встречали с раздражением в голосе и убийственным взглядом. Видимо, милиция слишком достала всех и каждого.

Первый обход не дал никаких результатов. Я беседовала с билетерами и дежурными по театру, которые внимательно просматривали фотографии и клялись всеми святыми, даже теми, про которых никогда не слыхали, что никого из людей, изображенных на снимках, в стенах театра не видели.

— Если они преступники — зачем им ходить в оперный театр? Они должны по ресторанам сидеть — деньги спускать.

Здравая мысль, но несвоевременная.

— Они сами знают, что им делать. Хотят — по ресторанам ходят, не хотят — идут слушать оперу.

Появление на бенефисе Пономаренко представителя криминальных структур могло иметь неплохое объяснение. На подобных мероприятиях городские чиновники всегда делают юбилярам подарки. Человек, знакомый с этой традицией, вполне мог занести в план своей работы посещение театра с целью совершения кражи. Причем совсем не обязательно, чтобы ограбление произошло прямо на сцене. Настигнуть жертву и отобрать крупную сумму можно и в другой подходящий для этой цели момент. Главное — знать, к кому обратиться.

Я принялась опрашивать гардеробщиц. Их было четверо — все пожилые женщины, много лет проработавшие в театре.

Одна из них — высокая и седовласая — признала среди фотографий одного типа. Женщину звали Валентина Семеновна, и рассказала она вот что:

— Он ушел сразу же после первого отделения. Были некоторые — даже не дождались спектакля, ушли домой. У этого бинокль был, одежду вне очереди получал. Взял плащ и быстро ушел.

— Он был один или с кем-нибудь?

— Номерок у него один был, больше ничего не могу сказать.

Странно, мужчина пришел в театр без дамы. Впрочем, если и была женщина, то она могла уйти как бы сама по себе, чтобы не привлекать внимания.

Человека, признанного гардеробщицей, звали Владимир Евгеньевич Абузяров, тысяча девятьсот шестьдесят первого года рождения. Неоднократно привлекался к судебной ответственности.

— Спасибо, Валентина Семеновна, вы мне очень помогли, — я рассыпалась в любезностях.

— Не за что... Главное, чтобы толк был.

— Обязательно будет...

* * *

Борис Расторгуев крутил в руках фотографию Абузярова и размышлял на заданную тему. А поразмышлять было над чем.

— Дважды судим за кражи. Проходил как свидетель по нескольким делам об ограблениях, но за недостатком улик осужден не был. Не слишком большого ума. За крупные дела не берется, это ему не по зубам. На мокрое дело пойдет вряд ли, не тот характер. Если твоего Пономаренко убил он, то можно открывать его список первым убийством.

— Где можно найти Абузярова?

Расторгуев стал прикидывать:

— По месту прописки ты его вряд ли найдешь. Часто бывает в ресторанах. Особенно в кафе «Центральное».

— Это кафе или ресторан? — стала уточнять я, не подумав, что в принципе разницы никакой нет.

— Считай, что ресторан. Играет музыка, официанточки, ну и все такое. Собираешься брать его? Не советую.

Борис был серьезен.

— Почему? — спросила я.

— Бандит — он и есть бандит. Может доставить тебе кучу неприятностей. Может, доверишь это дело нам?

Пожалуй, доверю. Только не в этот раз.

Я решила начать с «Центрального».

Ровно в восемь вечера, когда уже стемнело, я остановила машину неподалеку от кафе, на углу улиц Новодмитриевской и Гоголя. Закрыла дверцы и направилась ко входу в заведение, в котором ожидала встретить уголовника Абузярова.

Миновав стеклянные двери, я услышала громкую музыку. Трое музыкантов ублажали немногочисленную публику песенкой из разряда «Хиты девяностых».

Я осмотрелась, уселась за столик в углу зала и принялась осматривать помещение, которое мало чем отличалось от подобных ему. Стены зала были отделаны коричневым пластиком, с потолка свисали дешевые люстры, свет был приглушен и создавал атмосферу полуподвала. Публику представляли собой четверка молодых людей, сидевших за столиком, заставленным пивными бутылками, несколько разновозрастных пар и троица работяг, спускающих в унитаз случайный заработок трудового дня.

Подскочил молоденький официант с черной бабочкой на шее.

— Что будете заказывать? Шампанское, водку?

Лично я водку пить не собиралась, потому что была не одна, а с автомобилем, который одиноко страдал на улице. Шампанское с удовольствием взяла бы с собой, только не по той цене, которую установили владельцы ресторана. Оставалось одно:

— Кофе и парочку пирожных. Любых.

Молодец едва заметно скривился и исчез.

Можешь злиться сколько тебе угодно, на мне ты план не сделаешь и чаевых не накрутишь.

Вскоре я с удовольствием попивала из маленькой чашечки горячий кофе, который, надо отметить, был неплохо сварен, и уплетала пирожные «Волга». Причем за двоих.

Если Абузяров хотел зайти в ресторан сегодня, то давно должен был это сделать. Получается, что я попусту трачу свое личное время, а самое главное — деньги.

Я посмотрела на часы: двадцать часов сорок минут. По-моему, ловить здесь нечего, надо ехать в другое место. Только на этот раз обойтись без пирожных, потому что моя бесценная фигура этого просто не выдержит.

Я засунула в рот последний кусочек, который берегла на самый последний момент, и поднялась из-за стола.

Подскочил официант, которому я сунула сложенную пополам десятирублевую купюру, и пошла к выходу. Приблизившись к двери, я еще раз внемательно огляделась, хотя можно было этого не делать, и вышла на улицу.

Что за черт?

Какой-то бритый парень в кожаной куртке и спортивных штанах фирмы «Adidas» открывал дверцу моего автомобиля.

Я кинулась к машине.

— А ну, быстро вытекай на асфальт из моего «Мерседеса»! — Внешне я была спокойна, хотя очень хотелось убить этого козленка ударом дамской сумочки по голове.

В руке соплезвона блеснуло что-то металлическое, типа финки. Он сразу же успокоился, увидев, что перед ним всего-навсего девушка.

— Слышь, телка, отзынь по-хорошему... Я немного покатаюсь и верну тебе тачку. Если хочешь, поехали со мной. Обещаю море ощущений.

Оказывается, я еще и телка. Приятные слова из уст несозревшего бычка-производителя. Тем не менее условия меня совсем не устроили, и я решила настоять на своем:

— Быстро из машины, кастрат. Считаю до одного. Раз!

В ответ на мои познания в высшей математике в непосредственной близости от моего лица мелькнуло лезвие. Дегенерат ощерил зубы, напоминавшие собой сухофрукты в компоте, и зыркнул взглядом, который не предвещал ничего хорошего.

Только не для меня.

Я перехватила руку с ножом и два раза сильно ударила ее о верхний край распахнутой дверцы. Финка выскользнула из прокуренных пальцев и звякнула об асфальт. Затем я выдернула из машины любителя летних причесок, словно памперс из пачки. Он вылетел на свежий воздух, не совсем понимая, что происходит, и получил удар коленом в грудную клетку.

Парниша распластался на асфальте, пытаясь отдышаться, в чем не слишком преуспел. Я перешагнула через него и собралась сесть в машину.

— Эй, погоди!

Из темноты выступили еще двое точно таких же молодцев и подошли поближе.

— Сообщники? — кивнула я. — Понятно... Надо сказать, что вы выбрали слишком людное место для разборок.

— Ты что же это делаешь, сучка? — медленно процедил высокий жлобина с пухлыми губами, как у негритянки с обострением герпеса.

Ну что ты будешь делать... Видать, ребятки не знали, что никто — слышите?! — никто не смеет называть меня сучкой.

Я оглянулась по сторонам и неожиданно выбросила вперед левую ногу, уложив на асфальт того, что подошел поближе.

— Ну? — голосом, в котором звенела бронза, спросила я.

Продолжения не было. Оставшийся в живых братан бросился прочь, двое поверженных лично мною с трудом поднялись с асфальта, получив напоследок пинка в зад.

— Проваливайте отсюда, козлы!

Я брезгливо села на то место, по которому только что елозила вонючая задница, и вставила ключ в замок зажигания.

Заурчал двигатель. Я включила левый поворотник и приготовилась вырулить на проезжую часть.

Стоп!

Вернула рычаг передач в нейтральное положение, еще недостаточно осознавая, что остановило меня в начале пути. Из подъехавшей «Ауди» серебристого цвета вышли двое мужчин и поспешили в кафе.

Один из них был очень похож на Абузярова!

Я выскочила из машины и поспешила следом. Остановившись в стеклянных дверях, внимательно пригляделась к мужикам, один из которых уже вел переговоры с какой-то девицей в красном платье с вырезом во всю спину, другой набивал пакет водкой и колбасой. Я узнала человека, который носил фамилию Абузяров. С ним высокий парень, с глазами которого что-то было не так. Создавалось впечатление, будто он в течение нескольких часов не отрываясь смотрел на вспышку электросварки, такими воспаленными были его зыркала.

Я вернулась к машине.

Значит, задерживаться в ресторане они не собираются. Но что же дальше?

Ответ был дан через несколько секунд. Двое, приехавших на «Ауди», вернулись обратно в машину, но не одни. С ними была та самая девица из ресторана, хохотавшая без умолку. Она накинула на плечи легкую норковую шубу. Черные глазки вызывающе блестели, крашенные в каштановый цвет волосы были стянуты на затылке в крепкий узел.

— Девочку сняли... — процедила я про себя. — Стоило ли ехать в такую даль...

«Ауди» вывернула на проезжую часть и стала набирать скорость. Я двинулась следом.

Серебристая «Ауди» въехала во двор десятиэтажного нового дома на улице Московской, где благополучно припарковалась. Наверное, оставят машину до завтра.

Троица суетилась возле серебристой машины, вытаскивая из багажника тяжелый пакет и развлекая остроумием девицу.

Кореш Абузярова тщательно запер дверцы, включил сигнализацию и предложил всем остальным следовать за ним.

Стараясь не привлекать внимания, я последовала за ними.

Компания зашла в лифт, который пополз кверху, унося в своем чреве преступника и его дружков.

Черт, таким образом я их потеряю. Дом большой, в подъезде не менее ста квартир. Обнаружить теплую компанию я смогу только завтра утром, когда они будут выползать на свет божий, страдая похмельем.

Такое развитие событий меня не устраивало.

Я прильнула к плоскости входных створок и стала считать, приблизительно зная, какую скорость развивает лифт: раз... два... три... четыре... пять... шесть...

Шестой этаж, если я не ошибаюсь.

Дожидаться, пока лифт спустится вниз, чтобы поднять меня на нужный уровень, я не стала. Не вредно хоть раз в день пробежаться вверх по лестничным площадкам.

Что я и сделала, вложив в мышцы ног всю не растраченную за день энергию.

Шестой этаж. Я кинулась к дверям каждой из квартир, чтобы определить, в какую именно забурились трое из «Ауди». Они наверняка еще не успели запрыгнуть на кровать, подмяв под себя девочку, и толкутся в коридоре, снимая верхнюю одежду.

Мне повезло, потому что я услышала свирепый хохот девицы, которая носила норковую шубенку, под которой было красное платье с вырезом на спине, под которым... Понятия не имею, что было надето под платьем. Пожалуй, если бы не излишняя веселость девочки, то найти троицу в огромном доме было бы проблематично.

Я посмотрела на номер квартиры: 193. Надо запомнить.

Что делать теперь? Врываться в помещение и зычным голосом кричать «Всем на пол!»?

Нет, скорее всего придется подождать, пока ребята расслабятся, потеряют бдительность, вдоволь накувыркаются с девочкой, растеряв в потном воздухе свои калории, и, таким образом, слегка устанут. Вот тогда детектив Татьяна Иванова попытается с ними справиться.

Я посмотрела на часы: двадцать минут десятого. Сколько времени дать ребятам на отдых?

Глава 11

Прежде чем наносить визит в квартиру 193 по улице Московской, я решила проконсультироваться с моими помощниками по бизнесу, то есть с магическими костями.

Бросок. 7+20+27. «Все ваши друзья — истинные».

Совершенно ничего не понимаю... Какие друзья? Кто они? И при чем здесь друзья, когда я собираюсь нанести визит недругам!

Я смахнула кубики с гладкой поверхности стола прямо в мешочек. Сегодня мои помощники явно не в духе, такое бывает. И тем не менее их добровольные показания заронили в мою душу зерно сомнения.

На часах было половина первого ночи. Пора отправляться в путь, а то вдруг ребята уже нагулялись и решили прошвырнуться. Хотя без машины они вряд ли уйдут слишком далеко.

Усевшись в машину, я снова отправилась на улицу Московскую.

Поднялась на шестой этаж и подошла к двери квартиры 193, держа в руке отмычки. А может быть, все-таки позвонить и дождаться, пока мне откроют? Пожалуй, звонок может насторожить уголовничков и испортить весь кайф.

Я прислушалась. За дверью звучала музыка, заглушая голоса, если, конечно, кто-нибудь пользовался своими голосовыми связками.

Я принялась подбирать комбинацию. Замок был импортный, с редким секретом, поэтому я не сразу справилась с заданием, которое возложила сама на себя.

Наконец замок отомкнулся, и я тихонько толкнула дверь.

Та не поддавалась.

Дьявол, неужели они заперлись на засов или задвижку? В любом случае я не могла проникнуть в квартиру.

Что делать?

Рука потянулась к звонку, но я вовремя отдернула ее.

Если мужички заметят, что замок отперт, они заподозрят неладное.

Пришлось проделывать обратную операцию. Заперев дверь должным образом, я нажала на кнопку звонка, который мяукнул там, внутри квартиры, и принялась ждать. На всякий случай я растрепала волосы и подбоченилась, изображая из себя развеселую девицу, зная, что меня будут долго рассматривать в дверной «глазок».

За дверью послышались осторожные шаги. Никто пока не торопился открывать дверь — мной любовались в щелочку.

Я извивалась, словно серпантин на ветру, и пыталась улыбаться настолько глупо, насколько это было возможно. В конце концов, мои возможности не беспредельны.

— Кто там? — послышалось будто из преисподней.

Я встрепенулась и начала заливать:

— Мальчики! Вы что же, про меня забыли? Я жду не дождусь, пока мне уделят внимание!..

За дверью стихло. Затем послышался звук отпираемых запоров, и она приоткрылась.

В проеме показался высокий мужчина с «простуженными» глазами, в белых трусах с карманчиком. Он держал правую руку за дверью, будто прятал что-то и не хотел показывать. Я сразу поняла, что согласно законам гостеприимства меня встречают с пистолетом в руках. Черт возьми, я забыла надеть бронежилет.

— Ты кто?
— Я Татьяна!

Ну не могу я врать мужикам. Это мой почти единственный недостаток.

Товарищ заулыбался, точно месячный ребенок, только что пописавший на бутерброд с колбасой.

— Можно мне к вам? — спросила я, игриво дергая плечами. — Нельзя же оставлять девушку одну, когда вы веселитесь.

Кончики губ полупьяного стрекулиста оказались чуть ли не на затылке, до того он разулыбался.

— Прошу!.. — Дядя качнулся и чуть не рухнул в проеме, потеряв равновесие. Краем глаза я увидела, что дверь действительно была снабжена массивным засовом, который на сей раз забыли задвинуть.

Я очутилась в жилой комнате и увидела такую сцену.

Абузяров в чем мама родила тащился от удовольствия на диване, наспех застеленном розовыми в цветочек простынями, а сверху, будто «уазик» на ухабах, прыгала черноглазая девица. Кроме черных чулок на поясе, на ней ничего не было. Спина девушки сверкала от капелек пота, свидетельствовавших о том, что ей приходилось нелегко, и уже давно. Пришлось приложить немалые усилия, чтобы удовлетворить порядком подпившего мужика.

Сопровождавший меня мальчик с пистолетом и в трусах, которые вздыбились от нахлынувшего желания, заорал:

— Володька! Смотри, кто к нам пришел!

Володьке некогда было глазеть в мою сторону. Он пытался поймать оргазм, который безнадежно тонул в парах алкоголя.

Красноглазый заржал с оттенком вожделения в голосе и схватил меня пятерней за попку.

— Давай сначала выпьем, а потом...

Я не дала возможности товарищу огласить всю программу действий на эту ночь, двинула ему пяткой прямо по выпирающему из трусов бугорку и выхватила пистолет из его пальцев. Стриптизер выдавил из себя звук «ы» неправильной артикуляции и рухнул на ковер.

В это время девица взвизгнула, мышцы ее живота затряслись и стали сокращаться со скоростью два рывка в секунду. Она успела словить оргазм до того, как я направила на Абузярова пистолет, принадлежавший его дружку.

— Быстро! На пол!

И только в этот момент совокупляющиеся поняли, что произошло!

Девица сняла себя со штыря, который мгновенно потерял свою форму, как подтаявшее мороженое на палочке, и завизжала, прикрыв свою грудь ладонями с красными, как тряпка матадора, ногтями.

Абузяров рухнул на пол, показав волосатую спину, а девица бросилась было прочь из комнаты.

— Куда?! — рявкнула я. — А ну, назад!

Девица продолжала визжать, прикрывая соски, Абузяров же, повернув голову в мою сторону, пытался понять, что происходит.

Я приставила пистолет к голове уголовника.

— Где деньги?

— Какие? — Язык Абузярова заплетался.

— Деньги Пономаренко, которые ты взял после того, как убил его!

Голый мужик замотал головой:

— Ничего не знаю! Какие деньги? Кого убил? Убери ствол, дура!

За «дуру» он получил рукояткой по затылку. Несильно, чтобы не отключился.

— Говори, где деньги! Быстро колись!

Не слишком ли рьяно я за него взялась?

Девица продолжала орать, разливая ведрами слезы. Я прикрикнула на нее:

— Заткнись, дура, пристрелю!

Это подействовало.

Я подобрала с пола ворох скомканной женской одежды и бросила его красотке, у которой дрожали губы.

— Уходи...

Девица обнажила верхние зубы, все в желтых коронках, и зашипела, скривившись, как обиженный ребенок:

— Не подходи ко мне!..

— Убирайся!

Та вскочила и кинулась прочь из комнаты, сверкая голыми ягодицами.

Абузяров все еще лежал лицом вниз и яростно пыхтел, перемежая звуки паровоза с истерическими воплями:

— Ты кто такая?! Что хочешь?

— Деньги!

— Какие деньги, я тебе ничего не должен!

— Должен. Молчи, а то убью.

Я слишком увлеклась общением с голым уголовником и совершенно упустила тот момент, когда красноглазый окончательно пришел в себя. Я узнала об этом только тогда, когда почувствовала, что в мою шею уперся кончик бандитского ножа, а пистолет перекочевал из моей руки в чужую.

— Стой смирно, сука! Тогда убью не сразу.

Пришлось подчиниться. Судя по всему, ребята протрезвели и сейчас начнется другой разговор, который может закончиться отнюдь не в мою пользу.

Вот вам и предсказание о моих истинных друзьях, которое...

...начало сбываться!

Раздался такой жуткий грохот, какой мог устроить только Годзилла. Мой заплечный собеседник почему-то рухнул на пол, в комнате снова появилась орущая благим матом девица, запахло кожей и обувным кремом.

Меня подхватили за руки и вызволили из неудобного полусогнутого положения, не забыв осведомиться:

— Все в порядке?

Я увидела здоровенных парней в камуфлированной форме и с автоматами «АКС». Командовал парадом не кто иной, как Расторгуев.

— Однако, Татьяна Александровна, признайся, мы подоспели вовремя. Этот гад мог тебе шею прострелить. Навылет.

Я давно уже перестала удивляться чему-либо, но на этот раз была поражена.

— Борис! Как это все понимать?!

Расторгуев пожал плечами.

— Мы же не могли бросить тебя одну наедине с этими жуликами. Весь день наблюдали за тобой, чтобы вовремя прикрыть. Слава богу, успели.

* * *

Мне разрешили присутствовать при допросе Абузярова, который признал, что украл деньги, но причастие к убийству отрицал.

— Я не убивал!
— Что?!

— Он уже был мертвый. Сидел на стуле. Я сначала хотел выждать, а потом смотрю — не шевелится. Подошел поближе, а он не дышит. Я взял деньги — они на столе лежали — и тут же ушел.

— И нисколько не удивился тому, что произошло? — насмешливо спросил Расторгуев.

— Как же! Конечно, удивился! Только что мужик живой был — и уже труп. Да еще смеется.

Борис часто-часто заморгал.

— Как это понимать?

— Маска была у него на лице.

— Какая маска?

— Этакая белая. Смеющаяся рожа. Только я этого не делал!

Расторгуев повернулся ко мне:

— Что за бред?

Я кивнула:

— Все верно. Когда Пономаренко обнаружили, он действительно сидел на стуле с маской паяца на лице.

Борис был поражен. Он многое повидал за время службы, но такое... Затем он снова обратил внимание на задержанного.

— Ловко у тебя все вышло. Зашел, увидел деньги, взял и ушел.

Абузяров повел плечом.

— Повезло...

— А если бы Пономаренко был живой и не захотел отдавать деньги?

— У меня баллончик был...

— Понятно. А если бы кто-нибудь зашел и застал тебя в гримерной?

— Я же говорю, что повезло.

— И все-таки человек был убит.

Уголовник завертелся на месте.

— Клянусь мамой! Я даже не тронул его! Мне даже показалось...

Я насторожилась.

— Что показалось? Говори, не стесняйся.

Абузяров помотал головой.

— Хотите верьте, хотите нет... У меня было такое впечатление, будто тот, кто пришил его, наблюдает за мной. Я прямо чувствовал его взгляд...

Мы молчали.

— Трудно тебе будет доказывать невиновность, — произнес Расторгуев. — Там труп — здесь деньги.

У меня было такое чувство, что я вляпалась в большую кучу дерьма. Спросите меня — почему? Пока не знаю. Просто женская интуиция. На роль убийцы Абузяров действительно не тянул, послания в газету бесплатных объявлений — тоже не его рук дело. Он и говорить-то толком не умеет, не то что стихи писать. Так что правильно сказали мои кости — «пустые хлопоты».

Глава 12

Образ неуловимого убийцы, обладающего способностью писать двустишия а-ля Вильям Шекспир, начал приводить детектива Татьяну Иванову в бешенство.

С одной стороны, я была благодарна этому человеку, что он помог найти уголовника Абузярова, который украл деньги, подаренные Пономаренко, как бы сдав его властям. Правда, денег вдова знаменитого тенора так и не увидела, потому что пятьсот долларов для уголовника — не деньги. Их хватило в аккурат на две недели беззаботной жизни. Ну ничего, отработает на лесоповале и вышлет почтовым переводом.

С другой стороны, меня настораживала деловитость неизвестного, его спокойствие и циничность.

Что еще я узнала об убийце? Только то, что он прятался за куском пыльной бязи и спокойно наблюдал за тем, как ворюга тырит деньги, честно заслуженные Александром Ивановичем. Неплохая, надо сказать, выдержка, свойственная таким профессиям, как шпион, автогонщик, милиционер. Уголовник, в конце концов... Не могу утверждать, что круг поисков резко сузился. Скорее наоборот — голова начинает пухнуть от мыслей.

Этот человек затаил на Пономаренко какую-то обиду. Что же это было за дело, из-за которого надо убивать?

Игра в послания должна быть продолжена.

Я отнесла в газету бесплатных объявлений очередной купон, в который вписала такие строки:

«ТОМУ, КТО ТРЕБУЕТ ОТВЕТА:

Увы, не деньги вам милее,

А смерть...

ДЕТЕКТИВ».

В духе трагедий Шекспира, черт бы его побрал.

Я долго думала над тем, какую рифму подобрать к слову «милее», чтобы получился смысл. Ничего подходящего не нашлось, и пришлось оставить двустишие в урезанном виде.

Прежде чем идти в редакцию, я проконсультировалась с моими любимыми и обожаемыми костями, которые я никогда и ни за что не стану больше обижать подозрениями и сомнениями.

Бросок. 15+25+9. «Вы достигнете успеха благодаря случаю и доброжелательности».

Это мне нравится! Давно пора случиться какой-нибудь случайности, которая случайно обеспечит мне счастливый случай. Только вот какой именно?

Увы, магические цифры не открывают всех тайн, как бы нам этого ни хотелось. Ну и не надо. Для того и существуют мозги, чтобы домыслить недостающее.

* * *

Я поднялась на этаж, принадлежавший редакции газеты бесплатных объявлений, держа в руке конверт с очередным посланием, но обнаружила, что приемщица отсутствует на своем рабочем месте.

Что за черт?

Время шло, но никто не торопился принять у меня послание к убийце. Ничего не оставалось, как прислониться к дверному косяку и начать зевать.

Но затем я услышала голоса, которые доносились из комнаты, находившейся налево по коридору, и, повинуясь любопытству детектива, подошла поближе и навострила ушки.

Разговаривали двое — мужчина и женщина. Разговор был следующего содержания:

— Целых две недели! Я не могу отпустить вас на такой период, у меня нет замены!

— Поймите, я должна съездить к сыну! Если бы ваш ребенок служил в армии и прислал письмо, в котором сообщил, что ему плохо, — неужели бы вы спокойно сидели дома?

— У меня две дочери, но и с ними хлопот хватает — женихи одолели. И один безобразнее другого. Так что мне завидовать не стоит.

— И все-таки я прошу отпустить меня. Хотя бы за свой счет. Согласно законодательству, я имею на это право!

— Согласен, только не сейчас — именно в тот момент, когда работы невпроворот! Очень хорошо наносить визиты на Новый год — лучше не придумаешь. И у нас будет маленькая передышка.

— Но мне нужно сделать это именно сейчас!

И тут рядом с местом, где я стояла, прямо в пол ударила молния — меня осенило! Судьба посылает мне подарок, при помощи которого я смогу попытаться проследить путь посланий моего оппонента.

Я решительно открыла дверь, вошла в небольшую комнату, обклеенную обоями местного производства. За однотумбовым полированным столом сидел человек лет сорока пяти, редактор газеты. Я обратила внимание на то, что спереди его прическа напоминала зачес Стивена Сигала.

Перед светлыми очами руководителя учреждения в скорбящей позе склонилась женщина с узлом волос на затылке и шалью на плечах. Та самая, что принимала от посетителей объявления.

— Что вы хотите?

Вопрос предназначался мне. Я сделала еще два шага вперед и уверенно заявила:

— Простите, я случайно слышала ваш разговор и хочу сказать, что я готова заменить вашу сотрудницу на время ее отсутствия.

Господи, что же я делаю! Две недели добровольного заточения в стенах редакции с восьми до восьми всего-навсего с двумя выходными!

Если бы в этот момент по радио сообщили, что от укуса мухи цеце скоропостижно скончался Борис Ельцин, то все равно тишина не была бы такой гнетущей.

Редактор смотрел на меня так, будто я была Тиной Тернер и предлагала ему выйти за себя замуж. Совсем другое выражение было в глазах женщины — в них дрожали капельки слез, поэтому, черт возьми, не было видно никакого выражения.

— Нам нечем будет оплачивать вашу работу, —

произнес наконец редактор, будто это была самая важная информация на свете.

— Ничего страшного, — обнажила я свои красивые белые зубы. — Две недели работы бесплатно мне не повредят. Так что, отпускаете женщину?

Работа в отделе приема объявлений была нетрудной: нужно было выдать посетителю купон, который он должен был заполнить, сообщая информацию, полезную всему миру, принять денежки, выдать расходный ордер и ждать очередного жаждущего поделиться новостями типа «купи-продай». Бесплатные объявления и послания попросту складывались в отдельную стопку, чтобы порадовать мир своим содержанием месяца так через полтора (посланий это не касалось).

Счастливая дамочка тут же собрала нехитрые причиндалы и исчезла с быстротой спекулянта, уклоняющегося от уплаты налогов, не забыв осыпать меня улыбками, благодарностями, слезами и прочими аксессуарами неожиданно свалившегося счастья.

Я принялась за работу.

Не знаю, как работалось моей предшественнице, но мне кажется, что только в мою бытность в редакцию повалило такое огромное количество посетителей. Они даже выстраивались в очередь и с едва скрываемым нетерпением ждали, пока я их обсчитаю.

— Девушка, нельзя ли побыстрее!
— Милая, нас клиенты ждут, времени в обрез!
— Ну чего ты там копаешься? Работать, что ли, не умеешь?

Если бы я не была «при исполнении», то давно бы заехала в морду кому-нибудь. Увы, пришлось криво улыбаться, нервничать про себя и проклинать этот самый «подарок судьбы».

* * *

За прошедшую со времени моего добровольного рабства неделю я вымоталась, как сто китайцев. Тем не менее я собиралась выполнить данное обещание и проделать всю необходимую работу.

Через мои руки проходили срочные объявления и послания, которые, откровенно говоря, были достойны того, чтобы стать подтирочным материалом. Я начиталась такого бреда, что не приснится и в страшном сне.

Например:

«Дракуле:

Моя вонючая кровь тебе не понравится.

Человек-паук».

Или:

«Мальчики, встретимся на той же помойке, что и неделю назад. Чернила и падаль обязательны.

Трое из одного презерватива».

В одиннадцать часов двадцать минут в комнату зашел белобрысый мальчишка лет одиннадцати в сереньком курточке и оставил на столе запечатанный конверт.

Я уже порядком устала, потому что последний посетитель обладал таким жутким почерком, что я чуть не свихнулась. К тому же он страшно обижался на мою «непонятливость» и грозился сделать так, что меня «уволят» за пять минут. Если б только он знал, как я жаждала этого.

Повинуясь уже сложившемуся рефлексу, я вскрыла конверт и, не глядя, вложила исписанный купон в небольшую кипу таких же посланий. Затем обратила взор на очередного клиента.

И вдруг!

Меня словно ударило по ушам, я вновь схватила листок, который только что держала в руках.

И вот что я прочла:
«ДЕТЕКТИВУ:
Еще один великий человек в моей коллекции.
Какой злосчастный век.
ТОТ, КОТОРЫЙ ЖАЖДЕТ ОТВЕТА».
Я долго шевелила губами, пока мне не напомнили, для чего я здесь нахожусь.
— Простите, — торопливо пробормотала я, вскакивая со стула, — я на одну минутку!
С быстротой ядерной боеголовки я бросилась вниз по лестнице, уже не надеясь настигнуть посланника. Господи, хоть бы мне повезло!

Я выбежала во двор дома и начала крутить головой направо и налево в надежде увидеть того самого мальчишку, который только что был в редакции.
Тщетно, по всей видимости, он уже вышел из двора и отправился по своим делам.
Я поспешила на улицу. Никого...
Как мне не повезло! Удача была в моих руках и умчалась прочь, как «новый русский» в своем «мерсе».
И в этот момент я заметила уже в конце следующего квартала знакомую серую курточку!
Даже на соревнованиях по бегу я так не выкладывалась. Мне понадобилось десять секунд, чтобы настигнуть несовершеннолетнего посланника неизвестного убийцы.
— Мальчик, подожди минутку!
Пацан обернулся и настороженно уставился на меня. Я подошла к нему вплотную, чтобы пресечь попытки к исчезновению, и спросила:
— Где ты взял послание?
Мальчуган смотрел на меня так, будто увидел говорящую корову.
— Какое послание?

— То, которое ты только что принес!
— Куда принес?

Посланник явно пытался представить дело так, будто ничего не знает.

Я стояла на своем.
— Принес в газету бесплатных объявлений.
— Я ничего никуда не приносил!
— Хватит врать! — Чертовски не люблю, когда со мной так поступают. — Я видела тебя собственными глазами.

Мальчишка внезапно дернулся в сторону, пытаясь удрать. Я молниеносно схватила его за рукав серой куртки.

— От кого это послание? Кто велел передать его?
Мальчишка закричал:
— Никто! Я ничего не знаю! Пустите, мне больно!
Он снова попытался вырваться, но я держала его крепко.
— Пустите! Я ничего не знаю! Ничего!..
Мальчишка был явно напуган.

Я решила зайти с другой стороны и начала снова, на этот раз миролюбиво:
— Послушай, дружище, я не хочу сделать тебе ничего плохого. Только скажи, кто велел передать купон в редакцию. И все! Что тут такого страшного?

Мальчуган молчал. По его лицу потекли слезы.

Мне не нравилось, когда кто-то хотел разжалобить меня. Почему я не плачусь никому в жилетку, когда приходится туго?

Неожиданно парень кинулся в сторону, сильно толкнув меня. Он вырвался из моих ласковых объятий и, словно суслик в норе, исчез в лабиринте старых купеческих домов, определявших собою местный пейзаж.

Я бросилась следом за мальчишкой, но даже не

успела заметить, куда он исчез. Промотавшись с полчаса по окрестностям, я вынуждена была вернуться в редакцию с омерзительным настроением.

Правильно говорят, что беда не приходит одна.

На моем рабочем месте восседал редактор, лично. Его прокурорский взгляд не предвещал ничего хорошего. Целая толпа посетителей с тоской взирала на то, как я получаю по башке.

— Вас около часа не было на рабочем месте.

Я искренне удивилась. Ну зачем же так врать!

— И всего-то тридцать пять минут!

— Мне не нужны такие работники. Будем считать, что я вас уволил.

Мне ничего не оставалось, как пожать плечами и собрать вещи, которых было не так уж и много.

Глава 13

Я перечитывала послание, которое принес в редакцию газеты мальчишка в серой куртке.

«Еще один великий человек в моей коллекции.

Какой злосчастный век».

Что за бред? Какая-то коллекция? И при чем здесь великие люди?

Что скажут об этом магические цифры?

Бросок. 33+20+4. «Если вы не хотите понапрасну мучиться тревогами — не ищите сейчас решения волнующей вас проблемы».

Интересно, а когда же мне этим заниматься? Время, между прочим, уходит безвозвратно.

Черт!

И тут я подумала о том, что дело Пономаренко приобретало все более загадочный характер: на сцену выходил охотник на знаменитостей! Кровавое хобби, присущее людям с ненормальной психикой. Людей, которые убивают из-за денег, из чувства мести, из-за места под солнцем, можно как-то понять. Какая выгода у тех, кто собирает в свою коллекцию трупы знаменитых граждан? Потешить свое тщеславие? И что же дальше?

Александр Пономаренко был личностью известной, но не настолько, чтобы стать ярким светилом на звездном небосклоне. Список знаменитостей мог включать в себя множество имен. Начиная с губернатора, следуя далее вниз по должностной цепочке, незаметно переходя к талантливым людям, обладающим творческими профессиями, удачливым бизнесменам, заканчивая героями-однодневками, совершившими привлекший к себе внимание поступок.

По какому же принципу убийца отбирал кандидатов на свободное место в морге? Согласно портретной галерее на Доске почета города и области? Александра Пономаренко среди них не было. К тому же представленные к награде типа «всеобщее обозрение» люди были в полном здравии и в ближайшее время не собирались помирать даже своей смертью.

Впрочем, почет и уважение имели кое-какие различия с так называемой известностью. Можно быть уважаемым гражданином города и не мелькать на страницах газет. В то же время можно было быть полным дураком и завоевать популярность тем, что показался на экране телевизора и запудрил мозги доброй половине телезрителей, которые еще не научились распознавать грань между добром и злом.

Этот вариант отпадал.

Затем я занялась просмотром прессы, пытаясь предположить, какую систему применила бы сама, если бы в мою голову пришла мысль уничтожать знаменитых граждан родного города.

Газеты писали об одном и том же: трудностях пенсионеров, неприкаянности молодежи, мечтах и чаяниях городских чиновников, супермодных современных лекарствах и бомжах. Как правило, преступности уделялось значительное количество строк. Если же говорилось о какой-нибудь отдельной личности, то это делалось как-то вскользь.

Я скомкала последнюю газету и бросила ее в угол комнаты.

Что еще? Журналы? Они издаются в основном в Москве, и материалов про знаменитостей в них хоть отбавляй. Только они не по зубам местному охотнику за великими мира сего.

Телевидение.

Я развернула газету. Городская телерадиовещательная компания не утруждала себя разнообразием программ. Кто же мог быть на примете убийцы? Телеведущие? Насколько я ориентировалась в мире телевизионных игр и публицистических программ, все ведущие по-прежнему мелькали на экране и также не собирались умирать в ближайшее время.

Может быть, надо играть от личности Пономаренко?

На следующий день я связалась с телерадиокомпанией и выяснила, что Александр Пономаренко принимал участие в июльской передаче «Герой дня»! Логичнее было бы называть ее «Герой недели» или даже «Герой месяца», потому что иногда программа выходила в свет не чаще чем один раз в тридцать дней.

Это уже было кое-что. Интересно, кто еще участвовал в передаче из известных личностей нашего города?

Оказалось, это была куча народа.

Предположить, что убийца выбирает жертвы по другому принципу, я не решалась. Ниточка была слишком тонкой, и не хотелось ее обрывать.

* * *

Я просматривала список лиц, принимавших участие в программе «Герой дня». К счастью, эта передача имела не очень большую историю, она выходила в свет с января текущего года. Количество участников не совпадало с количеством недель.

В программе участвовали политики местного уровня, бизнесмены, руководители разных рангов, актеры, представители обществ. Все они были людьми известными и здравствовали в настоящее время. Хотя эта информация нуждалась в проверке.

С этим самым списком я заявилась к Расторгуеву. Борис принял меня, как всегда, любезно и первым делом осведомился, какого черта я решила его побеспокоить.

Я выложила на стол исписанный лист.

— Посмотри внимательно, Борис. Мне нужно знать, не умирал ли кто из этих людей.

Расторгуев вздохнул, принялся изучать список и почти сразу же ткнул пальцем в одну из фамилий:

— Вот, смотри... Председатель областного комитета по делам молодежи Владимир Яковлев совсем недавно разбился на автомобиле. Врезался в столб на полной скорости.

Да, совсем разные случаи. Смерть от несчастного случая и смерть от сердечного приступа.

— Что еще?

— А вот еще... Сергей Александров. Выбросился из окна своей квартиры, будучи в нетрезвом состоянии. Скорее, выпал.

Я тут же вспомнила несчастного Геннадия Войновича.

— Кто такой был этот Александров? — спросила я.

— Бизнесмен. Большое внимание уделял благотворительности.

— Когда это случилось?

— Не помню точно, где-то в августе. Кстати, с причиной его смерти не все ясно до конца.

— Как это понимать?

Борис поскреб заскорузлым ногтем в затылке.

— Лучше всего тебе об этом расскажет наш эксперт — Володя Максимов. Если хочешь, я свяжу тебя с ним.

Хочешь, не хочешь — надо.

Расторгуев набрал номер, дождался, пока снимут трубку, позвал к телефону нужного человека и передал полномочия мне лично в руки. Но прежде ввел эксперта в курс дела, то есть намекнул на то, что с ним будет беседовать шикарная женщина, которой нельзя отказывать ни в чем.

— Привет, Володя! Я — Таня!

— Весьма рад. Чем могу?

Лаконично отвечает парень. Надо поучиться.

— У вас были сомнения по поводу причины смерти Александрова, помните?

— Который любил полетать?

Вот циник.

— Именно. Так что можете сказать по этому поводу?

— Есть, вернее, была одна странная деталь — смерть наступила в общем-то от внутреннего кровоизлияния, но вот при вскрытии черепной коробки было обнаружено нарушение тканей — что-то вроде прокола острым предметом.

— Что это значит?

— Понятия не имею. Как будто кто-то решил побаловаться с трупом — уже трупом — и засунул ему иглу в ухо. Больше ничего не могу сказать.

Блин...

Однако вернемся к нашим баранам.

Всего в списке оказалось пять фамилий тех, кто ушел из жизни при разных обстоятельствах. Александра Пономаренко я не считала.

Итоги были таковы:

Владимир Яковлев, председатель комитета по делам молодежи, туризму и спорту.

Сергей Александров, бизнесмен.

Игорь Крашенинников, депутат областной думы.

Владимир Иванов, журналист.

Владислав Зуйков, инженер-физик.

Остальные двадцать пять человек помирать не собирались, чего и другим желали.

Ниточка была слаба. Пять из тридцати — это не тенденция. Следуя логике убийцы, он должен косить «героев дня» направо и налево. А в результате — всего пять человек.

Скорее всего я на ложном пути.

— Что придумала? — спросил Борис. — Будешь отрабатывать версию?

— Буду.

Глава 14

Пятеро покойников вынудили меня потратить почти целый день на сбор информации, которая могла быть полезной в моем расследовании. И вот что у нас получилось.

Яковлев Владимир Викторович стал жертвой автокатастрофы, об этом я уже упоминала. Точно такая же судьба, как ни странно, постигла Иванова Владимира Константиновича. Он умудрился разбиться на «Жигулях» модели 01.

В крови Зуйкова Владислава Ивановича обнаружена превышающая норму доза наркотика. Товарищ любил побаловаться травкой.

Александров Сергей Александрович погиб в результате несчастного случая, выпал из «скворечника». Да еще наткнулся ухом на острый предмет.

И, наконец, Крашенинников Игорь Сергеевич разбился на своей «девятке».

Далее я выяснила любопытную деталь, рассматривая фотографии, втихаря от начальства предоставленные мне Борисом Расторгуевым: когда делали осмотр автомобилей Яковлева, Зуйкова и Крашенинникова, то в пепельницах были обнаружены окурки сигарет, испачканные губной помадой. Я обратила внимание, что сигареты были докурены почти до самого фильтра, чего женщины обычно не делают (впрочем, смотря какая женщина), и затушены истинно по-мужски — буквально вмяты в дно пепельницы.

Если подвести черту, то мы имеем три случая автокатастроф, один — несчастный случай, один — передозировка наркотика и один — который меня интересовал больше всего — сердечный приступ.

На свой страх и риск я решила занести Пономаренко в этот список. Ниточка была тонка и непрочна, но именно это толкало меня на решительные действия — встретиться с семьями, поговорить с теми, кто общался с жертвами по долгу службы, может, что-нибудь и выясню.

За несколько дней тщательного знакомства с жизнью безвременно почивших «героев» я выяснила, что из пяти человек женатым был только Игорь Крашенинников, депутат областной думы, тридцати восьми лет. Остальные не были связаны семейными узами.

Я отправилась на встречу с вдовой Крашенинникова — Светланой Аркадьевной, молодой брюнеткой со взглядом сиамской кошки и острым подбородком. И вот что заинтересовало меня больше всего из нашего разговора, когда я коснулась супружеских взаимоотношений:

— ...Мы с ним не жили как женщина с мужчиной, — сказала Светлана Аркадьевна.

В принципе такое положение вещей не редкость в нашем мире. Как говорят в народе — бывает...

И все-таки я не удержалась и, прости, господи, за мой длинный язык, поинтересовалась, в чем дело, то есть сунула нос под чужое одеяло.

— В чем была причина? — Чтобы сгладить впечатление от моего нахального вопроса, я разверзла рот в улыбке, которая была не совсем уместна в данной ситуации.

Светлана Аркадьевна даже не повела бровью и ответила так просто, будто разговор шел о размерах лифчиков:

— Игорь оказался гомосексуалистом.

Я чуть не поперхнулась собственной слюной. Приехали.

— Как тогда объяснить ваш союз? — спросила я после долгого молчания, которое уже становилось тягостным. — И вообще, как такое могло произойти?

— Это выяснилось только после свадьбы. На третий год нашей совместной жизни Игорь признался, что у него нет влечения ко мне, равно как и к другим женщинам.

У меня было такое впечатление, будто Светлана Аркадьевна смаковала каждое произнесенное слово.

— Как же объяснить, что вы прожили вместе столько лет?

— Как человек Игорь был замечательный: приветлив, обходителен. Очень неплохо зарабатывал — он издавал газету, затем стал депутатом... Единственное, что омрачало наш союз, — его принадлежность к сексуальному меньшинству.

— Кто еще знал об этом?

— Никто. Мы старательно скрывали это.
— У него был партнер?
— Был... Но я о нем ничего не знаю...

Вот так, ребята. Уж не знаю, каково было женщине жить с гомиком. Если взять в расчет мудрую мысль несчастного русского народа, то получается так: «С волками жить...» — ну и так далее. Я бы не удивилась, если бы Светлана Аркадьевна, в свою очередь, была неравнодушна к лесбийской технике любовных утех.

Я уцепилась за ниточку, которая вела к бару «Голубая устрица», решив проверить, как чувствовали себя в объятиях женщин другие жертвы передачи «Герой дня».

И оказалось, что под юбку к дамочкам им лазать было противно, а вот к разного рода педикам они были отнюдь не равнодушны! Я поняла, почему эти ребята не были женаты! Один Крашенинников лопухнулся и сделал главную ошибку в своей жизни.

Режьте меня тупым ножом, но все это никак не вяжется с Пономаренко. У него была хорошая семья — жена и сын. К тому же я знала Александра Ивановича лично, и он совсем не производил впечатления человека, который склонен к мужеложству.

Впрочем, пути господни неисповедимы. Кто знает, куда повернула жизнь на старости лет? Мне давно не давало покоя ощущение женского присутствия в деле об убийстве Пономаренко, но я никак не могла предположить, что в роли женщины выступит переодетый гомик.

У меня появилось абсурдное предположение, но в прошлом знаменитого тенора было что-то, похожее на неординарное сексуальное поведение. Убийство заказано из далекого прошлого? Тогда кто же этот таинственный «заказчик»?

Отбросим прошлое, вернемся к покойничкам.

Моя версия такова: некий неуловимый бисексуал, повинуясь вполне объяснимому сдвигу по фазе, решил заняться неординарным и даже жутким хобби — собрать коллекцию трупов знаменитостей.

Бред?

Вполне может быть. Чтобы убедиться в том, что мне еще рано отправляться в психушку, я решила раскинуть костями.

Бросок. 29+22+12. «Ваше место там, куда влечет фантазия».

Значит, я не так уж и не права, а посему отправлюсь все-таки на поиски этого самого бисексуала.

Честно говоря, у меня были сомнения. Может быть, я напрасно копаю под какого-нибудь бедного гомика, а он здесь ни при чем? Может быть, он совсем не убийца, а человек, которому не повезло в жизни? Кстати, вполне вероятно, что у людей, чьи судьбы я сейчас разбираю на мельчайшие детали, психика уже была не совсем нормальной. Может быть, именно это стало причиной их смерти, облеченной в форму самоубийства?

В любом случае заняться мне сейчас нечем. Почему бы и не познакомиться с неким бисексуалом, может быть, это наведет меня на некоторые мысли? Была не была.

Впрочем, бисексуал ли это? Неважно. Главное, выбрать кодовое название. Пусть будет «Би...»

Я еще раз просмотрела список участников передачи «Герой дня». Кто из них будет следующей жертвой маньяка? А может, кандидата в кровавую коллекцию следует искать среди тех, кто не успел еще принять участие в программе, но обязательно примет? Как вы думаете?

Я снова наведалась на телевидение и выяснила, кто будет принимать участие в последующих передачах программы «Герой дня». Четыре кандидатуры:

еще один депутат областной думы, директор центрального универмага, полковник милиции и местный кутюрье, устраивающий показ моделей для жителей города.

Полковника милиции я вычеркнула сразу. Интуиция подсказывала, что здесь ловить нечего.

Директор универмага был женат, имел двоих детей и, судя по слухам, поддерживал свою сексуальную форму, регулярно посещая компании с красивыми девочками.

Вы спросите меня, откуда я могу это знать? Просто за моими плечами столько дел, перед глазами столько людей, а в ящичке столько информации, что трудно не натолкнуться на знакомый факт.

Труп депутата думы в коллекции «Би» уже есть. Остается кутюрье.

Навести справки насчет сексуальных прибабахов местной достопримечательности стоило мне двух дней беготни и нескольких долларов.

Yes! Мои ожидания оправдались. «Героический» портняжка был не женат и, самое главное, не чужд желания залезть в штаны к смазливому мужичку.

Я справилась насчет плана выхода в свет очередных передач и узнала, что уже на этой неделе планировалась передача с полковником милиции Владимиром Миндриным, начальником отдела по борьбе с организованной преступностью в главной роли. «Героическое» интервью с местным «Карденом» состоится неделей позже.

За пропуск в студию на съемку передачи о Викторе Спичникове, так звали модельера, имя которого вскоре будет у всех на устах, пришлось выложить пару баксов, что я немедленно внесла в статью расходов.

Осталось дождаться дня съемок.

Честно говоря, у меня на душе было пакостно: слишком гладко распутывается клубок. Это не к добру.

Глава 15

Студия, в которой планировалось провести съемки очередного выпуска программы «Герой дня», находилась на втором этаже здания, сообщавшегося переходом с так называемым Домом радио. Высокий потолок, ряды стульев, расположенные ярусами, три стационарных камеры, матовое окно, за которым располагалась аппаратная с режиссерским пультом.

У противоположной стены, задрапированной бархатным задником, на небольшом подиуме находились длинный стол и два кресла, предназначенные для ведущего и самого «героя дня».

Собравшиеся зрители ожидали начала съемок в узком коридоре. Публика была разной. В основном это были люди, которых Спичников пригласил лично. Остальные — те, кто посещал подобные мероприятия из детского любопытства. Среди них была я. Мой интерес имел несколько другие истоки — я пришла изучать феномен Спичникова и атмосферу вокруг него.

Ассистент режиссера пригласил зрителей занять свои места. Я тут же направилась в левое крыло, чтобы занять крайний стул, потому что оттуда очень удобно было наблюдать за собравшимися.

— Простите...

Я столкнулась с крашеной блондинкой, которая спешила занять место поближе к «сцене». Ее черная сумочка фирмы «Ruby Rose» соскользнула вниз и упала на пол.

Блондинка пробормотала «извините» и кинулась занимать кресло. Я же уселась на то место, которое присмотрела заранее, и приготовилась внимать действию.

Вскоре появились ведущий и Виктор Спичников. Они поздоровались с собравшимися и уселись за длинный стол. Тут же по монитору раздался голос режиссера, который находился в аппаратной. Он просил немного подождать, потому что, как всегда, не обошлось без технических заминок.

Операторы заняли свои места. Над камерами зажигались яркие лампочки, проверялась готовность техники.

Наконец к съемке все было готово. Режиссер дал команду: «Начинаем!», ведущий, молодой человек с крупным носом, который делал его похожим на Депардье, повернул лицо к камере номер один и произнес дежурную фразу:

— Добрый день, дорогие друзья, в эфире еженедельная программа «Герой дня». У нас в гостях модельер Виктор Спичников.

Кутюрье томно наклонил голову, это должно было означать, что он поздоровался со зрителями. Я наблюдала за Спичниковым сбоку. Типичный «голубой» — напомаженная голова, тонкие полураскрытые губы, игривый взгляд и интонации голоса с головой выдавали педика.

Ведущий задавал вопрос за вопросом, модельер отвечал, а я внимательно рассматривала собравшуюся публику, пытаясь сделать это как можно незаметнее. Человека за человеком. Зрители внимательно слушали беседу ведущего с гостем, иногда принимая участие в разговоре. Участники в зрительном зале активно реагировали на каждого выступающего, как по команде поворачивая головы к тому, кто просил очередного слова.

Блондинка, которую я чуть было не уложила на пол своим неловким движением, настолько энергично дергала головой, что у меня рябило в глазах от мелькавшего впереди парика, напоминавшего сияющий на солнце подсолнух.

Стоп!

Почему я сказала «парика»? Это случайно или женская интуиция пыталась нажать на мое подсознание?

Я навострила ушки и прищурила глазки.

В лице дамочки было что-то мужеподобное. Это было лицо перезревшей проститутки, которой давно пора отойти от дел. Именно так выглядит мужчина, если его размалевать как следует и напялить на голову рыжий «скальп».

Мое сердце забилось. Неужели?..

Теперь мой взгляд словно гвоздями был пришпилен к фигуре загадочной дамы. Чем больше я всматривалась, тем больше убеждалась, что передо мной переодетый в женскую одежду мужчина: узкое седалище, широкие плечи, бугристые икры.

Съемка длилась полтора часа. Режиссер останавливал действие, просил повторить некоторые моменты, менял ленту.

Наконец запись была закончена. Ведущий и Виктор Спичников поднялись из-за стола и пожали друг другу руки.

Публика стала расходиться, а я внимательно следила за блондинкой, которая приблизилась к модельеру и о чем-то заговорила.

Именно этого я и ожидала. Теперь завяжется знакомство, а вскоре должен подвернуться момент, во время которого можно без лишних проблем всадить нож в спину. Хотя у коллекционера знаменитых трупов наверняка, кроме поножовщины, были и другие методы.

Я оказалась на улице. Было уже темно, часы показывали семнадцать тридцать.

Виктор Спичников вышел из студии в сопровождении блондинки. Быстро работает, сучка. Или сучок?.. Как правильно называть сие создание?

Если дело зашло слишком далеко, то убийство

планируется уже на сегодня, а я ничем не смогу помочь жертве маньяка. Что делать?

Я увидела, что Виктор подошел к своей машине. Это был «Опель-Кадет» — трехдверный, оранжевого цвета.

Сейчас они сядут в машину...

Я кинулась к своей тачке, залезла на любимое сиденье и запустила двигатель. Голубки усядутся рядышком и поедут на место будущего преступления.

Черт!

Блондинка не села (или не сел) в автомобиль Виктора Спичникова. Они распрощались здесь же, на месте. Модельер переговорил с мистером «Би» через открытое окно и отъехал.

Странно... Кутюрье оставил «даму» и смылся. Что произошло? Знакомство не состоялось? Я на ложном пути?

Мимо пролетало такси. Блондинка тормознула шефа, запрыгнула на сиденье пассажира, и машина сорвалась с места.

Я слишком поздно среагировала. Такси исчезло в темноте улиц, словно отбивная котлета в пасти изголодавшейся дворняги.

Я потеряла мистера «Би».

Глава 16

Итак, что мы имеем на сегодняшний день? Если «Би» клюнул на Виктора Спичникова, то вскоре он, наверное, попытается устроить автокатастрофу. Это логично — у Спичникова есть машина, «Опель-Кадет». Погода зимняя, и дорожно-транспортных происшествий с каждым днем становится все больше и больше.

Я организовала наблюдение за Спичниковым, не забыв про своих верных помощников — «жучков».

Прибыв на улицу Щорса, где жил кутюрье, я открыла дверку автомобиля, убедившись, что «Опель-Кадет» не оснащен сигнализацией, и установила «жучок», воткнув крошечный микрофончик в кожу водительского сиденья. О'кей, теперь все в порядке. Можно выезжать.

Целый день мы с ним крутились по городу. Я сопровождала кутюрье, который не подозревал о слежке и занимался исключительно своими делами.

За день я успела побывать в Доме моделей, центральном универмаге, магазине аудио- и видеоаппаратуры, стала свидетелем разговора кутюрье с клиентами по сотовому телефону. Ничего из увиденного и услышанного не стоило внимания.

Наконец «это» произошло.

Спичникову позвонили по телефону, когда он собирался выйти из машины, остановившись напротив входа в кафе «Южное», расположенное по улице Яблочкова.

Это была блондинка, которая пригласила Спичникова на деловой разговор в ресторан «Московский»... Завтра... В семь он не может... Значит, в восемь...

Итак, завтра!

Спичников скрылся в дверях кафе «Южное», а я развернулась и уехала прочь. Я узнала все, что мне было нужно.

* * *

На следующий день ровно в половине восьмого я появилась в зале ресторана «Московский» в шикарном брючном костюме из шерсти с лавсаном мягкого серого цвета, как шкурка шиншиллы. Костюм был удобен тем, что не стеснял движений и позволял махать руками и ногами во всех направлениях, если придется как следует подраться.

Я заняла место в углу зала, пройдя мимо бесчисленного количества столиков, чтобы было удобно следить за всем, что происходило в ресторане. Этим я обратила на себя внимание мужской части посетителей, которые тут же повернулись в мою сторону и принялись строить глазки и расточать дебильские улыбки.

В последнее время я стала слишком часто бывать в ресторанах. На кофе и пирожные меня уже не тянуло, хотелось чего-нибудь более существенного.

— Что будете заказывать?

Подошедшая официантка — стройная девушка в чистом переднике — подозрительно посмотрела на меня, видно, спрашивая себя, почему эта девица заявилась в ресторан одна.

— Безалкогольное пиво есть?
— «Бавария».
— Годится. Одну бутылку.
— Закуска?
— Пока не надо.

Девушка записала заказ, еще более подозрительно оглядев меня, и удалилась, покачивая бедрами.

Девятнадцать сорок. Еще двадцать минут до встречи двух гомиков.

Итак, что мы должны узнать?

Технологию. Каким образом этот придурок устраивает несчастные случаи. Клиент прибудет на машине, иначе операция сорвется. Мистер «Би» приглашал его на разговор, а не для праздничного ужина при свечах с шампанским. Но почему ресторан? Деловую встречу можно устроить в любом другом месте. Скорее всего это часть технологического процесса.

Официантка принесла заказанное мною безалкогольное пиво, стоившее не меньше, чем настоящее.

Я тщательно протерла салфеткой бокал и наполнила его янтарно-желтой жидкостью. Затем отпила глоток.

Девятнадцать пятьдесят.

Дверь открылась, и я увидела роскошные белые волосы с рыжеватым оттенком.

Это она... То есть он...

Кажется, я поняла, почему мистер «Би» рядился в Анжелику — маркизу ангелов. Искать будут блондинку, а на самом деле это — обычный человек. Он снимет парик, скинет наряд, и превращение завершено. Поговорка «Ищите женщину!» не сработает.

Гомик, старательно покачивая бедрами, прошел по залу под взглядами посетителей и уселся за столик у стены. Он принялся ждать, окинув быстрым взглядом зал ресторана.

Подскочившему официанту педрила объяснил, что ожидает друга и только потом будет сделан заказ. Тот пожал плечами и удалился.

Двадцать ноль пять.

Спичников опаздывал. Наверное, торопливо заканчивает свои дела.

Наконец «герой вчерашнего дня» показался в дверях зала. Он огляделся и, увидев мистера «Би», поспешил к столику.

Я не могла слышать, о чем был разговор, но, судя по всему, Спичников извинялся за опоздание, а его визави принимал извинения с широкой улыбкой на размалеванном лице. Его кроваво-красные от помады губы растянулись в замысловатом зигзаге.

Кутюрье уселся за столик, был сделан заказ. Я обратила внимание, что Спичников заказал кофе, а мистер «Би» решил провести время за бутылкой шампанского.

Ему сегодня скучно не будет.

Разговор за столиком, который был взят мною

под тщательное наблюдение, продолжался. Жаль только, что нельзя было услышать, о чем говорят педики. Для этого нужно было заранее оснастить все столики ресторана «жучками», потому что неизвестно, за какой из них сели бы наши герои.

Я обратила внимание, как блондинка курит. Вернее, докуривает сигарету. Почти до самого фильтра, энергично сминая окурок в пепельнице.

«Это он...» — прошептала я про себя. Мое сердце забилось, издавая удары, как большой барабан в группе, играющей «хеви метал».

Убийца... Вне всяких сомнений.

Вскоре Спичников поднялся с места и направился к буфету.

Куда это он?

Мистер «Би» внимательно огляделся по сторонам и как можно незаметнее провел рукой над бокалом Виктора Спичникова, где еще оставался недопитый кофе.

Что он подсыпал?

Спичников вернулся к столику с пачкой печенья «Sarai». Пора. Мой зад оторвался от поверхности стула — пора вмешаться.

Сексуал медленно разворачивал пачку, Спичников поднял чашку с оставшимся кофе и поднес ее к губам.

А вот и Таня Иванова в своем шикарном сером костюме. Она как бы случайно взмахнула рукой, и чашка с громким стуком выпала из рук кутюрье.

Остатки кофе разлились по столику, образуя коричневую лужицу.

— Ой, простите, — кинулась извиняться я, — я не хотела доставить вам неприятность!

Спичников улыбнулся и развел руками.

— Ничего страшного...

Мистер «Би» сидел с каменным лицом, не поднимая глаз.

— Ради бога, извините...

Кутюрье уставился на меня с жалостливым выражением лица.

— Не волнуйтесь, я закажу еще...

Я многозначительно смотрела ему в глаза.

— Не стоит этого делать.

— Чего именно? — не понял Спичников.

— Заказывать кофе.

На лице модельера отразилось недоумение.

— Почему?

Признаю, что это довольно некультурно, но я указала пальцем на сексуала в рыжем парике, который напрягся, как женщина в кресле гинеколога.

— Этот человек только что подсыпал в вашу чашку какую-то гадость.

Спичников перевел взгляд на мистера «Би».

— Я не понимаю...

Я смотрела на «блондинку» в упор, всем своим видом показывая, что возражения не принимаются.

— Когда вы отлучались в буфет, ваш друг подсыпал в кофе какой-то препарат. Очевидно, не из благих намерений.

Трах!

Мистер «Би» оттолкнул стул и кинулся к выходу, что есть силы толкнув меня в грудь.

Я ожидала чего-то подобного, но не успела среагировать. Качнувшись, я толкнула соседний столик, на пол посыпалась посуда, и раздались гневные возгласы.

Я тут же бросилась к выходу и выскочила на улицу.

Никого.

Я огляделась по сторонам. Редкие прохожие с недоумением оглядывали симпатичную девушку в сером костюме, которая стояла на морозе без верхней одежды и вертела головой в разные стороны, словно испуганная сова.

В дверях показались двое парней — работников ресторана.

— В чем дело? Что произошло?

Я кинулась обратно в здание с криком:

— Где он?

— Кто?

— Мистер «Би»!

— ?

— Бисексуал! Или транссексуал! В общем, мужик в женском парике!

Мой гомик исчез в неизвестном направлении.

Он не мог скрыться в женском туалете?

Я тут же залетела в дамский сортир, едва не сбив с ног двух курящих девиц, которые как по команде заносчиво фыркнули в мою сторону.

Пусто!..

Стоп!

Это же мужчина! Какого хрена он попрется к женщинам, если ему самое место у писсуара?

Честно говоря, вламываться в мужской туалет мне не хотелось. Парни могут не так меня понять.

Я подозвала к себе тех двоих и вежливо попросила:

— Вы не могли бы посмотреть в мужском туалете?!

— Посмотреть что?

— Женщину, блондинку. Это переодетый педик.

По выражениям на лицах я поняла, что ребята приняли меня за девочку из психушки. Тем не менее они потащились в туалет, покрутились там и вернулись обратно.

— Никаких женщин там нет, — заявили они в один голос.

Мистер «Би» умудрился исчезнуть в неизвестном направлении.

Из сортира вышел дяденька пятидесяти лет с седой бородкой, застегивая пуговицы пиджака. Он направился в зал ресторана. Вслед за ним показался мужчина с гладко зачесанными темно-русыми волосами, в широких брюках и водолазке. Он направился к гардеробу.

Действительно, сегодня крашеные блондинки в мужских туалетах не прятались.

Черт!

И тут я заметила, что прилизанный забирает из гардероба женское пальто!

Я шагнула в его сторону.

Мистер «Би» бросился прочь, даже не накинув на себя верхнюю одежду. Я настигла его уже на улице, сделала подсечку и уложила гомика на асфальт.

— Поднимайся!

Бывшая блондинка заверещал визгливым голосом:

— Пусти меня! Я вызову милицию!

Это будет весьма кстати.

Рывком я подбросила гомика в воздух, едва не разорвав на нем водолазку, и поволокла обратно в ресторан. Двое работников, которые курили в фойе, а с ними еще трое посетителей раззявили варежки, будто увидели Жириновского с иконой в руках.

— Отпусти, сучка! — кричала «дама» хриплым голосом. — У тебя будут большие неприятности.

За «сучку» пришлось двинуть его костяшками пальцев по ребрам. У мистера «Би» перехватило дыхание.

Я обратилась к работникам ресторана:

— У вас есть какая-нибудь комната?

Те тут же бросили бычки в плевательницу.

— Пройдемте...

Убийцу повели через зал. Посетители с удивлением глядели на эту сцену. Со Спичниковым вел беседу администратор, видимо, пытаясь содрать денежки за нанесенный ущерб. Тот уверял официальное лицо, что ни в чем, собственно, не виноват.

Гомика втолкнули в комнату администратора и усадили на стул.

— Можно позвонить? — спросила я.

Никто не возражал.

В комнату ворвался «герой дня».

— Может быть, вы объясните мне, что происходит?

Я молча кивнула.

— Сейчас приедет милиция, и мы вам все объясним.

Расторгуев в сопровождении троих крепких ребят и пожилого человека с небольшим кожаным чемоданчиком прибыл через десять минут.

— Где он?

Борис зашел в кабинет, кивнул мне и тут же перешел к делу:

— Старший оперуполномоченный Расторгуев, управление внутренних дел. Ваши документы?!

Сексуал молчал.

Борис не стал настаивать. Он повернулся к помощникам:

— Пусть молчит. В управлении разберемся.

Гомика обыскали с ног до головы, но не нашли ничего, кроме номерка в гардероб. Один из помощников Расторгуева сходил в мужской туалет и вернулся в кабинет, держа в руках ворох женской одежды и светло-рыжий парик.

— Это обнаружено в месте общего пользования.

Борис тщательно перетряхнул тряпье.

— Ловко придумано — предусмотрен путь для отступления. Забегаешь в туалет, скидываешь платье, распускаешь штанины, и никто не догадывается, что всего минуту назад перед нами была роскошная блондинка.

Он нащупал какой-то предмет.

— Э, а это что?

В куче тряпья оказалась заостренная вязальная спица.

Борис почесал пальцем в затылке.

— Ладно, разберемся.

Затем Расторгуев повернулся ко мне:

— Рассказывай.

Я кивнула на притихшего Спичникова.

— Ему в кофе было подсыпано какое-то вещество. Я свидетель.

Борис кивнул и обратился к пожилому человеку с чемоданчиком.

— Николай Иванович — пройдите с девушкой и возьмите пробы.

Мы вышли в зал.

Какой кошмар!

Я с ужасом увидела, что официантка снимает со стола испорченную скатерть.

— Подождите!

Та застыла на месте, будто породистый пойнтер.

— Нам нужна эта скатерть!

— Зачем?

Эксперт осторожно тронул меня за руку.

— Минутку, девушка... Скатерть нам не нужна.

— А что же? — удивилась я.

— Чашка с остатками кофе.

— Так она же пустая! Я лично опрокинула содержимое на стол.

— Неважно, мне много не надо.

Я повернулась к девчонке:

— Где чашки с этого стола?

— На кухне, — недоуменно ответила та. — Я только что отнесла посуду на мойку.

Словно гончая, я кинулась во внутреннее помещение ресторана и едва успела выхватить чашку, из которой пил Спичников, из рук молоденькой посудомойки, которая чуть не упала в обморок от страха.
— Это она? — спросил эксперт.
— Что?
— Чашка — та самая?
Я стала сомневаться. А вдруг это другая чашка? Посудомойка, слушавшая наш разговор, вздохнула.
— Девушка, вся остальная посуда — сплошь рюмки. Это единственная кофейная чашка за весь этот вечер.

Глава 17

На следующий день я созвонилась с Расторгуевым, который сообщил, что в остатках кофе обнаружено снотворное вещество.
— Какое именно?
— Барбитал.
— Значит, человек засыпает за рулем и попадает в автокатастрофу?
— Может, так, а может, и нет. Возможно, что у человека снижались рефлексы, как при сильном опьянении. Все остальное зависело от обстоятельств.
— Троим погибшим в автокатастрофе делали вскрытие?
— Да, но искали признаки опьянения, а не следы снотворного вещества, которое к тому же в организме растворяется бесследно.
— Борис! А спица, которую ты нашел?
— У меня есть одна версия.
— Какая?
— Назову ее так: «контрольный выстрел».
Я все поняла.

— Значит, — произнесла я, — в случае неудачи или сомнения убийца использовал острие спицы?

— По-моему, так. Во всяком случае, это его изобличает. Вспомни Александрова.

Да уж, деваться некуда.

Я решила спросить о том, что было для меня самым главным:

— Борис, что говорят ваши эксперты — барбитал может искусственно вызвать сердечный приступ? Да еще со смертельным исходом?

Расторгуев искренне удивился, это поняла даже телефонная трубка.

— Ты меня об этом спрашивала? Прости, но я не успел навести справки!

Мерзавец. Пользуется тем, что я слаба в медицинских познаниях.

— Я просто не могу понять случая с Пономаренко.

— Никакого случая не было...

— Как?! — удивилась я.

— У него алиби. Двадцатого октября твой гомик был со своим постоянным партнером. Мы проверили, хотя очень неприятно было влезать в это дерьмо.

— Это что еще за постоянный партнер? Кто он?

Борис нервно завозился там, на другом конце.

— Тебе лучше этого не знать, чтобы не расстраиваться. Это один из больших чиновников города. Мне бы теперь на работе удержаться. И все из-за тебя!

Нет, вы видели? Хорош гусь! Сколько времени не могли раскрыть несколько преступлений — и на тебе, никакой благодарности! И потом...

— Что же ты о самом главном не сказал? — рассвирепела я. — Ходишь вокруг да около!

— Ты не спрашивала!

Я бросила трубку, чуть было не разбив аппарат на молекулы!

Правы были мои кости — результат будет не тот, какой нужен мне. Повезло только нашей доблестной милиции — все-таки они взяли убийцу. И какого!..

* * *

Информация, полученная от Расторгуева, загнала меня в тупик, из которого был только один выход — на свалку. Версия с треском провалилась.

Наступило первое декабря. На улицах города лежал снег, который шел всю ночь. Целые отряды дорожных рабочих занимались уборкой, освобождая дороги от снежного одеяла.

Оставалось одно: продолжить игру в послания.

На следующий день я отнесла в редакцию купон с очередным шедевром:

«ТОМУ, КТО ТРЕБУЕТ ОТВЕТА:

Свое скажу теперь я мненье:

Мужчина более способен на прощенье.

ДЕТЕКТИВ».

Мне все больше не давала покоя мысль, что в деле об убийстве Пономаренко не обошлось без женщины. Я вспомнила роман Дюма «Могикане Парижа», где полицейский Жакаль методом своего расследования провозгласил: «Ищите женщину!» Может быть, смерть Александра Пономаренко — такой же случай?

Еще одна ниточка — мальчишка-посланец, который сбежал у меня из-под носа. Пока убийца готовит ответ на мое послание, я могу заняться поисками сорванца. А может быть, сработает!

Наблюдательный пункт я устроила в салоне своей машины, припарковав ее на улице Первомайской, в двух кварталах от здания, где располагалась редакция газеты бесплатных объявлений.

Я с тоской наблюдала, как снежинки величиной, как мне казалось, с яблоко методично опускаются на лобовое стекло и постепенно отделяют меня от окружающего мира. Время от времени я заставляла «дворники» скрести по стеклу, издавая звук скрипучей двери, и сгребать снег на капот. Это мало помогало, поэтому приходилось вылезать из салона с замызганной тряпкой в руке и смахивать раскисающую массу на землю.

В такой вот жуткой обстановке я провела три дня.

* * *

Мальчик Никита возвращался из школы номер 11, находившейся через две улицы от его дома.

Он был мрачен, как Павлик Морозов, которому не дали настучать на своих ближайших родственников и тем самым превратить их во «врагов народа». Никите вкатали двойку по русскому языку, потому что он лопухнул домашнее задание, проигнорировав его выполнение.

Мальчик поднялся на второй этаж разваливающегося по кирпичику двухэтажного «жактовского» дома и протянул руку к кнопке звонка.

— Пригласишь в гости? — услышал он и от неожиданности дернулся, как безнадежный больной в кресле стоматолога.

Перед ним стояла спортивного вида девушка в джинсах и легкой куртке светло-оранжевого цвета.

— Меня зовут Татьяна, и мне просто необходимо поговорить с тобой. Звони, пусть мамочка открывает. И не смотри по сторонам — на этот раз сбежать тебе не удастся.

Ручонка Никиты медленно потянулась к звонку.

* * *

Двухкомнатная квартирка, с узкой прихожей и маленькой кухонькой, кричала во все горло, что в ней живут малообеспеченные, к тому же малоуважающие себя люди. В большой комнате была довольно скудная обстановка: старенький диван, покрытый протертым в нескольких местах желтым покрывалом в цветочек, телевизор «Весна» выпуска семидесятых годов и старомодный буфет, по-видимому, брошенный вместе с клопами прежними обитателями этой квартиры, когда они переезжали, оставляя здесь весь этот хлам.

Мальчик Никита сидел на жестком стуле и вытирал слезы, текшие по лицу.

Рядом находилась встревоженная мамаша, анемичная женщина тридцати пяти лет с черными маленькими глазками и головой, уже начинавшей седеть.

В качестве неожиданного, малоприятного и к тому же пугающего своим визитом гостя я восседала за круглым столом, внимательно глядя на парнишку. Стыдно об этом говорить, но я применила запугивающую тактику, воспользовавшись тем самым старым эмвэдэшным удостоверением, махнув им перед носом растерянной мамашки и тут же спрятав его в карман.

— Никита, мне нужно знать, кто послал тебя в редакцию газеты. Бояться не нужно. Опиши внешность этого человека, он ничего не узнает о нашем разговоре, клянусь тебе.

Слезы потекли еще сильнее.

Я посмотрела на женщину, как прокурор на человека, который спит с его женой.

— Убит человек, а это — серьезное дело.

Мамочка затряслась.

— Давай, сынок, рассказывай, — жалобно всхлипнула она.

Никита взял себя в руки и размазал слезы по щекам, нарисовав на них грязные круги. Это называется, он вытер слезы.

— Я играл во дворе, а она подошла и говорит, мол, не хочешь заработать сотню? Я сначала испугался, но когда увидел, что надо всего-навсего отнести купон в соседний дом, то подумал, что ничего тут такого страшного нет...

Я наклонилась вперед.

— Ты говоришь — она. Значит, это была женщина? Опиши ее внешность... Как она выглядела?

Мальчик задумался.

— Я лица ее не видел, потому что она была в темных очках. Я еще подумал: осень на дворе, погода пасмурная, а она — в очках. Еще кепка на голове мужская, черная. Куртка, такую спортсмены носят, и джинсы.

— В общем, одета как мужчина?

— Да, только голос не мужской.

— Продолжай...

— Она дала мне в руки купон и деньги. А потом и говорит: «Не вздумай проболтаться, а то плохо будет». Я испугался, хотел вернуть деньги, а она: «Иди быстро, тебя никто не спрашивает».

Значит, женщина... Впрочем, эту женщину тоже мог кто-нибудь послать выполнить задание, цепочка может быть очень длинной.

Мамашка забеспокоилась.

— А куда ты дел деньги? И нам ничего не сказал! — набросилась она на Никиту.

— Почему это я должен вам говорить? — залился слезами мальчишка. — Я их заработал... С риском для жизни!

— Я тебе дам, с риском для жизни! Мы из шкуры

лезем, чтобы копейку заработать, а этот сопляк деньги прячет от родителей! Целую сотню заныкал!

Я встала из-за стола.

— С деньгами разбирайтесь сами, тут я вам не помощник. А если вдруг эта женщина объявится снова, то советую позвонить мне, — я оставила на столе визитную карточку, — вознаграждение гарантируется.

Значит, женщина. Моя интуиция пела прямо в ухо, что это странное дело было как-то связано с прошлым Пономаренко. Но как — не пойму. У него было как бы две жизни. Одна — до женитьбы, другая — после. Это все равно что мировая история до нашей эры и после Христа. Мы можем проследить жизненный путь Пономаренко после тридцати лет, но что он делал до этого? Вот загадка.

Еще мне не дает покоя маска паяца, обнаруженная на лице трупа. Кто-то решил посмеяться или это тоже связано с прошлым?..

Глава 18

Я нанесла визит вдове Пономаренко. Уж очень хотелось снова испытать расслабляющее чувство, утонув в мягких диванных подушках.

— Честно говоря, у меня не очень приятный для вас разговор... — начала я, предварительно поерзав задницей по зыбучей поверхности дивана.

Татьяна Николаевна смотрела на меня с недоумением кондитера, которому сказали, что с сегодняшнего дня вместо крема он будет наполнять торты зубной пастой.

— Если можно, — я продолжала жать на больную мозоль, — расскажите мне об отношении Александра Ивановича к женщинам.

Женщина задумчиво размешивала ложечкой сахар

в чашечке, на блестящей поверхности которой была нарисована улыбающаяся неизвестно чему киска.

— Скрывать не буду, романы он заводил легко. Александр был натурой романтической, пылкой, если можно так сказать, женщины обращали на него внимание. Иногда это было взаимно.

Надо же, так легко об этом говорит, будто речь идет о раскройке салфетки из промокательной бумаги.

На всякий случай я состроила из себя скромницу, которой очень неприятно копаться в чужом грязном белье, но по долгу службы приходится.

— Простите, что я спрашиваю об этом...

Но про себя подумала: продолжай, девушка, я тебя внимательно слушаю.

Женщина улыбнулась.

— Не волнуйтесь, все в порядке. Теперь, когда все осталось в прошлом, можно говорить о чем угодно. Давайте начистоту — что именно вас интересует?

Вот это деловой разговор.

— Видите ли... У меня такое чувство, что смерть Александра Ивановича имеет невидимую, прямо-таки мистическую связь с его прошлым. И что самое интересное — в нем постоянно присутствует тень какой-то женщины.

Татьяна Николаевна кивнула и незаметно промокнула краешек глаза белоснежным платочком.

— Поэтому я хочу расспросить вас о былых связях Александра Ивановича, если они были и вам о них известно.

Татьяна Николаевна вздохнула.

— Даже не знаю, с чего начать. О покойных говорят или хорошо или ничего. А тут такая щепетильная тема для разговора...

— Его душе будет гораздо спокойнее, если восторжествует правда, — настаивала я, не особенно веря в то, что говорила.

— Хорошо. Я начну с мимолетного увлечения, которое имело место лет пятнадцать назад. Объектом этой страсти была моя подруга, Наталья Горобец. Она актриса, работала в том же театре, что и мой муж, и в то время была не замужем. Мы собирались вместе, чтобы отмечать праздники — Первомай, День Октябрьской революции и, конечно же, Восьмое марта. Правда, я не вижу связи...

— Очень просто, — с готовностью подхватила я, — озлобленная женщина желает отомстить. Версия не слишком убедительная, но все же...

Татьяна Николаевна покачала головой.

— Не думаю... Эта связь длилась недолго, к тому же столько лет прошло...

— Вы исключаете, что оскорбленная женщина станет мстить?

— Нет, не исключаю. Я знаю женщин, они способны на все. Но это не тот случай. Наталья вскоре после того, как роман сошел на нет, вышла замуж за простого работящего парня и вполне счастлива. Нет смысла бередить старые раны по прошествии стольких лет.

— А как вы относились к подобным увлечениям Александра Ивановича?

Я была безжалостна.

Женщина улыбнулась.

— Пытаетесь представить меня на месте убийцы? Оскорбленная жена убивает своего мужа в момент его триумфа? — Я подумала, что в принципе это не лишено смысла. — Спешу вас разочаровать: я не из тех, кто торопится выцарапать глаза сопернице, просто сделала вид, будто ничего не замечаю, и, как только роман закончился, все вернулось на круги своя. Муж был старше меня не на один год, было бы глупо устраивать публичные скандалы. Я думаю, Александр был благодарен мне за это.

Прямо-таки роман из серии «Обнаженная в шляпе».
— Хорошо. Один случай мы знаем. Несмотря на кажущуюся видимость благополучия, я все равно проверю, чем закончилась эта давняя и мимолетная связь. Что еще?

Татьяна Николаевна задумалась.

— Остальное вовсе не заслуживает внимания. Романы-однодневки. Их было немного, и я даже не знаю, с кем именно.

— Но вы догадывались, что они все-таки имели место!

— Вы правы, скорее — догадывалась. Правда...

Женщина задумалась.

— Я только сейчас вспомнила... Даже не знаю, как сказать... Иногда мой муж начинал ни с того ни с сего занимать деньги у своих друзей. Он был мрачным и каким-то неспокойным. Я пыталась узнать причину, но Александр отмалчивался, говорил, что ничего страшного не происходит.

— Откуда вы узнали про это?

— Его друзья были и моими друзьями. Они не скрывали, если с мужем творилось что-то неладное.

— Так что с деньгами?

— У меня была уверенность, что он тратит их на женщину...

Я пожала плечами.

— Обычно деньги на женщину тратятся с радостью, если, конечно, человек не законченный жмот... И как же Александр Иванович расплачивался с многочисленными кредиторами?

— Левые концерты, премии в театре... Пускался во все тяжкие.

— Все-таки ради кого он это делал?

— Не знаю...

— А если это была не женщина, а кто-то еще?

Татьяна Николаевна покачала головой:

— Не знаю... Ничем не могу вам помочь.
— До каких пор это все продолжалось?
— В последнее время я не замечала, чтобы Александр был так сильно озабочен этой проблемой. Может быть, связь прекратилась...
— Или он делал это более незаметно, готовился заранее, — предположила я.
— Во всяком случае, лишних денег в семье не было.

Я поднялась с места.
— Спасибо вам и приношу извинения, что пришлось доставить несколько неприятных минут. И последний вопрос: как мне найти Наталью Горобец?

Глава 19

Новая фамилия Натальи Васильевны Горобец была Фролова. Маг в моем лице встретился с ней в вестибюле хореографического училища, где в настоящее время преподавала давняя подруга Татьяны Пономаренко.

Я оценила давнишний предмет воздыханий Александра Ивановича, потому что Наталья Васильевна была женщиной красивой: кошачьи янтарные глаза, тонкие черты лица, словно нарисованные тщательно отточенным карандашом.

— Мне пришлось уйти из театра... У актеров нет личной жизни: вечера заняты спектаклями, выходные тоже. Муж не настаивал, но я сама поняла, что так не годится.

— В жизни Александра Ивановича была женщина, на которую он тратил крупные суммы денег, — сказала я.

Наталья Васильевна слегка покраснела.
— Надеюсь, вы не меня имеете в виду?

Хотелось бы.

— Насколько я знаю, это происходило в течение последних нескольких лет.

Бывшая актриса задумалась.

— У нас с ним был мимолетный роман. Очень нежный и хрупкий, и я вспоминаю об этом с теплотой. Пришлось прервать наши отношения, потому что у Александра была семья, да и мне хотелось устроить свою жизнь отнюдь не ценой чужого счастья.

— Расскажите про ту, другую... — с вкрадчивостью ведьмы Румпельлизхен шепнула я, пряча лукавую улыбку.

— Ах да, — встрепенулась женщина. — Только боюсь разочаровать вас: никакой другой любви у Саши не было.

— Как это не было? — оскорбилась я. — Подумайте хорошенько!

Вспоминай, девушка, напрягай мозги! Мне позарез нужна информация.

Господи, в какую эгоистку я все-таки превратилась.

— Постойте-ка... — начала вспоминать Наталья Васильевна. — Я проработала в театре еще года три после того, как наш роман закончился, и несколько раз видела, что к нему прямо в театр приходила одна дама, но радости от этого Саша не испытывал. Наоборот, он был очень обеспокоен.

Вот оно! У меня от возбуждения зачесались ладони.

— Кто это был?

Только бы не вспугнуть...

Наталья Васильевна задумалась.

— Я узнала ее. Она работала продавцом в ЦУМе. Может быть, работает до сих пор. ЦУМ — место оживленное, посещаемое, я узнала ту женщину, когда присматривала себе меховую шапку на зиму.

— То есть, — насторожилась я, — она работает в отделе мехов?

— Во всяком случае, работала...

— Вы встречали ее в последнее время?

— Н-нет... — Наталья Васильевна покачала головой. — Я не так часто посещаю ЦУМ, к тому же универмаг теперь не узнать: товаров в тысячи раз больше, продавцов — в сотни. Запутаешься.

— Вы смогли бы узнать эту женщину при встрече?

Наталья задумалась.

— Думаю, что узнала бы... У меня неплохая память на лица.

— Тогда опишите ее...

* * *

Главный универмаг города действительно был похож на пчелиный улей. Под торговую точку использовался каждый уголок, каждый клочок территории. Многочисленные ТОО предлагали жителям города товары, о существовании которых всего несколько лет назад никто и не подозревал.

Я бродила вдоль прилавков и лотков, рассматривая то, что предлагалось для продажи. Попадая в мир товаров, словно сошедших со страниц каталогов «Schwab», «Quelle» и других, поневоле забываешь о цели своего визита.

В первую очередь я посетила отделы, где продавались изделия из меха. Никого, похожего на женщину, которую я искала, не было. Еще два часа было потрачено на то, чтобы обойти все остальные отделы. Человек мог сменить специализацию и вместо мехов заняться продажей канцтоваров. Хотя в любом деле важна собственная специфика.

Пора начинать расспросы.

— Нет, у нас такая не работает, — ответила пожилая продавщица, зябко кутаясь в теплый шарф.

— Может быть, в другую смену? — с надеждой спросила я.

Ответ был отрицательный.

Я продолжала работать с настойчивостью собаки, грызущей кость.

Наконец в одном из отделов признали, что эта дама работала продавцом, но в настоящее время сменила место.

— Давно?
— Года три или четыре назад.
— Где она работает сейчас?
— Не знаем.
— Как ее зовут, не забыли?
— Елена. По отчеству то ли Ивановна, то ли Владимировна.
— Фамилию не помните?
— Помним. Андреева.
— Вы не ошиблись?
— Как описали, так и признали. Больше ничем помочь не можем...

Итак, женщина работала продавцом в отделе меховых изделий. С работы уволилась. Как по-вашему, где она может работать сейчас? Торгует на базаре? Хорошо. Еще варианты? Опять же торгует, только в ларьке. Принято. Что еще? Нигде не работает. Отличный вариант. Дальше? Открыла свое дело. Вполне может быть такое. Еще предложения? Она может работать продавцом в другом магазине, где торгуют меховыми изделиями. Этот вариант неплох.

Значит, предстоит работа — придется обойти магазины. Начнем с центра. Человек работал в ЦУМе, может, это было недалеко от дома, а может, как раз наоборот — далеко, поэтому она и сменила место работы.

Короче, список можно продолжать. Но лучше всего посоветоваться с магическими костями. Может быть, мне не стоит искать эту женщину, затрачивая драгоценное время?

Бросок. 8+20+27. «Осторожнее со спиртными напитками».

А это еще что такое? При чем здесь спиртные напитки? Я постоянно за рулем, да и раньше старалась держать форму, не употребляя алкоголь, кроме как на поминках, да еще Светка меня заставила пойти в ресторан на рюмку коньяка с ее женихом.

Последнее предсказание меня сильно разочаровало. Вот так и бывает в жизни — все хорошо, да что-нибудь не так.

Глава 20

На четвертый день тщательных поисков Елена Андреева была найдена. Она владела магазином «Меха» на улице Московской.

Я открыла дверь, которая отозвалась на мое вторжение звяканьем подвешенного над ней звоночка, в торговом зале тут же появилась девушка в синем костюме, похожая на преподавательницу английского языка в экспериментальном детском саду.

— Скажите, как мне поговорить с Еленой... Ивановной? — Я нарочно сделала ошибку, чтобы посмотреть, как поведет себя синяя юбка.

— Владимировной? — поправила меня девушка. — Она у себя в кабинете. Как о вас доложить?

Надо же, какие порядки... Доложить...

— Скажите, что у нас есть общие знакомые. Вернее, был один.

Девушка исчезла, а я осмотрелась.

Магазин торговал дорогими вещами. В основном

изделиями для женщин. Полочки были уставлены болванками с водруженными на них шапками разных фасонов. На плечиках красовались шубки, цены на которые превосходили мой гонорар за целую неделю каторжной работы. Я попробовала прикинуть, что из предлагаемого товара могла бы приобрести для себя, когда отойду от дел.

— Пройдите, пожалуйста. Первая дверь направо.

Я отправилась в указанном направлении. В тесном коридорчике, в котором двоим нельзя было разойтись без того, чтобы не втянуть живот, я нашла дверь без таблички, обитую черным дерматином. Сквозь прорванные насквозь места выглядывали клочки серой ваты.

Я осторожно постучала, стараясь не испачкаться.

— Войдите, — прозвучал грубоватый голос, обладатель которого явно увеличивал количество выкуренных за день сигарет.

Я толкнула дверь и сразу же увидела сидящую за старомодным столом, в котором вполне безо всякой прописки могла жить целая семья клопов, светловолосую женщину в толстом вязаном свитере, укрупняющем ее и без того пышные формы. Холодные серые глаза смотрели изучающе. Пухлые губы опытной развратницы были приоткрыты. Дама была больше похожа на содержательницу публичного дома образца тысяча девятьсот тринадцатого года, чем на владелицу современного магазина меховых изделий.

— Елена Владимировна? — вежливо осведомилась я.

Дама кивнула. Она отложила в сторону бумаги, разложенные на столе, и потянулась к пачке сигарет «L&M».

— Мы знакомы? — Андреева посмотрела на меня скептически.

— Вы знали Александра Ивановича Пономаренко?

Зажженная зажигалка остановилась на полпути к сигарете. «Крутая» встревоженно посмотрела на детектива.

— В чем дело? — Голос прозвучал хрипло.
— Вы знаете о том, что он умер?
— Да, сердечный приступ. Что конкретно вы хотите от меня?
— Какие у вас были взаимоотношения?
— Зачем вам это нужно?
Я пожала плечами.

— Александр Иванович был замечательный человек, о нем надо книги писать.
— Вы собираетесь это сделать? — Тон был явно вызывающий.
— Почему бы и нет? — не уступала я.
— Какова моя роль в этом?
— Вспомнить и рассказать как можно больше.
— О чем?
Девушка старательно избегала темы, а я начала терять терпение.
— О ваших отношениях.
Елена Владимировна наконец прикурила сигарету. Сизое облачко дыма поднялось к давно не беленному потолку.
— Ничем не могу вам помочь, мы не были близки.
Неужели?
— Вы приходили к нему в театр, — произнесла я, с пристальностью гипнотизера глядя в глаза «кораллового аспида».
— Откуда это известно? — Она умела держать себя в руках.
— Вас там видели!
— Ну и что?
— Для чего-то вы приходили к Пономаренко?
— Взять автограф.
В ответ на это мне захотелось выдать какое-ни-

будь паскудство типа: случайно ваш автограф не надписывался маркером на презервативе? Я сдержалась и произнесла:

— У вас их должно быть не меньше десятка.

— Мне так нравится.

Разговор явно не получался.

— Вы были на юбилейном вечере Пономаренко?

Бабец даже глазом не моргнула.

— Нет. У меня много работы, и я не могла позволить себе пойти в театр.

А мы попробуем доказать обратное.

Я окинула взглядом тесное помещение.

— Вы открыли целый магазин. Для этого нужны большие деньги.

Елена Владимировна посмотрела на меня взглядом инквизитора.

— Чего вы хотите и почему такой интерес к моим деньгам? Сразу хочу предупредить: у меня есть покровители, которые не дадут меня в обиду. К тому же я не одна в деле, что доказывает, что от моих личных денег зависит не все.

Я сделала примиряющий жест.

— Не хотела вас оскорбить. Просто трудно поставить на одну доску творческого человека, звезду оперной сцены, и деловую женщину, цель которой прибыль и оборот.

— Нас ничего не связывало, будьте спокойны на этот счет. А теперь прошу оставить меня: много работы.

Я поднялась со стула.

— Если честно, я бы хотела встретиться с вами еще.

— Не вижу смысла.

Я вышла из «офиса», чувствуя, как по моей спине железными сапогами топчется настороженный взгляд.

Странно, но женщина старается откреститься от

знакомства с Александром Пономаренко. Если свести воедино регулярные визиты Елены Андреевой к знаменитому тенору, его беспокойство по этому поводу, деньги, занимаемые у друзей, и открытие магазина меховых изделий, дело выглядит весьма подозрительно. Почему Александр Иванович давал ей деньги? Кем эта женщина была в его судьбе?

На вид Елене Андреевой было около сорока: на десять лет моложе Пономаренко. В таком же возрасте были супруга тенора Татьяна Николаевна, Наталья Горобец, теперь еще Елена Андреева.

Если удастся выяснить, что она все-таки приходила в театр двадцатого октября с определенными целями, да не одна, то дело можно будет считать закрытым.

С чего начать?

Может быть, с личности «пушистой» леди?

Точно!

Я связалась с Мельниковым, он по своим каналам проверил паспортные данные Андреевой и выяснил, что та — уроженка Белогорска, покинувшая родной город десять лет назад!

Неожиданный поворот.

Кое-что становится ясным: девушка, приехавшая в чужой город, обращается за помощью к человеку, который знал ее раньше. Вроде бы все логично. А с другой стороны, все это очень похоже на шантаж. Елена Андреева требует деньги за обещание хранить тайну о прошлом Пономаренко.

Снова прошлое. Оно уже давно не дает мне покоя. Что же за тайну хранят годы?

Еще я узнала, что хозяйка магазина мехов проживает на улице Сергиевской, дом номер девяносто, квартира сто восемьдесят девять.

Не пора ли нам нанести визит специалисту по мексиканским тушканам?

* * *

Я остановила машину во дворе дома номер девяносто по улице Сергиевской и направилась по заученному наизусть адресу.

Последний подъезд, пятый этаж.

Я поднималась по лестнице, потому что лифт не работал. Было около восьми часов вечера. На улице темно, в подъезде тоже.

Я остановилась у двери с номером сто восемьдесят девять и позвонила. Звонок прозвучал хрипло, напоминая голос хозяйки.

Открывать не торопились.

Так мы еще раз позвоним. Сюрпри-из!

За дверью послышались тихие шаги. Щелкнул замок, и дверь приоткрылась.

— Вы? — удивленно спросила Елена Андреева, стоя на пороге в домашнем халате китайского производства с вышитыми цветочками.

Я снова воспользовалась эмвэдэшным удостоверением, махнув им перед носом хозяйки.

— Разговор будет серьезным, — предупредила я. — Советую подчиниться.

Побольше металла в голосе, и все будет в порядке.

— Вы не вовремя, ко мне должны прийти.

Видимо, она ожидает близкого друга, если не торопится менять халат на вечернее платье.

Я ступила за порог.

Малогабаритная трехкомнатная квартира. Для одного человека это даже роскошно.

— Хочу продолжить разговор о Пономаренко, — начала я. — Вы его землячка, верно?

В глазах Елены Андреевой мелькнуло беспокойство.

— Д-да... — неуверенно протянула она.

— Он давал вам деньги...

— Откуда вы это взяли? — натянуто улыбнулась хозяйка. — Вам сам Пономаренко сказал?

Я не успела парировать, потому что раздался звонок в дверь. Хриплый, неприятный, я даже вздрогнула от неожиданности.

— Я предупреждала, что ко мне должны прийти.

Андреева поднялась с места и направилась к входной двери. Распахнувшаяся пола халата на мгновение обнажила пухлую ляжку молодой перекормленной кобылки.

В гостиной появился высокий крупный мужчина лет сорока в полушубке, у него было сильно раскрасневшееся лицо и солидный живот. В руках мужчина держал кучу свертков, которые разложил на столе.

— О! — крякнул он, увидев меня. — Какие люди в нашем доме!

На столе появились бутылка шампанского, водка и упаковка импортного пива.

Хозяйка дома прислонилась к стене и скрестила руки на груди, насмешливо глядя на меня.

— Будем знакомиться? — предложил мужчина.
— Почему бы и нет? — ответила я.

Черт! Теперь поговорить не удастся.

— Это она прицепилась ко мне, — с ненавистью произнесла Андреева. — Приходила на работу и вынюхивала — кто я, да что я, да где взяла деньги. Откуда-то адрес узнала.

Теперь мужик смотрел на меня по-другому — как налоговый инспектор на директора АО. Я поняла, что разговор примет другое направление.

— У нас был общий знакомый, — сказала я, — он умер. И я хотела бы знать, не приложили ли вы к этому руку.

Даже если бы сейчас перед нами предстал живой Пономаренко, эти двое не были бы так поражены.

— О чем она говорит? — заморгал глазами дядя.

— Не слушай ее, — сквозь зубы протянула Елена Андреева. — Она моим магазином интересовалась.

— Нашим, — поправил ее мужчина. — Что конкретно тебя интересует, киска?

Слово «киска» прозвучало с точно такой же интонацией, как если бы он сказал «сучка».

Сейчас ты получишь от меня все, что хотел!

— У нас был общий знакомый, Александр Пономаренко, пел в оперном театре, он...

Мужчина резко повернулся к хозяйке дома.

— Которого мы доили, что ли?

Женщина налетела на него чуть ли не с кулаками:

— Замолчи, придурок! Ты не понял, что она хочет навесить на нас его смерть?

Мужчина развел руками.

— Да, но мы здесь при чем?

— При том, что у вас был мотив! — сказала я.

— Погоди... — поднялся с места мужчина, видимо, не осознав до конца, что именно происходит. — Ты интересуешься нашим магазином. Среди конкурентов я тебя не замечал. Ты кто?

— Объясняю же вам, я пришла не из-за вашего магазина, а поговорить о Пономаренко.

— Она врет, Вадим, — голосом шипящей змеи произнесла Андреева. — Выбрось ее из моей квартиры!

Я вскочила с места.

— Спокойно! Один шаг в мою сторону, и я...

Надо же было случиться, что красномордый придурок не послушался меня и попробовал выполнить дурацкую просьбу своей телки.

Он схватил меня за плечи и уж не знаю, что именно хотел со мной сделать, но я из вредности решила разрушить его планы.

Я перехватила его правую руку и сделала подсечку.

Пузатый хахаль рухнул на тисненый линолеум, словно выброшенный из окна старый матрац.

— Если мне нужно уйти, я ухожу сама, — произнесла я, глядя в змеиные глаза Андреевой. — И провожать меня не надо.

Я повернулась и направилась к выходу с видом оскорбленной девственницы.

Одного только я не учла — коварства хозяйки негостеприимного дома.

Эта стерва схватила со стола бутылку шампанского, принесенную несравненным Вадиком, и опустила ее на мою голову.

Падая на пол, я успела подумать только одно: «Осторожнее со спиртными напитками».

Именно об этом предупреждали меня магические кости.

Как ни старалась Андреева вывести меня из игры, удар был недостаточно силен, чтобы надолго лишить меня чувств. Я тут же заставила сознание вернуться ко мне в полном объеме, но решила поиграть с кровожадными любовниками в кошки-мышки и не признаваться, что я снова в хорошей форме и сейчас устрою крутые разборки в малогабаритном Токио.

Я прикрыла глаза и навострила ушки, услышав, что Вадик перестал стонать и, кряхтя, поднялся с пола.

— Ты что наделала? Убила ее?

Андреева рявкнула на него:

— Скоро очухается! Быстро помоги мне собрать осколки!

Она кинулась прочь из комнаты и вернулась назад с веником и совком.

— Что она знает? — спросил мужчина.

— Понятия не имею...

— Кто-то сказал ей, что Пономарь давал нам деньги?

— Похоже на то.
— Что будем с ней делать?
— Оботри ей голову. Лучше мокрым полотенцем.
Вадик нехотя поплелся в ванную комнату.

Андреева принесла из коридора сумку и стала запихивать в нее принесенные свертки. За этим занятием ее застал Вадик.

— Что ты делаешь?
— Мы сейчас уйдем и запрем дверь. Затем вернемся, будто из магазина, и вызовем милицию. Пусть ее забирают как квартирного вора.

Лихо придумали ребята. Что значит частное предпринимательство — учит людей всяким ухищрениям.

Вадик набросил мне на голову полотенце, которое пахло кошками, и начал драить мою кожу, словно наждаком. Я чуть не задохнулась.

— Может, просто вытащим ее отсюда, пусть идет своей дорогой? — с надеждой спросил он. — Мне не хочется показания давать.

— Ничего. Пусть упрячут ее на нары. Одним конкурентом меньше — нам легче, не будет больше крутиться вокруг да около.

— А вдруг расскажет про шантаж?
— Что она об этом знает? Никто не поверит, и подтвердить некому. Собирайся быстрее, а то она может очнуться.

Вот так. Стоит притвориться невменяемой, как тебе тут же выложат все тайны. Теперь я знаю все о взаимоотношениях Пономаренко и Андреевой.

Любовники уже были готовы оказаться как можно дальше от этого места.

— Послушай, — сказала Андреева своему ненаглядному, — по идее у нее должны быть ключи от моей квартиры или отмычка. Милиция спросит, как она попала сюда.

— Ладно тебе, — отмахнулся Вадим, — главное,

что преступницу обнаружат в чужом доме! Вернемся — поднимем шум, позовем соседей, а потом вызовем ментов.

— Нет, погоди... Я хочу посмотреть, что у нее в сумочке.

Черт! Такого коварства от женщины я не ожидала. Сейчас они обнаружат мои настоящие отмычки, которые я использую в качестве рабочего инструмента!

— Смотри, — голос Андреевой становился все более злорадным, — липовое удостоверение, а вот и воровской инструмент.

— Ни хрена себе! — Вадик аж забулькал от удивления. — Она что — в самом деле домушница?

— Милиция разберется.

— Ты отмычки-то не трогай! — посоветовал толстяк. — Пусть лежат от греха.

— Да? — Андреева уже вошла во вкус. — Хочешь, чтобы она открыла дверь и ушла? Заберем это с собой.

Это был неожиданный поворот событий. Я действительно оказалась в ловушке.

Дверь захлопнулась, и послышался звук поворачиваемого в замочной скважине ключа.

Я тут же открыла глаза и вскочила на ноги с резвостью чертика из табакерки.

Где-то здесь должен быть телефон.

Он оказался на кухне, очень подходящее место.

Я стала торопливо набирать номер, пытаясь дозвониться до Расторгуева.

Короткие гудки — занято.

Вот блин! Болтает с кем-то, как баба. Я начала набирать номер снова, в спешке спутала цифры, бросила трубку на аппарат и взялась за нее опять.

Короткие гудки.

Черт! Время идет!

Я подбежала к входной двери и прислушалась — не подходит ли кто. Иметь дело с милицией мне совсем не хотелось: не докажешь, что впустили в квартиру по собственной воле, а выпускать не хотят.

Я набрала номер еще раз.

Длинные гудки. Наконец-то!

Трубку снял Борис.

— Расторгуев слушает!

— Борис! — заорала я в трубку, рискуя лишить старшего уполномоченного по рогам и копытам последних барабанных перепонок.

— Черт! — завопил он в ответ. — Это ты, Иванова?! Без шуток никак не можешь?

— Борис! Мне не до шуток!

Я взяла себя в руки, стараясь говорить как можно спокойнее:

— Меня заперли в квартире и хотят сдать милиции как грабительницу квартир!

— Говори адрес, быстро...

Что ни говори, мне нравится его стиль работы.

* * *

Мошенники вернулись в дом и подошли к двери. Андреева достала из сумочки ключи, стала отпирать дверь.

Когда замок был открыт, Вадик, у которого морда стала вовсе похожа на полотнище красного советского флага, произнес:

— Погоди, не открывай...

Он толкнул ногой дверь и встал в боевую стойку, чтобы отразить внезапное нападение, если оно состоится.

Его опасения были напрасны. Никто не собирался бросаться на него из темноты.

Андреева отпихнула его в сторону.

— Пойду посмотрю...

Она включила свет в прихожей и, не раздеваясь,

прошла на кухню, заглянула в туалет и ванную, вошла в спальню, гостиную и смежную с ней комнату, а затем вернулась назад.

— Слушай, ее нигде нет...

Андреева с недоуменным лицом вновь обошла всю квартиру с таким видом, словно опасалась увидеть там ядовитую кобру.

— Где же она?

Вадик растерянно вертел головой, будто хотел узнать, кто только что украл у него бумажник с последними деньгами.

— Вы кого-то ищете?

Мошенники обернулись. В дверном проеме стоял высокий широкоплечий мужчина в форме сотрудника милиции.

Хозяйка дома опустила нижнюю челюсть до самого пупка, подернутого целлюлитом.

— Как? Вы уже приехали?

Борис кивнул.

— Я вижу — дверь открыта. Дай, думаю, спрошу у людей, может, им помощь нужна...

Мошенники молчали.

— Мне нужна помощь!

Я соскочила с подоконника, на котором уже устала стоять, как оловянный солдатик за табакеркой.

— Привет, Иванова! — сделал ручкой Расторгуев. — Все в порядке?

— Почти, если не считать того, что они забрали мой рабочий инструмент.

Борис покачал головой, как недовольный студентами старичок профессор.

— Нехорошо, граждане, обижать казенного курьера. Верните девушке все, что вы у нее забрали, и я не буду заводить на вас уголовное дело.

И тут произошло неожиданное для нас обоих.

Андреева полезла в свою сумочку и вынула — что бы вы думали? — пистолет «ПМ»!

— Не двигаться! Оба! Вадик, звони в милицию! У нее есть сообщник, да еще в милицейской форме. Наверняка у него тоже липовая ксива!

Расторгуев усмехнулся:

— Хороший пистолет, у меня тоже такой есть. Он случайно не краденый? Что касается удостоверения, то оно у меня самое что ни на есть настоящее.

Он собрался достать из кармана кителя документ, но дурная баба направила на него пистолет.

— Убери руки! Пристрелю на месте, если двинешь хоть пальцем.

Красное полотнище лица Вадика стало бледнеть и превращаться в Андреевский флаг.

Борис миролюбиво поднял руки кверху.

— Простите, дамочка, но мне же надо показать удостоверение, потому что перед вами представитель власти.

Андреева сузила глаза, отчего стала похожа на разъяренную Покахонтас.

— Так я тебе и поверила, фраер!

Я решила вмешаться:

— Пусть твой балбес Вадик возьмет удостоверение у него из кармана и проверит. Я гарантирую, что это старший оперуполномоченный Расторгуев и у вас будут крутые неприятности.

Ствол повернулся в мою сторону.

— Молчи, сука! Вадик, иди проверь!

За «суку» ты у меня еще получишь, пообещала я про себя, прикидывая, какую месть придумать этой проститутке.

Вадик осторожно двинулся к Борису, словно шагал по раскаленному песку пустыни, запустил руку в карман кителя и извлек на свет красные корочки.

Он долго всматривался в написанное, шевеля губами, словно дебил, и наконец произнес, подняв обалделые глаза на свою подружку:

— Он действительно из милиции...

Андреева не поверила:

— Дай сюда, я посмотрю!..

Она взяла корочки рукой с красными лакированными ногтями.

— Черт...

Ее лицо перекосилось, как у ведьмы на шабаше. Борис сделал шаг вперед:

— Верните мне удостоверение и сдайте оружие.

Андреева никак не отреагировала.

И вдруг!

— Молись, гад! — в бешенстве заорала она, нажимая спусковой крючок.

Я бросилась вперед, словно пума на оленя, и что было сил толкнула Андрееву, опрокинув ее на пол.

Раздался выстрел. Пуля выбила кусочек бетонной потолочной плиты и рикошетом отскочила от нее, засев в полированной створке стенки «Аист».

Расторгуев от греха подальше рухнул на пол, но, заметив, что все обошлось, вскочил на ноги и вырвал пистолет из рук женщины.

— Покушение на убийство. Иванова, звони в отдел, пусть выезжает бригада.

Хозяйка магазина мехов рыдала, усевшись на пол. Краешек шубки опустился в грязную лужицу от растаявшего снега, принесенного на подошвах сапог с улицы.

Я подошла к ней и вырвала из рук сумочку, в которой лежали мои отмычки. Забрав свой рабочий инструмент, я швырнула сумочку на пол, процедив вслух:

— Убийца...

— Отойди от меня! — закричала женщина. —

Будь ты проклята! Будь проклят твой Пономаренко! Он отправился за своей женой, туда ему и дорога!

Я обернулась так резко, что едва не потеряла равновесие.

— Что ты сказала? Повтори!

Та продолжала рыдать, размазывая по щекам черную тушь.

Я подскочила к ней и стала трясти за плечи:

— Что ты хочешь сказать?! Говори! За какой женой?! Куда кто отправился?!

Ответом были истеричные вопли и конвульсивные движения.

Борис подошел ко мне, обнял и прошептал на ушко:

— Спасибо...

Глава 21

Татьяна Николаевна смотрела на меня широко раскрытыми глазами, словно я сообщила весть о Сталине, который внезапно воскрес и вновь взял власть в свои руки.

— Я первый раз слышу об этом! Александр не был женат до нашей встречи!

Я чувствовала себя круглой идиоткой, потому что коснулась настолько щепетильной темы, что самой было неприятно.

— Я даже не ощущала, что в его жизни была женщина, с которой он имел серьезные отношения, — недоумевала вдова Пономаренко.

— Он мог довольно искусно скрывать это, — я безжалостно тревожила больную рану. — Александр Иванович был великим артистом. Разве нет?

— Никто никогда не скрывает, что был женат или

замужем, повторные браки — весьма обыденное дело. Что тут страшного?

В принципе, ничего.

— Здесь кроется тайна, которую я не могу объяснить. Даже не знаю, с какой стороны подойти к ней. Как вы объясните эту странную фразу: «Будь проклят твой Пономаренко! Он отправился за своей женой».

Женщина покачала головой:

— Не знаю. Это слова сумасшедшего.

Я не стала настаивать. С женщинами вообще трудно спорить, а особенно с теми, кто отказывается верить в то, что трудно поддается объяснению.

Я покинула дом вдовы Пономаренко со странным ощущением, что разгадка близка, но лучше о ней не знать.

* * *

Прежде чем предпринимать какие-либо шаги, я решила бросить кости.

Бросок. 13+30+2. «Неблаговидные поступки будут разоблачены. Никогда ни к чему и ни к кому не предъявляйте претензий — ни к прошлому, ни к людям, ни к богу, ни к судьбе».

Странное предсказание. Я раскрою тайну, но счет предъявлять не придется. Как это понимать?

* * *

Я приехала в Белогорск снежным декабрьским утром и тут же направилась в городской архив загса, расположенный на улице, названной в честь великого русского поэта, который точно знал, кому на Руси жить хорошо.

Меня встретили доброжелательно, потому что не последнюю роль в этом сыграло письмо начальника УВД нашего города, что, в свою очередь, не обошлось без содействия Андрея Мельникова, ценного человека в прокуратуре.

Седовласая женщина в старомодных роговых очках внимательно выслушала меня, после чего отправилась в «закрома», где хранилась информация о гражданском состоянии жителей знаменитого волжского города.

Мне пришлось немного поскучать, но затем мое безграничное терпение было вознаграждено. Женщина вернулась с выпиской, сделанной на стандартном листе бумаги.

— Записывайте или запоминайте: шестого февраля тысяча девятьсот шестьдесят шестого года Кировским отделом загса был зарегистрирован брак Пономаренко Александра Ивановича с гражданкой Преображенской Лидией Степановной.

Если бы в этот момент передо мной появился Брюс Уиллис собственной персоной и заявил, что он мой близкий родственник по материнской линии, я бы не так удивилась.

— А где же она сейчас, эта Преображенская Лидия Степановна? — выпалила я.

— Этого я не знаю, наверное, живет со своим мужем.

— Но у него другая жена!

Бабуля посмотрела на меня поверх очков.

— Девушка, вы что хотите от меня?

— Узнать, где сейчас находится эта самая Преображенская Лидия Степановна!

Пришлось подождать еще несколько долгих минут, пока женщина не вернулась с новой информацией:

— Преображенская Лидия Степановна скончалась от ишемической болезни сердца в тысяча девятьсот семьдесят четвертом году...

Вот и ответ на загадку. Не было у Пономаренко

больше жены. Человек был свободен и мог жениться снова, согласно закону.

И все же мне не все было ясно, поэтому я стала спорить сама с собой:

— Но как объяснить, что ни одна живая душа не знала о том, что Пономаренко был женат прежде? Опять же, штамп в паспорте...

— Паспорт он «утерял», — возразила мне вторая «я». — Ставить штамп в новый паспорт нет смысла, потому что брак прекратил свое существование.

— Это так просто сделать? — не сдавалась моя основная натура.

— В принципе это возможно, — был ответ.

В принципе моя вторая натура рассуждает логично и, допустим, сумела меня убедить. Возможно, так оно и было, хотя мне не совсем все ясно. Например, кто убил Пономаренко? Не думаете же вы, что его умершая жена встала из могилы и отомстила за то, что он женился на другой женщине, смотавшись из своего родного города?

Что делать дальше? Кто сможет пролить свет на тень прошлого, если не ближайшие родственники.

Родственники! Точно!

У Пономаренко, кроме жены и сынишки, никого не было, это я знала во всех подробностях. Значит, стоит найти того, кто состоял в родстве с Преображенской!

Ее родителям, если они сейчас живы, должно быть около семидесяти. Плюс-минус несколько лет. Вполне подходящий возраст, чтобы быть в добром здравии и неплохой творческой форме. Надо искать.

Я достала из сумочки еще один конверт, на котором было надписано: «Начальнику УВД города Белогорска», ну и так далее...

Это мой ключ к успеху, как сказал бы Остап Бендер.

* * *

Поиски дали результат, о котором я молилась. Преображенская Анна Иосифовна, теща Пономаренко, семидесяти шести лет, проживала в городе Тамбове по адресу: улица Семивражная, дом шестнадцать, квартира шесть.

Глава 22

Я поднялась к себе на этаж, уже нащупав в сумочке ключи от квартиры, как вдруг заметила человека на лестничной площадке.

— Таня?

Человек шагнул вперед, под тусклый свет лампочки, и я обомлела.

Это был Павел Бочков собственной персоной! Да еще с букетом красных гвоздик в руках.

— По какому случаю торжество? — спросила я.

— По случаю встречи с тобой, — был ответ. — Возьми...

Вот это номер! Что теперь делать?

Мне не оставалось ничего другого, как открыть дверь и впустить нежданного гостя.

— Проходи, чего уж там...

Павел сбросил с себя укороченную мужскую дубленку и повесил на вешалку в моей прихожей. Он прошел в комнату и огляделся.

— У тебя мило. Учеников здесь принимаешь?

Я не ответила. Ситуация была дурацкой, поэтому я не знала, как на нее реагировать.

В конце концов, без разборки не обойтись, и лучше, если это произойдет сразу.

— Садись, — сказала я. — И рассказывай.

Павел пожал плечами.

— А что рассказывать? Вот, пришел к тебе предложить руку и, как говорится, сердце.

Я оторопела.

— Погоди! — сказала я, разводя руками. — А как же Светлана?

— А что Светлана? Она хорошая девушка, но... я понял, что мое сердце принадлежит тебе.

Черт, вот ситуация... Что же делать?

— Павел, — твердо сказала я, — мне нужно кое-что тебе объяснить.

Тот мотнул головой.

— Ничего не нужно объяснять, я на все согласен заранее.

Надо же, на все.

— Нет, ты все-таки послушай! — настаивала я. — Во-первых, я никакой не репетитор!

— Да? — удивился «жених». — А кто же ты?

— Частный детектив.

— Интересно...

— Я имею дело с уголовниками!

— Ну и что?

— Я дерусь, как Майк Тайсон!

— Класс!

— Ругаюсь, как сапожник, подкалываю без жалости!

— Это как раз то, что мне нужно.

Вот упрямый.

— И самое главное то, что я не собираюсь замуж.

И что бы вы думали? Этот олух не возражал!

— Я все понимаю, Таня, и не тороплю тебя. У меня есть время, чтобы дождаться твоего решения.

Я начала свирепеть.

— Ты не понимаешь, что ли? Пошел к черту!

Павел улыбнулся.

— В твоих устах это звучит как музыка...

Я застонала в изнеможении. Черт бы побрал эту Светку с ее женихами и дурацкими смотринами.

Правду говорят — помянешь черта, а он тут как тут, потому что в дверь позвонили. Я с удовольствием бросилась к выходу и открыла позднему гостю.

Это была Светлана.

— Слава богу! — простонала я, хотя понятия не имела, почему ее приход был мне в радость.

— Он у тебя? — спросила моя подруга.

Я мотнула головой.

— Забирай его отсюда, и чтобы я о нем больше не слышала.

Светка уверенно шагнула в комнату, где восседал ее «жених», а я скрылась на кухне, потому что все эти разборки мне уже порядком надоели. Пошли все к черту!

Не знаю, о чем толковали молодые люди, только спустя некоторое время я услышала, как кто-то зашебуршил в коридоре и хлопнула входная дверь. Наверное, Светка психанула и побежала домой лить слезы, а мне опять придется втолковывать безмозглому парнише, что я не хочу связывать с ним свою личную жизнь.

Ну хорошо, сейчас он у меня получит!

Я сжала кулаки и ворвалась в комнату, кипя от желания набить Павлу морду.

Каково же было мое удивление, когда я увидела, что на моем диване восседает Светка, задумчиво глядя в окно. Она улыбнулась мне и произнесла:

— Спасибо, Танечка. Благодаря тебе я узнала этого человека.

Я стояла посреди комнаты и растерянно глядела на подругу.

— Что удивляешься? — спросила Светлана. — Думаешь, я откажусь от подруги из-за какого-то кобеля? Давай лучше купим пивка и посидим, как в былые времена...

Глава 23

Тамбов встретил меня оттепелью, температура воздуха не опускалась ниже нуля градусов. Чувствовалась сырость и низкое давление.

Семивражная улица, узкая и незаметная, находилась недалеко от центра города и была застроена двух- и трехэтажными домами довоенного образца.

Я остановила машину напротив дома номер шестнадцать и окинула взглядом строение: три этажа, однажды побеленные стены, два подъезда.

Квартира шесть находилась на втором этаже. В коридорных стенах, окрашенных в трагически-зеленый цвет, зияли места, где отвалилась штукатурка. Дверь квартиры, на которой светилась матово-белая цифра «шесть», была обита обыкновенной цветастой клеенкой. Чувствовалось, что мужской руки здесь явно не хватает.

Я нажала кнопку звонка.

За дверью послышались шаркающие шаги.

— Кто там?

— Здесь проживает Анна Иосифовна Преображенская?

Звякнула цепочка, щелкнул замок, и дверь приоткрылась.

— Кто вы? — спросила седовласая женщина с аристократическим лицом и все еще стройной фигурой.

— Я приехала, чтобы поговорить о ваших родственниках. Скажите, Александр Иванович Пономаренко был вашим зятем?

Анна Иосифовна наклонила голову, будто пыталась вспомнить что-то очень важное. Наконец она встрепенулась:

— Что же я держу вас на пороге, проходите, прошу...

Я с трепетом в душе шагнула в узкий темный коридор.

Женщина приняла меня в большой комнате с высокими потолками и узкими окнами. На противоположной стене висело старинное распятие, в комнате было много книг.

— Как поживает Александр? — спросила Анна Иосифовна, усевшись в глубокое кресло и погрузив ноги в мягкие тапочки.

— Он умер.

— Вот как? — подняла брови женщина. — Для меня это новость. Как давно это случилось?

— Двадцатого октября.

Анна Иосифовна покачала головой.

— Больше двух месяцев прошло. Что же случилось? Александр был еще молодой мужчина, всего на два года старше моей покойной дочери Лиды.

Все, пора начинать разделку туш.

— Анна Иосифовна, мне как раз и хотелось бы поговорить о вашей дочери. Мы узнали, что она умерла в зрелом возрасте. Прошу простить, что приходится бередить старые раны. Просто мне очень нужно знать об этом как можно больше.

— Для чего?

— Есть подозрение, что смерть Александра Ивановича не случайна и не естественна. Она имеет отношение к его прошлому, а его прошлое — это брак с вашей дочерью. Он женился во второй раз, но никто — представляете, никто — не знал, что он уже состоял в браке. Это удивительно и вызывает вполне понятные подозрения. Человек женится в тридцать лет как будто впервые в жизни.

Женщина удивленно поджала губы.

— Я об этом ничего не знала. Впрочем, все, что касается моего бывшего зятя, для меня новость. Мы потеряли всякую связь почти сразу после смерти Лиды.

Стоп! Я не ослышалась или...

— Простите... Вы сказали — мы...

Анна Иосифовна удивленно взглянула на меня.

— Мы с Наташей.

Блин, как горячо! Я заморгала часто-часто.

— Наташа — это...

— Дочь Лиды и Александра.

Я аж подпрыгнула на месте!

— Вот это уже новость для меня. У них была дочка!..

— Разве вы об этом не знали?

Ну, товарищи! Такие повороты не для моего автомобиля.

— Где она сейчас? — хриплым голосом спросила я.

— На работе. Она работает в одной коммерческой фирме. Вы хотите дождаться? Боюсь, она придет не скоро.

— Почему?

— Сегодня у нее тренировка.

— Она спортсменка? Каким видом спорта занимается?

Анна Иосифовна махнула рукой.

— Я не разбираюсь в этих современных видах... По-моему, карате...

— Серьезная девушка, — произнесла я, испытывая невольное уважение к дочери Александра Пономаренко. — Наверное, умеет постоять за себя.

Женщина кивнула.

— Она уже давно занимается. Имеет какой-то там пояс... Я не разбираюсь.

— Наташа замужем? — осторожно спросила я.
Анна Иосифовна покачала головой:
— Нет... Даже не собирается.
— Почему? Мужененавистница?
Бабушка опустила глаза.

— Характер у нее непростой. Наташа — натура самостоятельная, властная. Принимает решения, ни с кем не советуясь, на возражения отвечает дерзостью. Трудно будет ужиться с ней.
— Между собой вы ладите?
Анна Иосифовна вздохнула.

— Ладим потихонечку. Мы всю жизнь вместе, привыкли друг к другу.
— Но почему Наташа жила с вами, а не с отцом? — спросила я.
— После смерти Лиды девочка замкнулась, стала панически бояться Александра. Я даже стала опасаться за ее рассудок. Врачи, учителя, все, кто знал семью Пономаренко, посоветовали оформить опекунство и забрать девочку к себе. Так я и поступила.
— Вы тоже жили в Белогорске?
— Да, конечно. Я — дочь волгарей.
— И переехали в Тамбов.
— Из-за девочки. Удалось поменять квартиру на этот город. Живем здесь уже более двадцати лет. Привыкли.
— Сколько сейчас лет Наташе? — спросила я.
— Двадцать девять. Через год будет тридцать...
— Наташа выезжает из города?
— В Москву, — кивнула Анна Иосифовна. — По делам фирмы.
— А в другие города?
Женщина пожала плечами.
— В основном — в Москву. Иногда выезжает на соревнования с командой, но это бывает нечасто.
— В конце октября она уезжала куда-нибудь?

Бабуля внимательно посмотрела на меня ясными глазами.

— Не помню... Каждый месяц у нее бывают выезды. Может быть, и в октябре был...

— А выезжает на машине? — спросила вдруг я.

— Иногда.

— А какой у нее автомобиль? — осторожно поинтересовалась я.

— «Жигули». С рук купила.

— Какой модификации?

— Что? — не поняла женщина.

— Как бы это понятнее объяснить... Автомобили «Жигули» разделяются на «шестерки», «восьмерки», «девятки»... И так далее...

— Простите, я не разбираюсь...

— Действительно, какая разница, — произнесла я, — это — не самый главный вопрос. Простите, а на фотографию Наташи нельзя взглянуть?

Анна Иосифовна внимательно посмотрела на меня.

— Вы так расспрашиваете, как будто работаете в милиции...

Я рассмеялась, стараясь делать это как можно естественней, хотя, честно говоря, мне было не до смеха.

— Что вы!.. Просто это большой сюрприз для меня, потому что мы не знали, что у Александра Ивановича есть дочь. Или была... Даже не знаю, как сказать.

Женщина вышла из комнаты и вскоре вернулась, держа в руках пухлый альбом с фотографиями.

Мы уселись за стол, покрытый розовой скатеркой с узорами по краям, и принялись рассматривать фотографии разных лет. Анна Иосифовна вынимала из альбома карточки и передавала их мне, моя задача была насладиться увиденным.

— Это Лида, моя дочь...

С фотографии смотрела красивая женщина типа Мэрилин Монро.

— Как артистка, — восхищенно произнесла я.

— Она и была артистка, — произнесла Анна Иосифовна. — Работала в театре драмы. Александр пел в опере, а она играла на сцене драмтеатра.

Я долго рассматривала фотографию.

— Анна Иосифовна, — произнесла я наконец, — нельзя узнать, что произошло конкретно? Такая молодая женщина умирает в самом расцвете сил.

Анна Иосифовна помрачнела.

— Это очень неприятная и болезненная для меня тема. В какой-то степени мне даже стыдно об этом говорить, но... придется. Это была беда. Беда страшная. Работая в театре, Лида стала пить. Знаете, наверное, жизнь артистов — по каждому случаю банкеты. День рождения — банкет. Сдача спектакля — банкет. Премьера — банкет. Встреча чиновников из отдела культуры — банкет. Чествование какого-то хореографа, даже не имеющего отношения к театру, — банкет. Лида пристрастилась к спиртному, Александр же этого не допускал даже в мыслях. Начались скандалы, и это было страшно. Мы пытались лечить Лиду, но безуспешно. Алкоголик сам должен этого захотеть, а моя дочь — не хотела. Каждое утро она раскаивалась, плакала, божилась, что никогда больше не притронется к спиртному, но потом все начиналось сначала. Самое страшное, что у Лиды стала развиваться болезнь сердца. Сердечко у нее с детства было слабенькое, не выдерживало перегрузок. Наташе было семь лет, когда это случилось. В тот субботний вечер Лида была сильно пьяна. Александр взял Наташу, и они ушли ночевать к его другу, жившему неподалеку. На следующее утро, в воскресенье, они вернулись домой и обнаружили Лиду уже мертвой...

Вот такая штука жизнь.

— Простите, Анна Иосифовна, что пришлось доставить вам неприятные минуты, — произнесла я. — И еще я хочу вас спросить вот о чем: вам знакомо такое имя — Елена Андреева? Она проживала в Белогорске, по всей видимости, знала Александра Ивановича и вашу дочь. Ей сейчас около сорока лет.

— Елена Андреева? Нет, — покачала она головой. — Я не знаю такой особы.

— Может быть, знает Наташа?

— Надо спросить у нее. А что случилось?

— Она шантажировала Александра Ивановича. Грозилась рассказать новой супруге о том, что в его жизни уже была женщина.

— Почему же Александр скрывал это? — удивилась Анна Иосифовна. — Что такого страшного в том, что ты — вдовец?

Я пожала плечами.

— Не знаю... Новый город — новая жизнь. Я, честно говоря, не поняла этого каприза, чужая душа — потемки.

— Вы говорите, та женщина пошла на шантаж? — задумчиво спросила хозяйка дома.

— Именно. Александр Иванович собирал деньги и передавал ей время от времени.

Анна Иосифовна покачала головой.

— Неужели такое бывает? Чтобы женщина занималась такой грязью...

Если бы она только знала о тех выкрутасах, свидетелями которых были мы с Борисом Расторгуевым.

— Бывает... Такое время...

— Люди утратили веру! — произнесла пожилая женщина. — Православие утеряно для большинства россиян, а ведь искренне верующий человек не опустится до такой низости.

Я не стала спорить, потому что кое в чем Анна Иосифовна была права.

— Я вспомнила!

Ого!

— Соседку Александра и Лиды звали Елена. Жила на одной лестничной площадке, дверь напротив, совсем молоденькая девушка, она еще постоянно курила в подъезде.

— Опишите ее более детально. Волосы светлые?

Анна Иосифовна задумалась.

— По-моему, нет. Скорее — каштановые.

— Понятно... Формы пышные, глаза серые, пухлые губы, выражение лица такое — будто уже готова раздеться, правильно?

Бабуля кивала, восторженно глядя на меня.

— Да, верно. Очень похоже описываете.

Все ясно. Кто же знает нас лучше, чем наши соседи? Порой мы сами о себе столько не знаем.

Случайно или нет, но я вертела в руках фотографию, которая как-то сразу привлекла мое внимание.

— Это что же, на карнавале происходит?

На снимке был изображен смеющийся паяц, женщина в костюме Чио-Чио-Сан и улыбающаяся малышка Мальвина.

— Что это?!

Анна Иосифовна также взглянула на фотографию.

— Здесь Наташе три годика. Насколько я помню, они отмечали Новый год.

Я ткнула пальцем в лицо паяца.

— Вот это что такое?

— Это Александр в костюме. У него была такая роль в театре.

— Это маска?!

— Да, конечно. Эта роль очень нравилась Александру...

Свою смерть Пономаренко встретил также со смеющейся маской на лице.

Послышался звук отпираемой двери.

— Это, наверное, Наташа, — встрепенулась Анна Иосифовна, — пойду открою. Она сегодня рано вернулась.

В прихожей послышался разговор, и вскоре в комнату заглянула высокая девушка в джинсах и пуховой куртке. Она неприветливо взглянула на меня. Девушка была похожа на мать, только черты лица были немного грубее, а фигура плотнее.

— Наташа, это Таня, знакомая твоего отца. Приехала сообщить, что он умер...

Я поднялась с места и вгляделась в лицо Наташи Пономаренко. Где-то я ее видела.

— Здравствуйте, Наташа...

И тут меня пронзило насквозь, словно казненного на электрическом стуле! Я вспомнила день прощания с Александром Ивановичем в здании оперного театра и странную девушку, которая наблюдала за мной со стороны.

Вот мы и встретились!

Я смотрела в глаза молодой женщине и поняла, что она тоже узнала меня.

— Я — детектив, — сказала я.

Глава 24

Дуэль взглядов закончилась. Девушка резко повернулась и бросилась прочь из квартиры, захлопнув за собой дверь.

— Наташа! — вскрикнула Анна Иосифовна, ничего не понимая.

Я бросилась следом.

Пришлось кое-как натянуть на себя обувь и набросить верхнюю одежду. Немного времени уже было потеряно.

Я выскочила на улицу и успела заметить отъезжающий автомобиль — «шестерку» «Жигули» бежевого цвета.

Я подскочила к своей машине, открыла дверцу, плюхнулась на сиденье так же неуклюже, как Винни-Пух, и стала запускать двигатель.

— Ну же!

Стартер нехотя проворачивался, не торопясь делать свое дело. У «шестерки» Наташи двигатель был прогрет и завелся сразу, а мой уже успел остыть.

Упущу!

Наконец двигатель завелся.

Я до упора нажала на педаль газа и вырулила на проезжую часть. Где она теперь?

Автомобиль помчался по улице незнакомого города. Где теперь искать дочь Пономаренко? Хотя улицы во всех городах одинаковы — прямо и направо. Или налево...

Я гнала машину на предельной скорости и вертела головой.

Здорово она оторвалась.

Движение было не очень интенсивным, час «пик» еще не наступил. Не снижая скорости, я обходила автомобили, яростно мигала дальним светом фар транспортным средствам, движущимся навстречу.

Вот она!

Бежевая «шестерка» стояла перед светофором, на котором горел красный свет. Будь что будет — я вырулила на встречную полосу, объезжая целый ряд машин, и оказалась рядом с автомобилем Наташи.

Та посмотрела в окно и увидела, как я подаю знаки: остановись! Надо поговорить!

Свет сменился. Наташа заставила автомобиль резко уйти вперед. Моя машина ринулась следом.

— Черт, что она делает! — выругалась я.

«Шестерка» летела по скользкой зимней дороге со скоростью восемьдесят километров в час.

В Тамбове нет ГАИ, что ли?!

Я поднажала на педаль акселератора и стала нагонять бежевые «Жигули».

Внезапно автомобиль Наташи свернул на другую улицу, резко затормозив, отчего машину занесло. Вот черт! Она же самоубийца!

Девушка справилась с управлением, автомобиль помчался вперед.

— Однако... — уважительно произнесла я вслух, одновременно устремляясь следом.

Гонка продолжалась. Бежевая «шестерка» старалась оторваться от погони, а я не отставала. Дьявол! Так не может продолжаться вечно, а что делать — я не знаю. Не могу же я таранить чужую машину на полном ходу.

«Шестерка» снова пыталась повернуть! Она резко затормозила, чтобы сделать поворот. В этом месте дороги участок проезжей части оказался более скользким, автомобиль сильно занесло, и он влетел передней левой частью в фонарный столб.

Скрежет корежащегося металла оказался очень сильным. «Шестерка» застыла на месте в совершенно беспомощном состоянии.

Я притормозила рядом, вывалилась из машины и подскочила к «Жигулям», распахнув неповрежденную правую дверцу.

— Жива?! Все в порядке?

Молодая женщина, склонив голову на рулевое колесо, плакала навзрыд...

Глава 25

Разговор состоялся уже после того, как прибывшие работники Госинспекции дорожного движения составили протокол и сделали девушке внушение за неаккуратную езду по зимним дорогам.

Я заверила милиционеров, что помогу отбуксировать поврежденный автомобиль и сделаю все возможное, чтобы помочь пострадавшей.

Плюгавенький сержант подозрительно покосился на иногородний номер моей машины, но ничего не сказал.

Я передаю рассказ Наташи в том виде, в каком его услышала.

— Это были годы сплошного кошмара. Мать пила очень сильно, каждый вечер являясь домой в полуобморочном состоянии. Отец пытался бороться со злом, вызывал «Скорую помощь», хотел поместить ее в лечебницу, даже бил. Моя жизнь, жизнь маленькой девочки, состояла из горьких слез. Я стояла за занавеской у окна в своей комнате и плакала каждый раз, когда начинался очередной скандал.

В тот самый день, поздно вечером, когда мать пришла домой в нетрезвом состоянии, отец не стал ругать ее, даже не смотрел в ее сторону.

Меня уже уложили в постель, и проснулась я от того, что услышала стоны. Матери стало плохо, и она молила отца о том, чтобы он помог ей — дал лекарство или еще что-нибудь. Не знаю, что было дальше, только вскоре отец зашел в мою комнату, увидел, что я не сплю, и велел одеться.

Я так и сделала. Весь сон прошел, и мне уже не хотелось спать. Я спросила, что мы будем делать, а отец ответил, что пойдем в гости. Я не очень соображала, который час, мы просто оделись и ушли. Мать продолжала стонать и просить о помощи. Я спросила отца, что случилось, но он ответил мне: «Пьяная... Сама не знает, что говорит. Утром проспится и даже не вспомнит». Он запер входную дверь и забрал с собой все ключи.

Мы переночевали в доме одного знакомого отца, он жил неподалеку, а утром вернулись домой.

Отец открыл дверь, и мы вошли. Была полная тишина. Я спросила: «А где мама?» Он прошел в комнату, но тут же вернулся обратно и сказал, что я сейчас же должна уйти к бабушке. Я хотела увидеть мать, но отец не позволил.

Только на следующий день я узнала, что матери больше нет. Все эти дни я жила у бабушки и увидела мать только во время похорон. Она лежала в гробу нарядная, совершенно не похожая на себя.

Я вспомнила, как она взывала о помощи, и внезапно поняла, что если бы отец помог ей, то сейчас все было бы по-другому.

Я возненавидела отца. В душе я считала его одного виновным в смерти матери, но никому не говорила о моих мыслях. Я отказалась вернуться в наш дом и осталась с бабушкой. Отец пытался уговорить меня, но я не соглашалась.

Это были тяжелые дни. Я постоянно плакала, пропускала занятия в школе, очень плохо спала по ночам. Бабушка поила меня какими-то травами, водила по врачам.

Отца я больше не видела, а потом мы переехали в Тамбов.

О судьбе отца я узнала случайно, когда приобрела в киоске «Роспечати» газету бесплатных объявлений. Меня как током поразило, когда я увидела объявление о бенефисе Александра Пономаренко.

Я тут же вспомнила смерть матери, и мне страшно захотелось увидеться с отцом и выплеснуть ему в лицо всю мою ненависть, которая с годами нисколько не угасла.

Я сказала бабушке, что должна уехать по делам, и прибыла в ваш город. Мне удалось попасть в театр и увидеть, как в первом отделении на сцене чествуют отца. Он стоял в лучах славы и почитания, а моя бедная мать лежала в могиле, за которой никто не ухаживал.

В антракте я увидела, как отец проходил в свою гримерную, и последовала за ним.

Он не сразу узнал меня, пришлось назваться.

Отец был страшно удивлен. Он даже не знал, как начать разговор, ведь мы встретились снова более чем через двадцать лет.

Я показала на маску паяца, которая висела на стене гримерной над зеркалом, и сказала: «Ты остался тем, кем был: бездушной маской».

Отец был очень удивлен, когда я заявила, что считаю его убийцей, который спокойно ждал, пока беспомощный человек умрет. Я заявила, что сейчас выйду на сцену и во всеуслышание расскажу о том, как он позволил умереть моей матери. Позор в день триумфа! Это ли не сладостная месть.

Я увидела испуг в глазах отца. Он начал кричать на меня и даже бросился, чтобы ударить, но я оттолкнула его. В этот момент он схватился за сердце, опустился на колени и затем свалился прямо на пол. Я подскочила к нему, чтобы оказать помощь, но увидела, что он не дышит. Смерть, как отмщение, настигла его в минуты триумфа.

Я не хотела, чтобы тело обнаружили на полу, подняла его на стул и придала устойчивое положение. Признаюсь, это было совсем нелегко. Постояв немного, я сняла с гвоздя маску паяца и надела на отца, чтобы скрыть выражение мертвого лица.

Внезапно я услышала в коридоре осторожные шаги и поспешила спрятаться за портьеру. Дверь бесшумно приоткрылась, и в комнату вошел какой-то человек. Я отчетливо видела это. Он приблизился к отцу и долго рассматривал неподвижную фигуру. Затем человек повернулся к столу и схватил какой-то пакет. Только потом я вспомнила про деньги, которые подарили отцу.

Человек исчез, а я поспешила выбраться из театра и уйти. Все произошло совсем не так, как я задумывала.

— Вы забыли на столе газету бесплатных объявлений с заполненным купоном, — произнесла я.

Наташа кивнула.

— Это была моя ошибка. Я хотела опубликовать послание в газете, чтобы отец прочитал, но не успела.

— Вы были на прощании с отцом в театре.

— Верно. Я услышала о том, что вы не поверили в естественность смерти отца, решив, что произошло убийство, и испугалась, хотя это был несчастный случай.

— И вы начали игру в послания.

— Для этого мне приходилось на машине ездить в ваш город и отдавать послания в редакцию, действуя через случайных лиц.

— Одним из них был мальчишка одиннадцати лет.

— Да, именно так...

— Скажите, зачем вам нужно было подыгрывать ДЕТЕКТИВУ? Гораздо проще было затаиться в своем городе.

— Даже не знаю, хотелось отвести от себя подозрение, запутать. Я понимаю, что это глупо, но не могла остановить себя.

— Вы хотели напугать меня, инсценировав наезд

на «Жигулях», после того как я побывала у Натальи Пономаренко.

— Да, я хотела, чтобы вы испугались и бросили это дело. Но просчиталась.

Я долго молчала, обдумывая услышанное, а затем произнесла:

— Наконец все встало на свои места. Были вопросы — стали ответы. Даже не знаю, что со всем этим делать...

— Каково ваше решение, ДЕТЕКТИВ?

— Решение принято. Причина смерти — внезапный сердечный приступ. Болезнь сердца. Что еще можно добавить? К тому же у меня есть конкретные инструкции относительно вас.

— Какие? — удивилась Наташа.

— «Никогда ни к чему не предъявляйте претензий — ни к прошлому, ни к людям, ни к богу, ни к судьбе»...

СОДЕРЖАНИЕ

КИСКА ПО ВЫЗОВУ 5
ОХОТНИК НА ЗНАМЕНИТОСТЕЙ 227

Литературно-художественное издание

Серова Марина Сергеевна
КИСКА ПО ВЫЗОВУ

Ответственный редактор *О. Рубис*
Редакторы *И. Шведова, В. Дольников*
Художественный редактор *А. Стариков*
Технический редактор *Н. Носова*
Компьютерная верстка *В. Фирстов*
Корректоры *Е. Дмитриева, Н. Хасая*

В оформлении использованы фотоматериалы *Р. Горелова*

ООО «Издательство «Эксмо».
107078, Москва, Орликов пер., д. 6.
Интернет/Home page — www.eksmo.ru
Электронная почта (E-mail) — info@ eksmo.ru

По вопросам размещения рекламы в книгах издательства «Эксмо»
обращаться в рекламное агентство «Эксмо». Тел. **234-38-00**

Книга — почтой: **Книжный клуб «Эксмо»**
101000, Москва, а/я 333. E-mail: bookclub@ eksmo.ru

Оптовая торговля:
109472, Москва, ул. Академика Скрябина, д. 21, этаж 2
Тел./факс: (095) 378-84-74, 378-82-61, 745-89-16
Многоканальный тел. 411-50-74. E-mail: reception@eksmo-sale.ru

Мелкооптовая торговля:
117192, Москва, Мичуринский пр-т, д. 12/1. Тел./факс: (095) 932-74-71

ООО «Медиа группа «ЛОГОС».
103051, Москва, Цветной бульвар, 30, стр. 2
Единая справочная служба: (095) 974-21-31. E-mail: mgl@logosgroup.ru

ООО «КИФ «ДАКС». 140005 М. О. г. Люберцы, ул. Красноармейская, д. 3а.
т. 503-81-63, 796-06-24. E-mail: kif_daks@mtu-net.ru

Книжные магазины издательства «Эксмо»:
Москва, ул. Маршала Бирюзова, 17 (рядом с м. «Октябрьское Поле»). Тел. 194-97-86.
Москва, Пролетарский пр-т, 20 (м. «Кантемировская»). Тел. 325-47-29.
Москва, Комсомольский пр-т, 28 (в здании МДМ, м. «Фрунзенская»). Тел. 782-88-26.
Москва, ул. Сходненская, д. 52 (м. «Сходненская»). Тел. 492-97-85
Москва, ул. Митинская, д. 48 (м. «Тушинская»). Тел. 751-70-54.

Северо-Западная Компания представляет
весь ассортимент книг издательства «Эксмо».

Санкт-Петербург, пр-т Обуховской Обороны, д. 84Е
Тел. отдела рекламы (812) 265-44-80/81/82/83.

Сеть магазинов «Книжный Клуб СНАРК» представляет
самый широкий ассортимент книг издательства «Эксмо».
Информация о магазинах и книгах в Санкт-Петербурге по тел. 050.

Вы получите настоящее удовольствие, покупая книги в магазинах ООО «Топ-книга»
Тел./факс в Новосибирске: (3832) 36-10-26. E-mail: office@top-kniga.ru

Всегда в ассортименте новинки издательства «Эксмо»:
ТД «Библио-Глобус», ТД «Москва», ТД «Молодая гвардия»,
«Московский дом книги», «Дом книги в Медведково», «Дом книги на ВДНХ».

Книги издательства «Эксмо» в Европе: www.atlant-shop.com

Подписано в печать с готовых диапозитивов 17.01.2003.
Формат 84×108 $^1/_{32}$. Гарнитура «Таймс».
Печать офсетная. Бум. газ. Усл. печ. л. 20,16. Уч.-изд. л. 15,8.
Тираж 13 100 экз. Заказ 9115

Отпечатано в полном соответствии
с качеством предоставленных диапозитивов
в ОАО «Можайский полиграфический комбинат».
143200, г. Можайск, ул. Мира, 93.

Любите читать?
Нет времени ходить по магазинам?
Хотите регулярно пополнять домашнюю библиотеку и при этом экономить деньги?

Тогда каталоги Книжного клуба "ЭКСМО" – то, что вам нужно!

Раз в квартал вы БЕСПЛАТНО получаете каталог с более чем 200 новинками нашего издательства!

Вы найдете в нем книги для детей и взрослых: классику, поэзию, детективы, фантастику, сентиментальные романы, сказки, страшилки, обучающую литературу, книги по психологии, оздоровлению, домоводству, кулинарии и многое другое!

Чтобы получить каталог, достаточно прислать нам письмо-заявку по адресу: **101000, Москва, а/я 333.**
Телефон "горячей линии" **(095) 232-0018**
Адрес в Интернете: **http://www.eksmo.ru**
E-mail: **bookclub@eksmo.ru**

издательство ЭКСМО ПРЕДСТАВЛЯЕТ

Татьяна Полякова
В СЕРИИ «АВАНТЮРНЫЙ ДЕТЕКТИВ»

Лекарство от серых будней!

Замучили проблемы на работе? Устали от нервной сутолоки в транспорте? Или просто мерзкая погода и у вас плохое настроение?

Не беда! Примите лекарство от серых будней!

Детективы Татьяны Поляковой – лучший рецепт от всех бед! Загадочные преступления, динамичные события, авантюрные решения!

НОВИНКИ ЗИМЫ 2002–2003:

«Фуршет для одинокой дамы»

Все книги объемом 320-488 стр., твердый, целлофанированный переплет

Книги можно заказать по почте:
101000, Москва, а/я 333. Книжный клуб «ЭКСМО»
Наш адрес в Интернете: http://www.bookclub.ru